ДЖУД ДЕВЕРО

БЛАГОСЛОВЕНИЕ

ИЗДАТЕЛЬСТВО

МОСКВА

УДК 821.111(73)
ББК 84 (7Сое)
Д25

Jude Deveraux
THE BLESSING

Перевод с английского Я.Е. Царьковой

Оформление С.Е. Власова

Компьютерный дизайн Н.А. Хафизовой

Печатается с разрешения издательства
Pocket Books, a division of Simon & Schuster, Inc.
и литературного агентства Andrew Nurnberg.

Подписано в печать 28.11.08. Формат 84x108¹/₃₂.
Усл. печ. л. 15.12. Тираж 12 000 экз. Заказ № 9245.

Деверо, Дж.
Д25 Благословение : [роман] / Джуд Деверо; пер. с англ. Я.Е. Царьковой. — М.: АСТ: АСТ МОСКВА, 2009. — 285, [3] с..

ISBN 978-5-17-056540-5 (ООО «Издательство АСТ»)
ISBN 978-5-403-00198-4(ООО Издательство «АСТ МОСКВА»)

Успешный бизнесмен Джейсон Уилдинг мечтал об отдыхе... но не о таком!

Провести рождественские каникулы в родном городке в обществе почти незнакомой женщины Эми Томпкинс и ее маленького сынишки — это никак не входило в его планы.

Капризный малыш охотно признает гостя, который испытывает к ребенку искреннюю симпатию. А что же Эми? Поначалу Джейсона возмущает наивность и непрактичность миловидной мамочки, но очень скоро он понимает, чт безоглядно в нее влюбился...

УДК 821.111(73)
ББК 84 (7Сое)

Глава 1

— Мне бы стоило тебя за это убить. Просто взять и убить! — воскликнул Джейсон Уилдинг, глядя исподлобья на своего брата.

— А что случилось-то? — спросил Дэвид, с улыбкой глядя на старшего брата. Этой улыбкой он мог бы обворожить любого. В этой улыбке таилась бездна обаяния. Человеку с такой улыбкой можно, не задумываясь, доверить не только свою жизнь, но и жизнь близких.

Дэвид Уилдинг, или доктор Дэвид, как его звали жители Абернети, штат Кентукки, поднес к губам бокал с пивом и осушил его на треть, в то время как Джейсон лишь пригубил немного виски.

— Ну и чего ты хочешь? — спросил Джейсон, приподняв одну бровь. Этим взглядом он нагонял страх на многих.

— С чего ты взял, что я от тебя чего-то хочу?

— Многолетний опыт, знаешь ли. Пусть все в этом захудалом городишке считают тебя почти святым, но я-то тебя знаю. Ты что-то задумал. Говори, что тебе от меня нужно.

— Может, я просто хотел повидаться со своим старшим братом? А заставить тебя приехать домой на Рождество можно, лишь напугав тем, что отец при смерти

— Дешевый трюк, — процедил Джейсон. Он стал хлопать себя по карманам пиджака в поисках сигарет, но тут же вспомнил, что вот уже два года как бросил курить. Просто здесь, в баре, в родном городе, старые привычки давали о себе знать.

— Я не мог придумать ничего другого, — сказал Дэвид в свою защиту.

Он отправил своему богатому, вечно занятому брату в Нью-Йорк телеграмму о том, что их отец перенес инфаркт и жить ему, вероятно, осталось немного. Уже через несколько часов частный самолет Джейсона приземлился на аэродроме в пятидесяти милях от Абернети, и через час после приземления Джейсон уже стоял в гостиной своего дома, в котором вырос. Когда Джейсон застал своего отца в компании старых приятелей за пивом и покером, Дэвид решил, что ему крышка. Однако быстро справился со страхом — ведь он хорошо знал брата: Джейсон грозно лает, а вот кусать не торопится.

— Я не намерен торчать в этой дыре даже сутки, и ты это знаешь. Зачем ты вызвал меня сюда?

— Что плохого в том, чтобы пожить недельку в тихой провинции, отдохнуть? — спросил Дэвид невинным тоном. Так уж повелось в их семье, что Дэвиду могло сойти с рук все, что угодно, и, что бы ни произошло, всю вину всегда сваливали на Джейсона. Все дело было в их внешности, вернее, в том, как их воспринимали окружающие. Дэвид был счастливым обладателем курчавых золотистых волос, голубых глаз и в детстве очень походил на ангела. Даже сейчас, в возрасте тридцати семи лет, он все еще напоминал херувима. И когда надевал свой белый врачебный халат и вешал на шею стетоскоп, любой пациент, пришедший к нему на прием, вздыхал с облегчением, ибо врач с таким лицом и взглядом просто не мо-

4

жет причинить вред больному. А если Богу угодно исцелить страждущего, то лучшего посредника, чем доктор Дэвид, ему не найти.

Джейсон был полной противоположностью брата в том, что касается внешнего вида. Отец частенько говорил ему, что, даже если он ничего плохого не сделал, выглядел он как настоящий преступник. Джейсон словно родился на свет хмурым и с мрачным взглядом.

— Я попробую угадать, почему ты не хочешь остаться в нашем городе, — как ни в чем не бывало продолжал Дэвид. — Ты заказал четырехнедельный тур на Таити с ежедневным тайским массажем, который будут выполнять сразу три лучшие специалистки.

Джейсон глотнул виски и, приподняв бровь, хмуро взглянул на брата.

— Нет, не говори мне ничего. На этот раз я точно угадаю, — сказал Дэвид. — Ты полетишь в Париж. У тебя роман со звездой подиума. Ну, с одной из этих длинных, холодных созданий с силиконовыми грудями.

Джейсон взглянул на часы.

— Мне надо идти. Леон ждет.

Дэвид знал, Леоном звали личного пилота Джейсона, и в случае необходимости, возникавшей в таких поездках, как эта, Леон совмещал обязанности личного пилота и шофера. Дэвид также знал, что Джейсону его сотрудники заменяли семью, поскольку приезжать к отцу и брату он не считал нужным, а времени на создание собственной семьи у него никогда не было из-за занятости.

Джейсон бросил на брата выразительный взгляд, допил виски и встал.

— Послушай, ты же знаешь, как мне не хватает кентуккского воздуха. А еще мне не хватает твоей приятной компании и твоих шуточек. Я бы посидел с тобой еще, послушал, как ты надо мной потешаешься, но мне пора...

— Дай скажу, — с нажимом в голосе произнес Дэвид. — Я знаю, почему ты должен ехать. У тебя работа.

— Верно, у меня работа. И, как я полагаю, ты тоже очень занятой человек, ведь люди не перестают болеть даже в Рождество.

— Да, это верно. В Абернети люди порой нуждаются в помощи. В том числе и на Рождество.

При этих словах Джейсон опустился на стул. Дэвид просил его о помощи только в том случае, если действительно остро в ней нуждался.

— Что тебе нужно? Денег? — спросил Джейсон. — Что бы тебе ни понадобилось, чем смогу — помогу.

— Хотелось бы в это верить, — протянул Дэвид, уставившись в бокал с пивом.

Джейсон сделал знак официанту принести еще виски, и Дэвид вопросительно посмотрел на брата. Джейсон вообще-то пил мало. Он говорил, что алкоголь притупляет остроту мышления, а для работы ему нужна ясная голова. И разумеется, работа была для Джейсона смыслом жизни и, пожалуй, всем в жизни.

— Я влюблен, — тихо сказал Дэвид. Не услышав отклика, он поднял глаза и увидел на лице брата улыбку, что случалось очень редко.

— И что? Она не принадлежит к здешнему высшему свету, и местные дамы вооружились против тебя из-за того, что их драгоценный доктор Дэвид отбился от рук?

— Жаль, что ты так ненавидишь наш город. Знаешь, он ведь славный, наш Абернети, правда, славный.

— Это кому что нравится. Если тебя приводит в умиление узколобое ханжество и косность, тогда, конечно, Абернети — славный городок, — жизнерадостно парировал Джейсон.

— Послушай, то, что случилось с нашей мамой... Нет, я не хочу возвращаться к этой теме. Мне нравится этот город, и я не собираюсь отсюда уезжать.

— Ты будешь жить здесь долго и счастливо со своей дамой сердца. Так что у тебя за проблема с этой девушкой? И почему ты считаешь, что я могу помочь тебе? Что я знаю о любви?

— Ты знаешь, как ухаживать за женщинами. Твое имя регулярно появляется в колонках светской хроники.

— М-м... По роду деятельности мне необходимо бывать на этих благотворительных мероприятиях. И да, посещение светских раутов помогает обзаводиться подружками, — равнодушно заметил Джейсон.

— И разумеется, по чистой случайности, женщины, с которыми ты появляешься в обществе, все как одна красавицы.

— И все до одной корыстолюбивы. — сказал Джейсон, на этот раз с чувством. — Ты знаешь, сколько в наше время стоит авиационный бензин? Если бы ты знал, сколько стоит топливо для реактивного самолета, ты бы не тянул резину, а сказал сразу, зачем ты меня сюда заманил. Что заставило тебя придумать эту историю про сердечный приступ и близкую кончину отца?

— Думаю, что твоя поездка встала тебе в меньшую сумму, чем прибор для снятия электрокардиограммы.

Джейсон понял намек.

— У тебя такой прибор есть, не прибедняйся. Ближе к делу: кто она такая и в чем состоит проблема? Ты хочешь, чтобы я оплатил свадьбу?

— Хочешь — верь, хочешь — не верь, — сердито сказал Дэвид, — но некоторым людям на этой планете надо от тебя кое-что помимо денег, которые, похоже, являются для тебя в этой жизни всем.

Джейсон сразу пошел на попятную.

— Прошу прощения за инсинуации. Просто расскажи мне об этой женщине и скажи, чем я, черт возьми, могу тебе помочь.

Дэвид глубоко вздохнул.

— Она вдова. — Он пристально посмотрел на брата. — Вдова Билли Томпкинса.

Джейсон негромко присвистнул.

— Только не это. Я знаю, что у Билли были проблемы, но...

— Да, три проблемы: наркотики, алкоголь и опасное вождение.

— Ты не знаешь, каким он стал в последние годы. Он в итоге остепенился. Нашел работу в городке за рекой, а два года спустя вернулся в Абернети с Эми, которая была тогда на пятом месяце беременности. Похоже, он начал жизнь с чистого листа. Он даже купил развалюху на Салма-плейс. Тот старый дом на окраине, помнишь?

Джейсон приподнял бровь.

— Эта хибара еще не развалилась?

— Разваливается, однако все еще стоит. Как бы там ни было, он купил этот дом. Его мать помогла ему его купить. Она взяла ссуду.

— Немудрено. Кто в Абернети решился бы ссудить Билли деньгами?

— Именно так. Но все это не имело значения, потому что через четыре месяца Билли погиб. Врезался в дерево на скорости порядка восьмидесяти миль в час.

— Пьяный?

— Да, пьяный. И его жена осталась совсем одна, если не считать Милдред. Ты ее помнишь? Это мать Билли.

— Мне она всегда нравилась, — сказал Джейсон. — Она заслужила лучшего сына, чем Билли.

— Ну что же, зато у нее есть Эми. Человека добрее и лучше ее я в жизни не встречал.

8

— Так в чем проблема? Не могу представить, чтобы Милдред встала у тебя на пути. И только не говори мне, что отец...

— Он любит Эми почти так же сильно, как я, — сказал Дэвид, уставившись в полупустой стакан.

— Если ты не перейдешь к делу, я уйду, — пригрозил Джейсон.

— Дело в ее сыне. Я сказал тебе, что Эми была беременна, когда вернулась сюда с Билли. Ну вот, она родила мальчика.

— Ты принимал роды? — спросил Джейсон, приподняв бровь.

— Нет, и не начинай снова эту тему. Когда ты врач, все по-другому.

— М-м... Так что с ее сыном? Он похож на отца?

— Билли обладал чувством юмора. Этот ребенок... Тебе надо с ним встретиться, чтобы ты понял, о чем я. Он безжалостный. Совершенно бессовестный. Он — настоящее чудовище. Самое хитрое, самое беспринципное создание из тех, с кем мне довелось встречаться. Назвать его ревнивым собственником — значит ничего не сказать. Эми целиком в его власти, и он вьет из нее веревки.

— И она совершенно не отдает себе отчета в том, что делает ее ребенок? — сказал Джейсон, поджав губы. Он успел побывать в положении Дэвида. Несколько лет назад у него был роман с женщиной, к которой он испытывал нечто большее, чем физическое влечение. После одного свидания Джейсон стал подумывать о том, что у них может кое-что получиться. Но потом познакомился с тринадцатилетним сыном этой женщины. Ребенок имел явные преступные наклонности. Он шарил по карманам Джейсона и тащил все, что мог украсть. Однажды забрал ключи от машины Джейсона, в результате в тот вечер Джейсон был вынужден уехать домой на такси. Неделю спустя его машина была найдена на дне Ист-Ривер. Разумеется, мать этого малолетнего преступника не поверила, что ее ребенок на такое способен, и они расстались. Не так давно Джейсон узнал, что сын той женщины теперь работает на Уолл-стрит и стал мультимиллионером.

— У тебя есть опыт в этой сфере? — спросил Дэвид.

— Есть некоторый. Ты не можешь бывать с его матерью, пока ее сын не даст добро, верно? А мать в нем души не чает. — В голосе Джейсона чувствовалась горечь.

— Такого ты в жизни не видел. Она никуда без него не ходит. Я попытался убедить ее позволить мне нанять для него няньку, но она слишком горда, чтобы принять мою помощь, так что: либо ребенок идет с нами, либо мы никуда не идем. А у нее в доме просто невозможно оставаться. — Дэвид наклонился над столом. — Этот ребенок не спит. Я точно говорю. Никогда не спит. Он либо мутант, либо исчадие ада. И конечно же, Эми уделяет ему сто процентов своего внимания все то время, пока он не спит.

— Брось ее, — сказал Джейсон. — Можешь мне поверить: так будет лучше для всех. Как можно быстрее избавься от нее. Подумай сам, если тебе все же удастся ее завоевать, то с этим малышом тебе придется делить кров. И однажды утром ты проснешься с коброй в кровати.

— Кобре придется потеснить Макса.

— Парень все еще спит с матерью? — с отвращением переспросил Джейсон.

— Когда захочет.

— Беги от нее.

— Тебе легко сказать. Ты никогда ни в кого не влюблялся. Послушай, я думаю, что мог бы прибрать к рукам это чудовище, если бы мне удалось завоевать мать. Но, по правде говоря, я никогда не бывал с ней наедине. — И тогда Дэвид поднял глаза и посмотрел на брата до боли знакомым взглядом. Джейсон знал, что стоит за этим взглядом. Как-никак они выросли вместе.

— О нет! Ты меня в это не втянешь. У меня много важных дел.

— Какие важные дела в канун Рождества? Сколько раз ты говорил мне, что твои сотрудники, в отличие от тебя, изъявляют желание отдыхать на Рождество! Как ни странно, у них находятся иные интересы, кроме работы. Прояви милосердие, останься здесь и выручи меня, и дай своей секретарше хоть немного от тебя отдохнуть. Кстати, как она поживает, эта ослепительная красавица?

— Прекрасно, — сквозь зубы ответил Джейсон. — Так чего ты хочешь от меня? Хочешь, чтобы я похитил ребенка? Или, возможно, нам стоит покончить с проблемой раз и навсегда и прикончить негодника?

— Ребенку нужен отец, — поморщившись, заметил Дэвид.

— И тебе такая роль совсем не по вкусу, верно?

— Да, совсем не по вкусу. Но я еще никогда ничего подобного к женщине не испытывал, и у меня есть соперники. Она нравится всем мужчинам нашего города.

— Это кому? Десятку неудачников? Или старина Джонсон уже умер, и вас осталось только девять?

— За ней ведет охоту Йен Ньюсом.

— Да? — Джейсон криво усмехнулся, глядя на брата. — Это тот самый парень, что был капитаном футбольной команды и команды пловцов заодно? Тот, который оказался единственным призером чемпионата знатоков штата? Это тот самый парень, на которого девчонки так и кидались? Разве он не женился на Анжеле, капитане группы поддержки, у которой волос больше. чем мозгов?

— Он с ней развелся. А недавно вернулся в город и теперь продает «кадиллаки».

— Да, должно быть, он на них делает громадные деньги, — с сарказмом заметил Джейсон. Едва ли машины этой марки имеют большой спрос в Абернети.

— И еще он продает «мерседесы» арабам.

— А, — протянул Джейсон. — Тогда у тебя действительно проблемы.

— Все, что мне надо, — это иметь возможность побыть немного наедине с Эми. Если бы мне удалось побыть с ней наедине, я знаю, что смог бы...

— Влюбить в себя женщину своей мечты? Нет, из этого ничего не выйдет.

— Ладно, пусть так, — согласился Дэвид. — Но я хотя бы попытаюсь.

— Ньюсому достаточно послать ей в подарок красный «мерседес», и она будет его навеки. Может, ты устроишь для нее бесплатное...

— Она не такая! — Дэвид повысил голос чуть ли не до крика, однако, когда половина посетителей бара повернула головы в его сторону, он снова стал говорить тихо. — Послушай, перестань шутить. Я уверен, что хочу с ней жить, — тихо добавил он.

Какое-то время Джейсон молча смотрел на брата. Дэвид не часто просил о помощи, и он никогда не просил о помощи лично для себя. Дэвид окончил медицинский институт и при этом отказался от предложения брата оплатить его образование. «Мы не ценим то, что дается нам даром», — сказал он тогда. Джейсон был уверен, что Дэвид и сейчас еще не выплатил кредит за образование, но финансовой помощи от брата он ни за что не хотел принимать.

И вот сейчас Дэвид просил брата о чем-то очень личном, сокровенном, о чем-то таком, что не имело отношения к деньгам Джейсона. А Джейсона уже очень, очень давно не просили ни о чем таком, что не было бы связано с финансовыми вливаниями.

— Я сделаю что смогу, — тихо сказал он.

Дэвид поднял голову.

— Правда? Нет, нет, о чем я говорю! Ты не сделаешь того, чего я бы от тебя хотел.

Джейсон был от природы осторожен, поэтому он спросил:

— А что именно ты бы от меня хотел?

— Чтобы ты пожил с ней.

— Что?! — гневно воскликнул Джейсон, едва не подавившись виски. Завсегдатаи бара вновь повернули головы в их сторону. Джейсон грозно навис над столом. — Ты хочешь, чтобы я жил с твоей девушкой?

— Она не моя девушка. По крайней мере пока не моя. Но мне нужно, чтобы в ее доме находился кто-то, кто мог бы дать ей передохнуть от ее же ребенка. И она должна этому человеку доверять, иначе она никогда не доверит ему своего сына.

— Допустим, одно препятствие ты уберешь, но останется еще Ньюсом. Что ты будешь делать с ним?

— Да, Ньюсом и другие, которые тоже имеют на нее виды.

— Ладно, я позвоню Паркер, и она сможет...

— Нет! Это должен быть ты! Не твоя секретарша! И не твой пилот, и не твоя уборщица. Ты. — Дэвид сбавил обороты и уже другим, спокойным тоном пояснил: — Этому ребенку нужна твердая рука. Мужская рука. Ты умеешь обращаться с детьми. Посмотри на меня — чем тебе не блестящий пример мужского воспитания?

Джейсон поддался лести, хотя и понимал, что младший брат им манипулирует. Но по сути, Дэвид сказал правду — он, Джейсон, заменял ему и отца, и мать. Мать у них рано умерла, а отец работал по шестьдесят часов в неделю, так что они всегда были предоставлены сами себе и жили, можно сказать, вдвоем и друг для друга.

— Пожалуйста, — тихо сказал Дэвид.

— Ладно, — неохотно согласился Джейсон. В Нью-Йорке он был известен своей непреклонностью, но только Дэвид, его младший брат, мог заставить его забыть о принципах и пойти на уступки.

И еще тут примешивались личные мотивы. Джейсон и сам был не прочь воспользоваться подвернувшейся возможностью отыграть заново одно из жизненных сражений, в котором он в свое время потерпел поражение. Он потерпел поражение в битве с избалованным, испорченным чудовищем, тем ребенком, что украл у него женщину — одну из немногих, кого он мог бы полюбить. И теперь, спустя многие годы, он пожалел о том, что тогда не захотел стоять до конца, не стал за нее бороться. В прошлом году Джейсон снова увидел ту женщину. Она вышла замуж за человека, с которым Джейсон вел бизнес, и выглядела на все сто. У них был большой дом на Лонг-Айленде, и у них уже было двое своих детей. Сейчас, когда ему исполнилось сорок пять, Джейсон гадал о том, как сложилась бы его жизнь, если бы он остался тогда и добился взаимности у той женщины, если бы не позволил тринадцатилетнему мальчишке переиграть его, взрослого мужчину.

— Я сделаю это, — тихо сказал Джейсон. — Я останусь у нее и позабочусь о том, чтобы ее сын не мешал тебе ухаживать за Эми.

— Тебе придется нелегко.

— Полагаю, ты считаешь, что моя жизнь и работа — образец беззаботности?

— Ты еще не видел этого ребенка, и ты не видел, насколько Эми к нему привязана.

— Не переживай. Я справлюсь с любой задачкой, какую бы ты мне ни подкинул. Неделю я тебе обещаю заботиться об этом невыносимом создании, и, если этого времени тебе не хватит, чтобы завоевать Эми, значит, ты ее недостоин.

Джейсон приготовился к горячим изъявлениям благодарности, но Дэвид, вопреки ожиданиям Джейсона, благодарить брата не спешил. Он смотрел в стакан и молчал.

— Что еще? — рявкнул Джейсон. — Тебе мало недели? — Он уже унесся мыслями далеко вперед. Сколько футбольных матчей дворовой лиги можно будет посетить! Да благословит Господь того, кто придумал мобильные телефоны. Сидя на трибуне, он все равно мог бы работать. И если возникнет трудная ситуация, у него есть к кому обратиться. Паркер способна справиться с чем угодно за рекордно короткое время, находясь в любой точке мира и на сколь угодно большом расстоянии от своего босса.

— Поклянись.

Джейсон побагровел от такой наглости.

— Ты считаешь, что я могу нарушить слово?

— Нет, я боюсь, ты перепоручишь работу кому-то другому.

— Черта с два! — воскликнул Джейсон, но при этом опустил глаза, чтобы не встречаться с братом взглядом. Если бы те люди в Нью-Йорке, с которыми он вел дела, знали его так же хорошо, как его брат Дэвид, он не смог бы провернуть ни одной удачной сделки. — Я позабочусь о ребенке в течение рождественской недели, — сказал Джейсон с ударением на первом слове. — Я буду делать все, что любят дети. И даже дам ему ключи от своей машины.

— Забыл, что ты прилетел на самолете и у тебя нет при себе машины?

— Тогда я куплю машину и отдам ему эту чертову игрушку, ладно? — Только один Дэвид мог заставить Джейсона оправдываться. — Послушай, давай уже начнем твое шоу. Чем скорее я со всем этим покончу, тем скорее смогу убраться отсюда. Когда же мне назначено встретиться с этим чудом обаяния?

— Итак, ты дал клятву, — напомнил ему Дэвид. Глаза его смотрели серьезно, но голос звучал так, словно ему снова было четыре года и он брал со старшего брата слово, что тот никогда его не бросит.

Джейсон тяжело вздохнул.

— Да-да, даю честное слово, — пробормотал он и, не удержавшись, обвел взглядом бар, словно проверяя, не мог ли кто-то слышать его слова. За каких-то полчаса он из акулы бизнеса превратился в чумазого мальчугана, дающего клятвы на крови. — Я когда-нибудь говорил тебе, что ненавижу рождественские праздники?

— Как ты можешь ненавидеть то, в чем никогда не принимал участия? — спросил Дэвид с высокомерной усмешкой. — Давай пойдем отсюда. Может, нам повезет и этот маленький паршивец будет спать.

— Могу ли я напомнить тебе о том, что сейчас два часа ночи? Не думаю, что твой ангел во плоти одобрит наше вторжение в такой час.

— Знаешь, что я тебе скажу: мы поедем мимо ее дома, и если свет не будет гореть, мы проедем мимо. Но если мы увидим в доме свет, это будет означать, что она не спит, и мы сможем к ней зайти. Согласен?

Джейсон кивнул и допил виски. Однако ему совсем не понравилось то, о чем он сейчас подумал. Что за женщина могла выйти замуж на Билли Томпкинса? И что за женщина не ложится спать всю ночь? Такая же, как и он, пропащая — вывод напрашивался сам собой.

Когда они вышли из бара и направились к седану, в котором ждал шофер, Джейсон уже думал не столько о брате, умелом манипуляторе, а о женщине, которая так очаровала Дэвида, что тот решил на ней жениться. Слишком много фактов говорило не в ее пользу, а следовательно, и против выбора брата: пьяница муж, несносный ребенок, ночной образ жизни.

В машине Джейсон украдкой поглядывал на брата, которого фактически сам и вырастил. И с родительской самоотверженностью он поклялся про себя, что защитит его от этой сомнительной девицы. К тому времени, как они выехали на окраину Абернети, у Джейсона уже стал складываться ее портрет. Он представлял развязную деваху с обесцвеченными волосами и сигаретой во рту. Скорее всего она старше Дэвида. Дэвид так молод, так неопытен. За всю свою жизнь он лишь пару раз выезжал из Абернети и ничего не знал о жизни. Какой-нибудь сметливой и жадной бабенке ничего не стоило обвести его вокруг пальца.

Обернувшись, Джейсон посмотрел на брата с мрачной серьезностью.

— Честное слово, — тихо сказал он, и Дэвид ухмыльнулся ему в ответ. Джейсон отвернулся. Несмотря на то что Джейсону часто доставалось из-за Дэвида, младший братишка оставался единственным человеком, который мог внушить Джейсону веру в то, что он, Джейсон Уилдинг, действительно стоит тех денег, какими владел.

Глава 2

Старый дом на Салма-плейс, что еще во времена их с Дэвидом детства и юности дышал на ладан, сейчас выглядел так, словно вот-вот рухнет. Этот дом никто не красил лет пятнадцать, не меньше, и терраса с одной стороны завалилась набок. И, судя по тому, что смог при лунном свете разглядеть Джейсон, крыша находилась в таком состоянии, что физически не могла выполнять свои основные функции, а именно служить защитой от дождя и прочих атмосферных осадков.

— Видишь, — возбужденно заметил Дэвид, который, судя по всему, не замечал того плачевного состояния, в котором пребывал дом, — свет везде включен. Этот ребенок никогда не спит, он и матери всю ночь спать не дает.

Джейсон с сожалением посмотрел на брата, подумав, что чем быстрее он избавит его от этой гарпии, тем лучше будет для Дэвида.

— Пойдем, — сказал Дэвид. Он уже успел выйти из машины и торопливо шел по растрескавшемуся тротуару к забору. — Ты боишься? Если ты боишься...

— Если я боюсь, ты же знаешь, как меня завести, верно? Чего не сделаешь ради куража, — сказал Джейсон, приподняв бровь.

Дэвид усмехнулся. Зубы его жемчужно блеснули в лунном свете. Затем он повернулся к брату спиной и легко взбежал по ступеням на террасу. На середине лестницы он обернулся:

— Только не ступай сюда, эта ступенька... О, прости, ты не ушибся? Дом нуждается в некотором ремонте.

Потирая голову в том месте, где отскочившая доска навеса террасы ударила его, Джейсон ответил брату кривой усмешкой.

— Да уж, в некотором ремонте. Все равно что сказать о Франкенштейне, что он нуждается в легком вмешательстве пластического хирурга.

Однако Дэвид уже не слышал брата. Он с энтузиазмом колотил в дверь, и уже через пару секунд она распахнулась. На пороге стояла молодая женщина. Джейсон не верил собственным глазам. Он от удивления рот раскрыл — эта женщина никак не соответствовала его ожиданиям.

Эми не была похожа на сирену. Она не была похожа на музу. Едва ли при виде ее вдохновенный поэт стал бы посвящать ей пылкие послания. Джейсон с трудом мог представить, чтобы мужчины, изнемогая от похоти, обивали порог ее дома в надежде на взаимность. Соперники, очевидно, существовали лишь в разгоряченном воображении Дэвида. У этой женщины были длинные темные волосы, которые давно бы следовало помыть. И эти волосы были убраны в хвост на затылке. На лице ее не было никакой косметики, кожа казалась болезненно бледной, в цвет слоновой кости, а на подбородке Джейсон заметил какие-то белесые пятна. Темные глаза ее занимали чуть ли не пол-лица и казались огромными, и по сравнению с ними рот выглядел крохотным. Что касается телосложения, то она была хрупкой и, судя по костям, выпиравшим из-под одежды, ее не мешало бы хорошенько подкормить. Единственное, что привлекало к ней внимание, была ее грудь: шары громадных размеров, отмеченные двумя большими влажными кругами в районе сосков.

— Проклятие! — сказала она, опустив взгляд на грудь, и быстро зашла обратно в дом. — Заходите, Дэвид, чувствуйте себя как дома. Макс, слава Богу, сейчас как раз спит. Я бы угостила вас джином, но у меня его нет, так что вы могли бы угоститься бренди пятидесятилетней выдержки, которого у меня, кстати, тоже нет.

— Спасибо, — весело сказал Дэвид. — В таком случае я думаю, мы выпьем шампанского.

— Тогда налейте мне ведерко. Я бы не стала отказываться, — донеслось из темного коридора.

Дэвид задорно взглянул на Джейсона, словно хотел сказать: ну разве она не самая остроумная девушка на земле?

Но Джейсон не смотрел на брата. Он осматривал помещение. Дом был весьма далек от того, что можно было бы назвать «домом твоей мечты». Дэвид нередко пенял брату на то, что он живет по большей части на борту своих частных самолетов и в принадлежащих ему отелях и посему оторвался от действительности и забыл о том, как живет остальной мир. Джейсон брезгливо поморщился. Рухлядь — именно это слово приходило ему на ум. Все в этом доме выглядело так, словно было свезено сюда за ненадобностью сердобольными соседями: ничего не сочеталось друг с другом, ничего ни к чему не подходило. Посреди комнаты стоял уродливый старый диван с рваной коричневой обивкой, омерзительное старое кресло, покрытое какой-то тряпкой с набивным рисунком, изображающим подсолнухи и банановые листья. Журнальный столик напоминал громадную деревянную катушку, которую какой-то сумасшедший выкрасил в грязноватый оттенок фуксии.

Но, как с удовлетворением подумал Джейсон, именно в таком месте, по его представлениям, должен был жить Билли Томпкинс. Если хозяйка никак не походила на составленный Джейсоном мысленный портрет жены Билли Томпкинса, то с домом он попал в самое яблочко.

Дэвид ткнул брата локтем под ребро и кивнул в сторону двери.

— Спрячь эту глумливую усмешку, — еле слышно прошептал он, и как раз в это время в комнату вошла Эми.

На ней была сухая, мятая рубашка, и с подбородка исчезли почти все пятна. Когда она заметила, что Джейсон уставился на нее, она провела тыльной стороной ладони по подбородку, убрав оставшиеся пятна, и, чуть заметно улыбнувшись, сказала:

— Детская рисовая каша. Если бы он съедал столько же, сколько остается на мне, он был бы похож на маленького жирного поросенка.

— Познакомься, это мой двоюродный брат Джейсон, — сказал Дэвид. — Тот, о котором я тебе рассказывал. Он был бы тебе искренне признателен, если бы ты позволила ему остаться у тебя до тех пор, пока не затянется его сердечная рана.

Это заявление настолько потрясло Джейсона, что он даже не нашел что сказать и лишь с недоумением уставился на брата.

— Да, конечно, я понимаю, — сказала Эми. — Пожалуйста, заходите и присаживайтесь. — Она посмотрела на Джейсона. — Сожалею, что Макс сейчас спит, но часа через три вы его обязательно увидите. В этом можете не сомневаться, — со смехом добавила она.

Джейсон заподозрил неладное. Тут пахло крысой. И этой крысой был его младший братишка Дэвид. Братишка, которого он, Джейсон, самолично вырастил. Братишка, которого Джейсон всегда любил и пестовал. Братишка, за которого он готов был умереть. И этот братишка, похоже, сыграл с ним очень злую шутку.

Давным-давно Джейсон понял, что, если подольше не раскрывать рта, можно узнать все, что тебе нужно, и даже более того. Много раз молчанием он добивался большего, чем могли бы принести слова, поэтому сейчас он предпочел поменьше говорить и побольше слушать.

— Могу я предложить вам чаю? — спросила Эми. — Если шампанского я позволить себе не могу, то чай мне вполне по средствам. У меня есть ромашковый чай с земляничным листом. Хотя нет, этот чай улучшает лактацию, а я не думаю, что кому-то из вас это может пригодиться, — сказала Эми, улыбаясь Джейсону с таким видом, будто он был в курсе всего того, что происходило.

И Джейсон действительно начинал понимать. Он успел заметить в этой комнате кое-что, чего не заметил раньше. На полу лежал плюшевый тигр. Тигр из «Винни Пуха». И еще на кресле с отвратительной цветочной накидкой лежала раскрытая детская книжка с картинками со страницами не из бумаги, а из закатанной в пленку ткани.

— Сколько лет вашему сыну? — спросил Джейсон. На щеках его играли желваки.

— Сегодня ему ровно двадцать шесть недель, — с гордостью ответила Эми. — Шесть месяцев.

Джейсон метал молнии взглядом. Он повернул голову к брату.

— Мы можем выйти и поговорить? — с угрозой в голосе спросил он. — Извините нас.

Поскольку Дэвид продолжал сидеть на старом коричневом диване, не делая никаких попыток встать с него, Джейсон схватил брата за плечи и стащил его с кресла. Джейсон всегда следил за тем, чтобы там, где ему приходилось бывать по работе, всегда имелся в наличии гимнастический зал, чтобы он мог поддерживать форму. Дэвид опрометчиво полагал, что пятнадцать часов в день на ногах — вполне достаточная нагрузка для тела. Сейчас Джейсону представилась возможность на деле доказать правильность своей позиции, ибо он явно имел над братом преимущество в силе. Джейсон не замедлил воспользоваться своим превосходством в физической подготовке и легко приподнял Дэвида за плечи, заставив встать.

— Мы вернемся буквально через минуту, — сказал Дэвид, улыбаясь Эми, в то время как Джейсон уже тащил его к двери.

Как только они вышли на улицу, Джейсон, злобно глядя на своего брата, произнес с тихой угрозой:

— Что за игру ты ведешь? И не смей мне лгать.

— Я не мог тебе сказать всего. Иначе ты удрал бы к своему проклятому самолету. Но я ведь тебе на самом деле не солгал. Я просто упустил кое-какие подробности. И разве не ты говорил мне, что никогда не следует спешить с выводами?

— Не пытайся обернуть против меня мое же оружие. И потом, я говорил об общении с незнакомцами. Я не думал, что мой собственный брат... Впрочем, к черту все это. Сейчас ты вернешься и скажешь этой бедной женщине, что произошла ошибка и...

— Ты нарушаешь клятву. Я знал, что так оно и будет

Джейсон на мгновение прикрыл глаза, собираясь с духом.

— Мы уже не школьники младших классов. Мы взрослые люди и...

— Верно, — холодно заметил Дэвид и направился к машине.

«Господи, за что мне все это?» — подумал Джейсон. Брат никогда не был отходчивым и мог таить обиду бесконечно долго. Нагнав Дэвида, он схватил его за плечо

— Ты должен понимать, что я не могу сдержать обещание. Я мог бы присматривать за мальчишкой лет десяти, к примеру, но здесь речь идет о младенце! Дэвид, он же еще носит подгузники!

— А ты считаешь ниже своего достоинства их менять, да? Конечно, ты такой большой человек, такой богатый, такой властный. — У Дэвида от злобы перекосило лицо. — Джейсон Уилдинг выше того, чтобы менять подгузники. Догадайся, сколько раз мне приходилось выносить судно? Сколько раз ставить катетеры? То, что я...

— Хватит, Дэвид, ты победил. Ты — святой, а я — воплощение дьявола. Как бы там ни было, я не могу на это пойти.

— Я знал, что ты возьмешь свое слово назад, — пробормотал Дэвид и поплелся к машине.

Джейсон поднял глаза к небу, прося у Бога придать ему силы, после чего снова схватил Дэвида за руку.

— Что ты ей сказал? — спросил Джейсон. В конце концов, он не был абсолютно беспомощным. У него имелся огромный штат исполнительных сотрудников и еще была Паркер, для которой не существовало невыполнимых задач.

У него уже созрел план. Он воочию видел, как его секретарша прилетает в Абернети и берет на себя заботу о ребенке. Впрочем, нет, не о ребенке, о младенце.

У Дэвида сразу улучшилось настроение.

— Я сказал ей, что ты мой кузен и все еще не можешь оправиться от разрыва с любимым человеком, и что это Рождество — первое, которое тебе придется провести без предмета твоей любви, и что поэтому ты чувствуешь себя очень одиноким. И что в твоей новой квартире сейчас идет ремонт, поэтому тебе придется пожить неделю в другом месте. И еще я сказал ей, что ты очень любишь маленьких детей и что она окажет тебе услугу, если позволит остановиться у нее и понянчиться с Максом, пока сама займется поисками работы. — Дэвид произнес всю тираду на одном дыхании.

24

Все оказалось не так плохо, как думал Джейсон вначале, когда прозвучала ремарка насчет «разбитого сердца».

Дэвид понял, что брат вот-вот смилостивится.

— Все, что я хочу, — это провести с ней немного времени, — сказал Дэвид. — Я по ней с ума схожу. Ты же видишь, какая она чудная. Она забавная, храбрая и...

— И у нее золотое сердце. Можешь не продолжать, — устало бросил Джейсон. Они с братом шли к машине вместе. Леон уже вышел из машины и открыл заднюю дверцу. — Позвони Паркер и вели ей как можно быстрее сюда приехать, — приказал Джейсон. Ему стало легче на душе: отдавать приказы было для него делом привычным и приятным. Рядом с Дэвидом он чувствовал себя как сопливый первоклассник. — Если я сделаю то, о чем ты меня просишь, ты никогда — слышишь, никогда — ни о чем больше не станешь меня просить. Ты понял? Таков мой ультиматум.

— Честно́е скаутское, не попрошу, — сказал Дэвид и поднял два пальца в салюте. Он выглядел таким счастливым, что Джейсон его почти простил. Но во всем можно найти хорошую сторону, и хорошая сторона этой сделки состояла в том, что, раз Дэвид ему солгал, Джейсон тоже считал себя вправе использовать кое-какие сомнительные приемы. Он вызовет сюда Паркер, и его умница секретарша обязательно придумает, каким образом вызволить его из капкана, в который он, Джейсон, угодил из-за поспешно данного обещания.

Дэвид читал мысли брата.

— Ты не пожалеешь об этом. Я обещаю.

— Я уже пожалел, — пробормотал Джейсон за спиной у брата.

Дэвид вошел в дом первым, следом за ним — Джейсон. После того как они вернулись в дом, Дэвиду не потребовалось и четырех минут, чтобы откланяться, оставив Эми и Джейсона наедине друг с другом.

И вот тогда Джейсон почувствовал себя особенно неловко.

— Я... — начал он и замолчал, потому что не знал, что сказать этой молодой женщине, которая стояла, уставившись на него так, словно ждала от него объяснений. Чего она от него хотела? Может, резюме? Из его резюме она могла бы узнать, что он владеет пятью сотнями компаний, но в его резюме не было ни слова о его способности или, было бы уместнее сказать, о его неспособности менять подгузники младенцам.

Не дождавшись ничего вразумительного от Джейсона, Эми одарила его мимолетной улыбкой и сказала:

— Представляю, как вы устали. В доме есть свободная спальня. Простите, но там узкая кровать. У меня раньше никогда не было гостей.

Джейсон попытался ответить ей улыбкой. В том, что его брат влюбился в эту женщину, его, Джейсона, вины не было, но, по правде сказать, Джейсон не понимал, что особенного в ней нашел Дэвид. Во что там было влюбляться? Что касается его, Джейсона, личных пристрастий, то ему нравились женщины ухоженные, женщины, которые проводят помногу часов в день в лучших салонах красоты, где специалисты колдуют над каждым их волоском, над каждым дюймом кожи.

— Где ваши сумки?

— Сумки? — спросил Джейсон, не понимая, что она имеет в виду. — Ах да, багаж. Я оставил его у Дэвида. Утром я его заберу.

Она пристально на него посмотрела.

— Я думала... — сказала она и отвернулась, не закончив предложения. — Спальня там, с маленькой ван-

26

ной комнатой. Там, конечно, не очень... — Она оборвала себя на полуслове, не желая, видимо, пускаться в извинения по поводу недостатков своего жилья. — Спокойной ночи, мистер Уилдинг, — сказала она и вышла через другую дверь. Джейсон не привык, чтобы с ним так обращались. На самом деле ему было куда привычнее, когда над ним порхают, смахивают с него пылинки. И неудивительно, ведь, как правило, всем от него было что-нибудь нужно.

— Угу, — пробормотал он. — Спокойной ночи.

Он пошел в ту комнату, которую ему показала Эми. Это помещение было в еще худшем состоянии, чем все то, что он успел рассмотреть в доме. Удивительно, как такое возможно. Посреди комнаты стояла кровать, застеленная чистым стареньким стеганым одеялом в красно-белую клетку, а рядом перевернутая картонная коробка со старой лампой, которой, судя по ее виду, мог пользоваться сам Эдисон; и больше никакой мебели. Еще имелось крохотное окно без штор и занавесок и две двери: одна из которых, вероятно, вела в кладовку, а другая — в ванную. Ванная комната была выложена ослепительно белым кафелем, большая часть которого успела покрыться трещинами.

Десять минут спустя Джейсон, раздевшись до белья, нырнул под одеяло. Завтра он отправит секретаршу купить ему электрическое одеяло.

Не прошло и получаса, как Джейсона разбудил какой-то звук. То был скребущий звук, за которым последовал другой звук: как будто мнут бумагу. Джейсон всегда спал не слишком крепко, но годы постоянных перелетов сделали его сон еще более чутким и беспокойным, и теперь бессонница стала для него привычным состоянием, которое, наверное, требовало медицинского вмешательства. Но на лечение от бессонницы у Джейсона просто не было времени. Неслышно ступая по холодному полу босиком, он прошел в гостиную. Лунного света, льющегося в окна, хватало, чтобы разглядеть очертания мебели и не натолкнуться на нее. Пару секунд он постоял, прислушиваясь. Звук доносился из комнаты Эми.

Не решаясь войти, Джейсон стоял у открытой двери. Возможно, она там чем-то занята и не хочет, чтобы ее беспокоили. Но нет, когда глаза его привыкли к темноте, Джейсон увидел, что она лежит в кровати и скорее всего крепко спит. Джейсон никогда ни за кем не подглядывал и, не желая опускаться до такой низости, уже повернулся, чтобы вернуться к себе в спальню, но вновь услышал подозрительные звуки. Вглядываясь в темноту, он разглядел в дальнем углу спальни женщины нечто, напоминающее клетку с прутьями, но, поморгав, понял, что это не клетка, а старомодный деревянный манеж, и то, что сидело в нем, больше всего напоминало детеныша медведя.

Джейсон снова заморгал, недоверчиво покачал головой, затем снова посмотрел в сторону манежа. Медвежонок повернул голову и посмотрел на него ухмыляясь. Джейсон отчетливо разглядел два зуба, поблескивавших в призрачном серебристом свете.

Не отдавая себе отчета в том, что делает, Джейсон на цыпочках вошел в комнату и наклонился над ребенком. Он внутренне был готов к тому, что малыш заорет, увидев склонившегося над ним незнакомого человека, но младенец не закричал. Напротив, ребенок явно проявил к нему интерес. И этот интерес выразился в том, что младенец вцепился Джейсону в щеку и ущипнул за нее так, что из глаз брызнули слезы от внезапной боли.

28

Убрав маленькую руку со своего лица, Джейсон поднял ребенка на руки, принес к себе в комнату и, положив на узкую кровать, подоткнул одеяло и сурово приказал:

— А теперь спи.

Младенец недоуменно поморгал, затем заерзал, улегся по диагонали и уснул.

— Неплохо, — восхищенный собственными достижениями, сказал Джейсон. Совсем неплохо. Возможно, Дэвид был прав, когда говорил, что он, Джейсон, умеет находить подход к детям. Плохо, что он не применил этот строгий тон к самому Дэвиду много лет назад. Возможно...

Но тут Джейсон осознал, что теперь спать ему негде. Даже если он развернет малыша, кровать его была слишком узкой, чтобы они могли поместиться на ней вдвоем. Ребенок был толстый, как рождественский гусь. Неудивительно, что он вначале принял его за медвежонка.

И что теперь делать? Джейсон посмотрел на часы. Четыре часа утра. В Нью-Йорке все спят, так что вести дела он не мог. Хотя, подумал Джейсон, если в Нью-Йорке все спали, то в Лондоне шел рабочий день.

И, надев свой шерстяной костюм, чтобы спастись от холода, Джейсон вытащил мобильный телефон из кармана и, подойдя к окну, где прием был лучше, набрал номер. Пять минут спустя он уже принимал самое деятельное участие в телефонной конференции глав недавно приобретенной им компании. Судя по доносившимся до него фоновым шумам, в лондонском офисе рождественская вечеринка была в разгаре, Джейсон чувствовал раздражение менеджеров, которых он лишил возможности веселиться, но все это не имело для него значения. Бизнес есть бизнес, и чем скорее они это поймут, тем лучше.

Глава 3

«Это мне не нравится», — думала Эми, укладываясь в постель. По какой-то непонятной причине Макс все еще спал, она видела этот большой ком в манеже.

— Не нравится, не нравится, — сказала она вслух и встревоженно взглянула на импровизированную детскую кровать, боясь, что разбудила ребенка, но Макс не шевелился. Ей все равно придется его разбудить, иначе молоко разорвет грудь, но все равно приятно, что у нее есть минута-другая для того, чтобы просто поразмышлять.

Когда Дэвид обратился к ней с предложением, чтобы она позволила его кузену (гею) пожить у нее неделю, Эми ответила категорическим отказом.

— Чем я буду его кормить? — спросила она. — Мне едва хватает средств на еду себе и Максу.

— Он... ему нравится готовить. И я уверен, что ему будет приятно готовить еду не для себя одного. Он купит все необходимое. — Но Дэвид сказал это так, что Эми ему не поверила. — Нет, в самом деле, он будет готовить. Послушай, Эми, я понимаю, что веду себя не очень красиво, навязывая тебе постояльца, но мой кузен действительно нуждается в человеческом участии. Джейсон и его друг только что расстались, и моему кузену просто некуда деваться. Ты окажешь мне неоценимую услугу. Я бы позволил ему остаться у нас, но ты же знаешь, как мой отец относится к голубым.

На самом деле Эми встречалась с Бертрамом Уилдингом только раз, и она понятия не имела, как он относится к чему-то или кому-то, помимо сосисок с соусом чили (их он любил) и футбола (его он тоже любил).

— Неужели нельзя пристроить твоего кузена к кому-нибудь другому? Ты всех в городе знаешь, — взмолилась Эми. Дэвид так хорошо к ней относился. Он не взял с нее ни цента за лечение Макса, когда у него воспалились уши, и за прививки тоже не стал брать денег, и он даже направил к Эми медсестру, когда она свалилась с гриппом на три дня. Одинокой матери не просто выживать на такие маленькие деньги, когда приходится считать каждый цент, но с помощью Дэвида она как-то смогла выжить. И поэтому она чувствовала себя ему обязанной. А долг платежом красен, как говорится.

— У тебя есть лишняя спальня, да и тебе он будет полезен. Ты же не имеешь ничего против геев? — спросил он, намекая на то, что он, возможно, составил о ней лучшее мнение, чем она заслуживала.

— Конечно, нет. Я ничего не имею против геев. Вопрос лишь в пространстве и... да, в деньгах. Я не могу позволить себе кормить его, а тем более платить за то, что он будет нянчиться с моим ребенком. И еще...

— Предоставь мне решить эти вопросы. И вообще, предоставь это все мне. Джейсон будет помогать тебе во всем и значительно облегчит твою жизнь.

Да, она доверяла Дэвиду, как доверял Дэвиду каждый живущий в этом городе, и чем обернулось для нее это доверие? Кого он к ней привел жить? Мужчину шести футов роста с презрительной миной, от которого ей хотелось убежать как можно дальше и спрятаться так, чтобы он ее никогда не нашел, — вот кого он к ней привел. Прошлой ночью, вернее сказать, этим утром, как раз в два часа, в обычное время ночного кормления Макса, она едва удержалась от того, чтобы не сказать что-нибудь едкое, когда заметила, как он, брезгливо скривив губы, осматривает ее дом. На нем был костюм, который, вероятно, стоил больше, чем весь ее дом со всеми потрохами. Она кожей ощущала его презрение. В тот момент ее так и подмывало сказать Дэвиду, чтобы он забирал своего кузена и убирался на все четыре стороны. Она его к своему сыну и близко бы не подпустила.

Но тут она вспомнила все то, что рассказывал ей об этом несчастном Дэвид: о разбитом сердце и все такое. Но Эми не показалось, что этот мужчина выглядел подавленным. Скорее, он был зол: зол на весь мир, а возможно, зол конкретно на нее. Когда он потребовал, чтобы Дэвид вышел с ним на улицу, Эми с трудом поборола искушение запереть за ними дверь на засов, а самой вернуться в теплую постель.

Но она этого не сделала, а теперь ей предстоит всю неделю провести как на иголках. И всю неделю она будет видеть эту презрительную ухмылку. Целую неделю!

Но ход ее мыслей прервался, когда она услышала глухой стук, как будто на пол упало что-то тяжелое. Этот звук донесся из комнаты гостя. И следом раздался оглушительный, испуганный крик Макса. Эми успела соскочить с кровати и прибежала в комнату своего постояльца еще до того, как тот успел поднять ребенка.

— Убирайтесь, — сказала она, оттолкнув протянутую к ее ребенку руку гостя, и, схватив малыша на руки, принялась баюкать его, прижимая к груди. — Тише, мой сладкий, — приговаривала она.

Сердце ее колотилось как бешеное. Он упал с кровати. Может, он ударился головой? Все ли с ним в порядке? Не получил ли он сотрясения? Не дай Бог, он повредил голову! Она лихорадочно ощупывала головку малыша, нет ли там шишки, крови или царапины.

— Он просто испугался, — сказал Джейсон. — Он упал на подушку, и, кроме того, на нем столько всего надето, что его спокойно можно сбросить с крыши, и он ничего не почувствует. — При этих словах он одарил Эми чем-то слабо напоминающим человеческую улыбку. Или тем, что в его понимании называлось улыбкой.

Эми метала молнии взглядом. Макс уже перестал плакать и сейчас извивался у нее на руках, тычась носом в грудь.

— Уходите, — сказала она Джейсону. — Я не хочу вас здесь видеть.

Джейсон посмотрел на нее так, словно он не понимал по-английски.

— Уходите, я сказала. Вы уволены.

Она с трудом удерживала Макса, который, согнувшись вдвое, толкался головой ей в грудь.

— Возьмите ваш... ваш телефон и уходите. — Нетрудно было догадаться, что Джейсон стоял у окна, общаясь по телефону, оставив при этом ребенка лежать одного на узкой кровати. Эми не собиралась доверять Макса заботам настолько беспечного человека.

— Меня еще ни разу не увольняли с работы, — сказал Джейсон, удивленно округлив глаза.

— Все когда-нибудь случается в первый раз. — Видя, что Джейсон не сделал и шагу, Эми поджала губы. — У меня нет машины, так что, если вас нужно отвезти, позвоните Дэвиду. Могу дать его номер.

— Я знаю его номер, — тихо сказал Джейсон, не сходя с места. Он продолжал смотреть на Эми во все глаза.

— Так звоните! — сказала она и повернулась, чтобы уйти, прижимая к себе извивающегося Макса.

Она прошла в гостиную, уложила Макса на две подушки на диване, подложив руку ему под голову, затем рассерженно расстегнула ночную рубашку и достала грудь. Макс стремительно ухватился за сосок. Он лежал и пристально смотрел на мать снизу вверх, очевидно догадываясь, что тут происходит что-то необычное.

— Послушайте, я... извините меня, — сказал Джейсон, повернувшись к Эми спиной. Она чувствовала его смущение, вызванное тем, что он присутствовал при кормлении. Стащив со спинки дивана детское одеяло, Эми прикрыла себя и большую часть младенца.

— Дайте мне еще один шанс, — сказал Джейсон, по-прежнему стоя к ней спиной. — Я был... — Он с трудом смог выдавить: — Я был не прав. Я поступил неправильно, оставив ребенка одного на кровати. Но... хм... я хотел как лучше. Я услышал, что он не спит. Вы спали, и поэтому я вынул его из манежа и принес в свою комнату. Я просто хотел дать вам поспать пару лишних часов, вот и все.

Насколько могла судить Эми, каждое слово давалось ему ценой ожесточенной внутренней борьбы. Можно было подумать, что он еще ни разу в жизни ни перед кем не извинялся. Нет, даже не так. Судя по его тону, можно было подумать, что он в своей жизни ни разу не совершал ничего такого, за что пришлось бы просить прощения.

— Вы просите меня, чтобы я еще раз рискнула жизнью своего ребенка? — спросила Эми спокойно, глядя на его спину.

Джейсон медленно повернулся к ней лицом, увидел, что она прикрыта, и сел в кресло с жутковато-веселенькой накидкой.

— Обычно я... я не бываю так неосторожен. Обычно мне приходится одновременно вести несколько дел и отслеживать ситуацию сразу по нескольким направлениям. Как правило, мне удается справляться с теми проблемами, что подбрасывает жизнь. Я бы даже взял на себя смелость заявить, что умение одновременно решать несколько вопросов и при этом находить оптимальные решения для каждого — моя сильная сторона и предмет моей гордости.

— Не надо лгать. Мне это ни к чему. Дэвид все мне рассказал. — Когда она произнесла эти слова, лицо Джей-

34

сона приобрело странный оттенок лилового, и Эми утвердилась в своем решении как можно быстрее избавиться от этого типа.

— И что вам рассказал доктор Дэвид? — тихо спросил Джейсон.

Что-то в нем было такое, что ее немного пугало. Она была в большом долгу перед Дэвидом, но она не собиралась возвращать долги кому бы то ни было, рискуя жизнью и здоровьем своего малыша.

— Он сказал мне, что вы гей и что вы не успели оправиться от разрыва с вашим партнером, который разбил вам сердце, и...

— Он сказал вам, что я гей? — тихо переспросил Джейсон.

— Да, я знаю, что это ваш секрет и что вы не хотите, чтобы об этом знали окружающие, но он был вынужден мне об этом рассказать. Вы же не думаете, что я пустила бы в свой дом незнакомого мужчину традиционной ориентации? — Она прищурилась и пристально на него посмотрела. — Или думаете? За кого вы меня принимаете? — Поскольку он не дал немедленного ответа, Эми сказала: — Вам лучше уйти.

Джейсон бровью не повел. Но при этом он смотрел на нее так, словно бился над какой-то очень серьезной проблемой. Эми вспомнила о том, что Дэвид говорил, что его кузену не к кому прийти в гости, не с кем провести Рождество.

— Послушайте, я сожалею, что с вами так вышло Нельзя назвать вас непривлекательным мужчиной, и я уверена, вы найдете кого-то, кто...

— Другого любовника? — спросил Джейсон, приподняв бровь. — Теперь я у вас спрошу: за кого вы меня принимаете?

При этих словах Эми покраснела и опустила глаза на Макса, который продолжал жадно сосать грудь. Глаза младенца были широко открыты. Он, казалось, ловил каждое произнесенное здесь слово.

— Извините, — сказала она. — Я не хотела никого оскорбить. Для меня все люди равны. Простите меня.

— Только если вы простите меня.

— Нет, — сказала она. — Я не думаю, что из того, что предложил Дэвид, выйдет что-нибудь путное. Я не... — Она вдруг замолчала и вновь опустила глаза на Макса. Он больше не сосал молоко, но отпускать ее сосок он тоже не хотел. Макс считал свою мать большой живой соской.

— Вы мне не доверяете? Вы не хотите простить меня? Что вас не устраивает?

— Вы мне не нравитесь, — выпалила Эми не подумав. — Простите, но вы сами спросили. — Засунув палец Максу в угол рта, она помешала ему тянуть ее за сосок, убрала от груди и запахнулась — и все это одним ловким движением. Эми подняла малыша вертикально и закинула себе на плечо, но ребенок вывернул голову, пытаясь увидеть, есть ли в комнате кто-нибудь еще.

— И почему я вам не нравлюсь?

В этот момент Эми решила, что сполна оплатила свой долг Дэвиду.

— С тех пор как вы вошли в мой дом, вы только и делаете, что морщитесь и ухмыляетесь. — Эми понесло. — Пусть мы и не можем позволить себе носить костюмы, сшитые на заказ, и покупать золотые часы, но мы делаем все, что можем. Я думаю, что где-то на жизненном пути вы растеряли память о том, что такое быть... частью народных масс. Когда Дэвид упрашивал меня пустить вас к себе в дом, я думала, что мы можем помочь друг другу, но теперь я вижу, что вы считаете, что вдова

Билли Томпкинса вам не чета. — Последнюю фразу она произнесла сквозь стиснутые зубы. Не прошло и недели со дня ее приезда в Абернети, как она поняла, какого мнения жители этого города о ее Билли.

— Понимаю, — сказал Джейсон. Он продолжал сидеть в кресле с таким видом, словно не собирался не то что уходить из дома, а даже с кресла вставать. — И что, как вам кажется, я должен был бы сделать, чтобы реабилитироваться в ваших глазах? Как я могу доказать, что достоин доверия и могу выполнить эту работу?

— Понятия не имею, — сказала Эми, сражаясь с Максом, который всеми двадцатью двумя фунтами своего тела боролся за то, чтобы встать к ней на колени. Однако с чувством равновесия у него пока были проблемы, и он мотался из стороны в сторону, как кусок вареной макаронины.

Внезапно Джейсон наклонился и забрал у нее ребенка, и при этом Макс восторженно взвизгнул.

— Предатель, — пробурчала себе под нос Эми, наблюдая за тем, как Джейсон подбросил его вверх, а потом опустил на колени. Макс схватил Джейсона за щеки. Эми хорошо знала, что Макс может причинить сильную боль, выражая свою симпатию. Пару раз после таких вот любовных хваток у нее оставался синяк на щеке.

Когда Макс начал недовольно визжать, Джейсон сказал ему: «Утихни», — и малыш повиновался. Сидя у Джейсона на коленях, довольный жизнью, Макс улыбался своей матери.

Эми совсем не нравилось быть одинокой матерью, и ей было очень больно оттого, что у Макса нет отца. Все вышло совсем не так, как она планировала. При всех его многочисленных недостатках Билли был хорошим человеком, и из него бы получился хороший отец. Но судьба распорядилась иначе, и...

— Чего вы хотите? — устало сказала Эми, когда заметила, что Джейсон на нее смотрит.

— Хочу, чтобы вы дали мне второй шанс. Могу я спросить вас, миссис Томпкинс, ваш сын что, ни разу не падал, когда вы за ним присматривали?

Эми покраснела и отвернулась. Она не знала, как такое могло случиться, но Макс при ней один раз упал с кровати и один раз с кухонной стойки. Во второй раз он был накрепко пристегнут к прочному пластиковому сиденью, и он упал на спину, оставаясь привязанным к нему, и был похож на черепаху в панцире.

— Да, два раза. Случайно.

— Понимаю. Ну что же, этим утром я допустил свою первую и единственную оплошность. Могу вас в этом уверить. Я думал, что он спит, и, поскольку он занял все пространство кровати, я лечь не мог. И поскольку спать мне было негде, я решил сделать несколько звонков. С моей стороны было ошибкой исходить из предположения, что он спит, и спит крепко, но я не пренебрегал своими обязанностями намеренно. Что еще вам Дэвид обо мне наговорил?

— Что вам сейчас негде жить и что вы вернулись домой, чтобы залечить сердечную рану, — сказала она.

Макс, предатель, сидел на коленях у Джейсона со спокойным достоинством короля, восседающего на троне, и задумчиво перебирал пальцы на руках постояльца.

— Вы заметили, я, кажется, нравлюсь вашему сыну?

— Мой сын ест бумагу. Какой с него спрос?

И впервые за все время Джейсон улыбнулся по-настоящему. Улыбка едва промелькнула, но он улыбнулся. Неужели этот человек способен улыбаться? Зрелище было столь же неожиданным и немного жутким, как если бы фигуры, высеченные в скальном грунте горы

Рашмор, вдруг затрещали бы, растягивая в улыбке каменные рты. У него, случаем, лицо не треснет?

— Можно я буду с вами честен? — спросил Джейсон, наклонившись к ней. — Я ровным счетом ничего не знаю об уходе за младенцами. Я ни разу в жизни не сменил ни одного подгузника. Но я хочу научиться, и мне действительно необходимо где-то остановиться. И еще, я думаю, мне хотелось бы изменить ваше мнение обо мне. Я могу быть очень симпатичным, если сделаю над собой усилие.

— Значит ли это, что вы и готовить не умеете?

— А Дэвид сказал вам, что я умею?

Эми кивнула, подумав о том, что ей следовало бы потребовать, чтобы он ушел сию же минуту, но Максу, похоже, он действительно понравился. Как раз в этот момент Макс начал извиваться, и Джейсон поставил его к себе на колени — любимая поза Макса. В книжках, посвященных уходу за детьми, она прочла, что дети начинают вставать только в возрасте полугода и старше, но Макс делал попытки встать, выворачивая ее руки из суставов, гораздо раньше. Может, если Джейсон присмотрит за малышом, она сможет принять душ? Настоящий душ. Чтобы можно было дважды промыть шампунем волосы, а потом нанести на них кондиционер и дать ему впитаться. О, блаженство! Она, возможно, даже сможет побрить ноги! А потом втереть увлажняющий лосьон в кожу. Кожа ее стала сухой и шершавой, как наждачная бумага.

Она всегда успеет его уволить. Уж после того, как примет ванну, точно. Не может быть, чтобы этот мистер Уилдинг был таким уж плохим человеком, если его настоятельно рекомендовал сам доктор Дэвид.

— Вы не будете возражать, если я приму ванну?

— Означает ли это, что вы даете мне второй шанс?

— Возможно, — сказала Эми и улыбнулась. — Вы ведь не допустите, чтобы что-то случилось с моим малышом, верно?

— Я буду охранять его ценой собственной жизни.

Эми хотела сказать что-то еще, но передумала, махнула рукой и побежала в ванную. Через секунду за дверью уже послышался шум воды.

Глава 4

— Ты покойник, — сказал Джейсон в трубку. Макс висел у него на руке как мешок с картошкой. — Братик, ты покойник.

— Послушай, Джеймс, меня тут ждут пациенты, их не меньше двадцати, так что говори по существу. За что ты собрался убить меня на этот раз?

— Ты назвал меня геем. Ты сказал ей, что я гей. Она думает, что я только что разошелся со своим партнером.

— Но разве ты не понимаешь? Я же не мог сказать ей правду! — запальчиво возразил Дэвид. — Если бы я сказал ей, что ты мой брат вполне традиционной ориентации, у которого денег куры не клюют, и ты согласился мне помочь только для того, чтобы я мог беспрепятственно за ней приударить, она вряд ли бы согласилась поселить тебя у себя.

— Ну что же, радуйся. Она и так не согласилась. Она меня уволила.

Дэвид задержал дыхание.

— Уволила? Тебя?

— Да, но я уговорил ее дать мне второй шанс.

После секундной паузы Дэвид начал хохотать.

— Понятно. Она предоставила тебе возможность сбежать, но ты оказался слишком гордым, чтобы принять

40

такой дар, поэтому применил всю свою силу убеждения, чтобы получить эту работу, а теперь не знаешь, что с ней делать. Верно? Скажи мне, что ты ей сказал, чтобы ее убедить?

— Я нравлюсь ее ребенку.

— Что? Я плохо слышу. Знаешь, сегодня мы делаем прививки от гриппа, так что народу полно и все кричат. День пенсионеров. Мне показалось, что ты сказал, что Макс тебя полюбил.

— Именно. Я нравлюсь ребенку.

— С чего бы этот ужасный ребенок проникся симпатией к тебе? — Дэвид почти кричал в трубку. — Он никого не любит. Он тебя еще не покусал? Только не говори мне, что он позволяет тебе брать его на руки. Он только у Эми на руках не орет.

— Как раз сейчас я держу его на руках, — злорадно констатировал Джейсон. — И знаешь, что я тебе скажу, Дэйв? Я думаю, что твоей Эми я тоже нравлюсь. — Джейсон отключился. Пусть его вероломный братишка осмыслит сказанное. Отчего бы не доставить ему пару приятных минут?

Убрав телефон, Джейсон посмотрел на висящего у него на руке младенца.

— Мне так почудилось, или от тебя действительно несет, как из помойки? — Макс вывернулся и ухмыльнулся Джейсону, показав два нижних зуба. Вдруг Джейсон живо представил, каково это: кормить грудью зубастого младенца, — и зябко поежился. — Храбрая леди — твоя мама. А теперь давай-ка, парень, попробуем продержаться еще пару минут. Она сейчас должна выйти из ванной.

Но Эми не вышла ни через две минуты, ни через пять, ни через десять. А Макс начал хныкать. Джейсон положил ребенка на пол, но тот задрал вверх руки и ноги и заскулил, не переставая жалобно смотреть на Джейсона своими большими глазами.

— Я убью своего братца, — процедил Джейсон.

Кажется, эти слова стали его постоянной присказкой. Затем он принялся искать то, во что он сможет переодеть младенца. Не то чтобы он знал, как менять ребенку подгузники, но он ходил в кино и время от времени смотрел телевизор. Почему в этом доме нет высокого шкафа с откидной дверцей, куда можно положить малыша, и где на полках сложены пеленки, подгузники и все прочие необходимые вещи? С другой стороны, если он будет думать не торопясь, то Эми успеет выйти из ванной.

Однако вода продолжала литься, а Макс скорбно смотрел Джейсону в глаза. Разве дети не плачут по поводу и без повода? Но этот парень был крепкий орешек, и даже полные штаны не могли заставить его закричать.

— Ладно, парень. Сделаю что смогу.

Оглядевшись, Джейсон заметил под столом коробку с памперсами и решил, что сделает это сейчас или никогда.

Глава 5

После ванной, которая, наверное, была самой долгой ванной в мире, Эми надела старый банный халат с не поддающимися никакой стирке пятнами от клубники и, вытирая полотенцем волосы, пошла искать сына. Она была уверена, что получила бы титул самой плохой матери в мире, если бы таковой существовал, за то, что оставила ребенка на попечении человека, которого собиралась прогнать за нерадивость. Хотя, возможно, Макс лучше, чем она, разбирался в людях, потому что малыш, несомненно, полюбил этого мужчину. А ведь он их терпеть не мог и выносил лишь немногих женщин. В общем, Эми было над чем задуматься.

Картину, что открылась ее взгляду, надо было увидеть собственными глазами, потому что иначе поверить в то, что такое возможно, нельзя. Джейсон в рубашке ручной работы и очень дорогих шерстяных брюках разложил Макса на кухонной стойке, колдуя над пампером, очевидно, пытаясь разобраться в том, как его следует надевать. И все то время, пока он возился с этим подгузником, Макс не спускал с него глаз, внимательно следя за его движениями. Он лежал смирно и не ерзал, как это всегда бывало, когда Эми меняла ему подгузники.

Зажав руками рот, чтобы не рассмеяться, она наблюдала за ними до тех пор, пока риск быть замеченной не достиг опасной отметки. Тогда она торопливо ретировалась в свою спальню, чтобы не спеша переодеться.

Тридцать роскошных минут она потратила на то, чтобы одеться, расчесать влажные волосы и даже немного подкрасить глаза. После чего вернулась в гостиную, где на диване сидел полусонный Джейсон. Макс тем временем тихо играл на полу. Макс не вопил, требуя накормить его завтраком, не требовал к себе внимания. Он был похож на главного претендента на звание «Идеальный младенец».

Может, ей и не стоит увольнять Джейсона.

— Проголодались? — спросила она, и Джейсон испуганно вздрогнул. — У меня не так уж много запасов, но все, что найдете, — к вашим услугам. Несколько дней уже не ходила за продуктами. Трудно туда добраться — машины-то у меня нет. Обычно свекровь берет меня с собой за покупками по пятницам, но в прошлую пятницу она была занята, так что... — Эми замолчала, осознав, что слишком много болтает.

— Я уверен, что меня устроит все, что вы можете предложить, — сказал Джейсон, заставив Эми почувствовать себя несколько глупо.

— Вот и прекрасно, — сказала она, после чего подняла Макса с пола и понесла на кухню. Затем она пристегнула его к пластиковому сиденью, которое поместила посреди кухонного стола. Она делала все, что могла, чтобы стол выглядел красиво, но добиться этого было нелегко с водруженным на нем детским сиденьем в красную, синюю и желтую полоску и с Максом, который пинал ногами все, до чего мог дотянуться.

— Готово, — сказала она, и мистер Уилдинг вальяжной походкой вошел на кухню — все его шесть футов роста.

«Он гей, — напомнила себе Эми. — Гей. Как Рок Хадсон, помнишь?»

Занимаясь приготовлением каши и бананового пюре для Макса, Эми не раз напоминала себе, что надо держать язык за зубами. Ее так и подмывало пощебетать. Она соскучилась по общению.

— Дэвид сказал, что вы ищете работу, — сказал мужчина. — Какая у вас профессиональная подготовка?

— Никакой, — жизнерадостно сообщила Эми. — У меня нет никаких талантов, никаких амбиций и никакой профессиональной подготовки. Я бы даже не додумалась, как забеременеть, если бы Билли не показал мне, что к чему. — И снова она заметила этот полунамек на улыбку и, воодушевленная, продолжила щебетать. Билли всегда говорил, что больше всего ему в ней нравилось то, что она, как никто другой, умела его развеселить. — Вы думаете, я шучу? — спросила она, поднеся чашку с кашей к губам Макса. Он был слишком нетерпелив, чтобы дать ей время покормить его ложкой, так что обычно заканчивалось тем, что он выпивал свой завтрак. Разумеется, треть содержимого чашки стекала по подбородку к нему на грудь, но большая часть еды все же попадала в рот. — В самом деле, я решительно ни на что не гожусь. Я не умею печатать, я не умею стенографировать. Я представления не имею даже о том, как включить компьютер. Я пыталась работать официанткой, но с заказами у меня получалась такая путаница, что через неделю меня уволили. Я пробовала работать в агентстве недвижимости, но я говорила клиентам, что дома, которые они собирались купить, не стоят той цены, которую за них просят, поэтому меня и оттуда попросили. Я работала в универсальном магазине, но из-за парфюмерии, которая там продается, у меня пошла сыпь, а еще я говорила заказчикам, где можно купить точно такую же одежду дешевле, и еще туфли... Да, с туфлями получилось хуже всего.

— А что с ними случилось? — спросил Джейсон, доедая вторую миску хлопьев с молоком.

— Я потратила все жалованье на новые туфли. Это была единственная работа, с которой я ушла по собственному желанию. Она стоила мне больше того, что я зарабатывала.

На этот раз он улыбнулся по-настоящему.

— Но Билли избавил вас от всех этих проблем, — сказал он с озорным огоньком в глазах.

Эми сразу вся как-то сникла. Она отвернулась и взяла тряпку, чтобы стереть кашу с лица Макса.

— Я сказал что-то не то?

— Я знаю, что́ все думают о Билли, но он хорошо ко мне относился и я его любила. Как я могла его не любить? Он подарил мне Макса. — При этом Эми с обожанием посмотрела на своего грязнулю сына, и он в ответ взвизгнул и так ударил ножкой, что едва не перевернул свое сиденье.

Джейсон проворно вытянул руку и придержал его.

— Разве детям не положено сидеть на высоких стульях? На чем-то с ножками, прочно стоящими на полу?

— Положено! — огрызнулась Эми. — Ему положено сидеть на высоком детском стульчике и спать в кровати с более низкими бортами, еще ему положено иметь пеленальный стол и новую красивую одежду. Но, как вам известно, у Билли были свои приоритеты в отношении того, на что ему тратить заработанные деньги и... и... О, проклятие! — сказала она и отвернулась, чтобы Джейсон не заметил, как она шмыгнула носом.

— Мне всегда нравился Билли, — медленно проговорил Джейсон. — Он был душой каждой вечеринки. И делал всех вокруг себя счастливыми.

Эми повернулась. Глаза ее блестели от слез.

— Это правда. У меня было вполне благополучное детство, и я не знала, в чем причины его забывчивости и его... — Эми не стала заканчивать мысль. — Послушайте меня. Свекровь говорит, что я так одинока, что готова самого черта пригласить на ужин. — Она снова замолчала. — Я не жалуюсь, правда. Макс — все, что мне надо от жизни, просто...

— Просто вам хочется поговорить, — тихо сказал Джейсон, пристально глядя на Эми.

— Вы умеете слушать, мистер Уилдинг. Все геи такие?

Какое-то время он недоумевающе моргал, глядя на нее.

— Не могу вам этого сказать наверняка. Так скажите мне, если вам нужна работа, чтобы она вас кормила, и у вас нет никаких профессиональных навыков, что вы намерены делать дальше? Как вы собираетесь содержать себя и сына?

Эми села за стол.

— Понятия не имею. У вас есть предложения?

— Пойдите учиться.

— А кто будет целый день присматривать за Максом? Как я буду платить няне? Кроме того, я слишком тупая, чтобы учиться.

И снова Джейсон улыбнулся:

— Отчего-то я в этом сомневаюсь. А ваша свекровь не может за ним присмотреть?

— Она член клуба любителей игры в бридж, клуба любителей плавания и еще по крайней мере трех светских салонов нашего города, к тому же ее прическа требует немало времени. — Эми изобразила руками пышный начес.

— Да, кажется, я припоминаю, что у Милдред всегда был пунктик по поводу прически.

— Религиозные войны проходили с меньшим фанатизмом. Но в любом случае вы правы. Мне надо получить работу. И сегодня днем я собиралась пойти на собеседование.

— И чем вы будете заниматься? — спросил Джейсон. Взгляд его был такой пристальный и пронизывающий, что Эми опустила глаза и уставилась на банан, который разминала вилкой.

— Домашней уборкой. И пожалуйста, не смотрите на меня так. Это хороший, честный труд.

— Но разве за этот труд платят достаточно, чтобы нанять кого-то присматривать за ребенком?

— Не уверена. Я не слишком сильна в расчетах, и я...

— Зато я на ты с цифрами, — серьезно заявил Джейсон. — Я хочу видеть все. Я хочу видеть вашу чековую книжку, ваши квитанции, ваш список затрат, все. Мне нужно знать, какой у вас доход и сколько вы тратите. Предоставьте это мне, я разберусь.

— Я не уверена, что мне следует это делать, — медленно проговорила Эми. — Вообще-то такого рода информация считается конфиденциальной.

— Можете позвонить Дэвиду и навести обо мне справки. Я думаю, что он скажет вам, что мне такую информацию можно доверить, более того, вы должны показать мне все документы, что у вас есть.

Несколько долгих мгновений Эми испытующе смотрела на Джейсона. Она так давно не общалась ни с кем из взрослых людей, а мужчины рядом с ней не было, казалось, лет сто. Билли не было никакого дела до их финансов. Как только у него появлялись деньги, он их тратил, а если денег не было, он находил способ убедить кого-то одолжить их ему.

— Мне вам особенно нечего показывать, — медленно проговорила Эми. — У меня есть чековая книжка, но я много чеков не выписываю, и...

— Дайте мне то, что у вас есть. Вы присмотрите за Максом, а я займусь цифрами.

— Дело во мне, или вы со всеми так себя ведете? — тихо спросила Эми. — Вы всегда так поступаете? Вторгаетесь в частную жизнь другого человека, распоряжаетесь чужой жизнью, словно у другого человека нет ни капли здравого смысла, и только вам известно, что следует и чего не следует делать?

Джейсона удивила эта тирада.

— Наверное, да. Я никогда раньше об этом не думал.

— Готова поспорить, что друзей у вас не слишком много.

У Джейсона был изумленный вид. Он смотрел на нее так, словно впервые видел.

— Вы всегда говорите людям в лицо то, что думаете, невзирая на личности?

— О да! Такой подход в конечном итоге оправдывает себя. Лучше сразу расставить все по своим местам, без недомолвок, чем потом себе локти кусать.

Джейсон приподнял бровь.

— И, как я догадываюсь, вы знали о Билли Томпкинсе все до того, как вышли за него замуж?

— Можете смеяться надо мной, если хотите, можете верить мне или не верить, но я действительно его знала. Когда я познакомилась с ним, я не знала ни о наркотиках, ни о пьянстве, но я знала, что нужна ему. Я была для него как вода для жаждущего, и он заставлял меня чувствовать... Он заставлял меня чувствовать себя значимой. В этом, по-вашему, есть смысл?

— В определенной степени есть. А теперь как насчет ваших финансовых документов?

Пришел черед изумиться Эми. Она не ожидала, что он так резко оборвет ее излияния. «Что он скрывает?» — подумала она. Но этого человека не так легко вывести на откровенность. Он умеет хранить свои тайны.

Эми принесла Джейсону коробку с квитанциями и старые чековые книжки, а сама отправилась на кухню. Она потратила час на то, чтобы убрать на кухне, то и дело вызволяя Макса то из одной неприятности, то из другой. Если где-то имелся острый угол, то малыш непременно должен был в него врезаться.

— Вы не могли бы зайти сюда? — сказал Джейсон с порога, заставив Эми почувствовать себя нерадивой школьницей, которую вызывает на ковер директор школы. В гостиной он жестом пригласил ее присесть на диван, и она села, держа на коленях извивающегося Макса. — Откровенно говоря, миссис Томпкинс, я нахожу ваше финансовое положение весьма плачевным. Ваш доход намного ниже принятого в нашей стране порога бедности, и, насколько я могу судить, у вас нет возможности улучшить свое положение. Я решил дать вам, скажем так, постоянную ссуду, чтобы вы могли растить ребенка и могли...

— Что вы могли бы мне дать?

— Постоянную ссуду. Под этим я имею в виду, что вам не придется мне ее возвращать. Начнем мы, скажем, с десяти тысяч долларов, и...

Он замолчал на полуслове, когда она встала, подошла к двери и, распахнув ее, сказала:

— До свидания, мистер Уилдинг.

Джейсон смотрел на нее раскрыв рот. Он не привык, чтобы люди отказывались от денег, которые он им предлагал. Напротив, он получал по нескольку сотен писем в день от людей, выпрашивающих у него деньги.

— Я не нуждаюсь в вашей благотворительности, — сказала Эми, поджав губы.

— Но Дэвид дает вам деньги, вы мне сами говорили.

— Он бесплатно лечит моего сына, это верно, но я за это убираю у него в доме, в его офисе, чищу его машину снаружи и изнутри. Я не принимаю подачек. Ни от кого не принимаю.

Джейсон на мгновение растерялся. Он никогда и ни от кого таких слов не слышал.

— Прошу прощения, — медленно проговорил он. — Я подумал...

— Вы подумали, что раз я бедна, то, конечно, мне нужна милостыня. Я знаю, что живу в доме, который нуждается в ремонте. — Она проигнорировала его гримасу, которой он давал понять, что считает ее суждение относительно дома слишком оптимистичным. — Но где я живу и как я живу, не ваша забота. Я искренне верю в то, что Бог не оставит нас и обеспечит всем необходимым.

Джейсон в недоумении заморгал.

— Миссис Томпкинс, разве вы не в курсе, что в наше время люди верят в то, что им следует брать от жизни все, что они могут получить, и пусть весь мир катится к черту?

— И какая была бы из меня мать, если бы я учила своего сына жить по таким принципам?

При этом Джейсон подошел и забрал у Эми Макса, потому что он изо всех сил старался вывернуть ее плечи из суставов. Как и раньше, младенец не выразил никакого протеста и, успокоившись, прижался к груди Джейсона.

— Я искренне прошу у вас прощения за то, что не понимал, что вы такая особенная.

Эми улыбнулась:

— Я не считаю себя особенной. Возможно, вы слишком мало людей встречали. А теперь, если вы действительно хотите мне помочь, позаботьтесь о Максе, пока я схожу на собеседование.

— Чтобы получить работу уборщицы? — спросил Джейсон с брезгливой гримасой.

— Если вы найдете иную работу, для которой я гожусь, я буду ее выполнять.

— Нет, — протянул он, продолжая смотреть на Эми так, словно она явилась с другой планеты. — Я не знаю, какую работу можно найти в Абернети.

— Вакансий немного, могу вас заверить. А теперь я должна вам рассказать все про Макса, а потом мне надо собираться.

— Кажется, вы говорили, что у вас собеседование во второй половине дня. У вас в запасе еще несколько часов.

— У меня нет машины, так что идти придется пешком. Путь неблизкий — пять миль. Нет! Не смотрите на меня так. У вас на физиономии написано: «Я заплачу за такси». Я хочу произвести хорошее впечатление на этом собеседовании, потому что мне сказали, что я могу брать с собой Макса, если буду оставлять его в манеже. Если я получу эту работу, все наши проблемы решатся.

Джейсон не стал улыбаться в ответ.

— На кого вы будете работать?

— На Боба Фарли. Вы его знаете?

— Я с ним встречался, — солгал Джейсон. Он очень хорошо знал Боба Фарли, и он знал, что Эми возьмут на работу, потому что она молода и привлекательна и потому что Фарли был самым похотливым кобелем во всех трех округах. — Я позабочусь о ребенке, — тихо сказал Джейсон. — Идите одевайтесь.

— Хорошо, только позвольте вначале рассказать, чем можно и чем нельзя кормить Макса. — Затем Эми начала длинный монолог о том, что ест и чего не ест Макс и что ему нельзя давать ни соль, ни сахар. Все должно быть приготовлено на пару: печь ничего нельзя и, уж конечно, ничего нельзя жарить. И еще в холодильнике была половина цыпленка и немного салата, и Джейсон может этим пообедать.

Она продолжила рассказывать ему о том, что Макс на самом деле не любит есть твердую пищу, что он предпочитает сосать грудь, и в заключение сказала:

— Не переживайте, если он съест мало.

Джейсон слушал вполуха лишь для того, чтобы утвердить ее в мысли, что в ее отсутствие все пройдет гладко. Через полчаса она уже вышла за дверь, а Джейсон звонил брату.

— Мне плевать, сколько пациентов тебя ждут, — сказал Джейсон. — Я хочу знать, что происходит.

— Эми классная, правда?

— Она... она не такая, как все. Подожди минутку. — Джейсон перед тем, как позвонить, усадил Макса на пол, и тот успел наполовину доползти, наполовину дотянуться до ближайшей розетки и сейчас тянул за шнур от торшера. После того как Джейсон убрал ребенка подальше от опасной розетки и положил посреди комнаты, он вернулся к разговору. — Эта женщина, — говорил Джейсон, — живет на крохотную страховку, которую оставил ей, с позволения сказать, супруг, и она ничего не умеет делать, так что заработать себе на жизнь она не в состоянии. Ты знаешь, куда она пошла на собеседование? К Бобу Фарли.

— А-а-а! — простонал Дэвид.

— Позвони этому старому греховоднику и скажи ему, что если он возьмет ее на работу, то ты заразишь его язвой, — приказал Джейсон.

— Я не могу этого сделать. Клятва Гиппократа и все такое, знаешь ли. Если бы я знал тебя не так хорошо, я бы сказал, что ты сейчас говоришь как ревнивый муж. Джейсон? Ты меня слышишь?

— Прости. Макс застрял под журнальным столиком. Подожди! Он ест бумагу. Не вешай трубку.

Когда Джейсон вернулся к телефону, Дэвид раздраженно сказал:

— Послушай, в мои планы не входило сводить тебя с Эми. Я просил тебя только присмотреть за ребенком, чтобы я мог с ней провести время. От тебя больше ничего не требуется. Как только мне удастся убедить Эми в том, что мы созданы друг для друга, я буду ее содержать, работать ей не придется. Почему бы тебе не поговорить с ней обо мне, не сказать, какой я замечательный?

— Если она поймет, что ты собираешься заботиться о ней до конца жизни, она за тебя не выйдет. У нее гордости хватит на десятерых. И ты можешь сказать мне, почему ребенок не может есть соль и сахар или любые другие приправы, улучшающие вкус еды?

— В теории, если он с детства привыкнет к сладкому, то будет есть сладкое и когда вырастет, а если ему сладкого не давать, то он во взрослом состоянии отдаст предпочтение более здоровой пище.

— Неудивительно, что ребенок хочет только сосать молоко и не хочет есть твердую пищу, — пробормотал Джейсон и бросил телефон, чтобы оттащить Макса от двери, потому что тот начал ее качать и едва не ударил себя по лицу.

Вернувшись к телефону, Джейсон спросил:

— Как ты думаешь, она позволит мне подарить ей что-нибудь на Рождество?

— Что у тебя на уме? Ты хочешь купить компанию и вручить ей, чтобы она вела свой бизнес?

Поскольку Джейсон собирался сделать именно это, он не ответил. Кроме того, Макс сейчас жевал туфлю Джейсона, так что ему пришлось поднять ребенка с пола и взять на руки. Макс тут же ухватил Джейсона за нижнюю губу и сейчас больно ее оттягивал.

— Послушай, Джейсон, мне пора, — сказал Дэвид. — Пораскинь мозгами и придумай, как ей помочь, не предлагая деньги. Найди другое решение проблемы. Эми не примет твою благотворительность, как бы ты ни старался замаскировать ее подо что-то другое.

— Я не стал бы так утверждать, — сказал Джейсон и посмотрел на горшок с цветами, стоявший на сложенной вчетверо газете. — Позвони Фарли, ладно? Я бы сам позвонил, но я не хочу, чтобы он знал, что я в городе. Говори что хочешь, но только он не должен брать ее на работу. Понял?

— Разумеется. Как чудовище?

Джейсон, поморщившись от боли, убрал детскую ручонку от своей губы.

— Прекрасно.

— Прекрасно? Этот ребенок — настоящее исчадие ада. Что это за звук?

Макс больно схватил Джейсона за щеки и, подтянув его лицо к себе, приложился к его щеке губами.

— Я не слишком уверен, но мне кажется, Макс только что меня поцеловал, — сообщил Джейсон брату, прежде чем повесить трубку.

Джейсон присел на диван. Макс стоял у него на коленях. Сильный малыш, подумал Джейсон, и вполне симпатичный. Плохо, что он носит обноски. Можно было подумать, что все жители Абернети уже успели походить в этих ползунках и линялых рубашках. Разве такой славный мальчуган не заслуживает чего-то получше? И как ему это организовать?

В этот самый момент газета снова попалась Джейсону на глаза, и в следующую секунду он уже боролся с Максом за право обладания своим мобильным телефоном.

— Паркер, — сказал Джейсон своей секретарше, когда та ответила на звонок. Никаких приветствий. Паркер работала его личным помощником двенадцать лет, поэтому ему ни к чему было представляться.

За несколько минут он изложил ей свою идею. Он не услышал от нее ни одного слова жалобы по поводу того, что он отправлял ее в командировку в канун Рождества и ей придется провести праздник вдали от дома, от семьи, если у нее, конечно, есть семья. Джейсон ровным счетом ничего не знал о ее личной жизни. Она всего лишь спросила:

— В Абернети есть печатная мастерская?

— Нет. И в любом случае я бы не хотел, чтобы работа выполнялась здесь. Сделай ее в Луисвилле.

— Предпочтения по цвету?

Джейсон посмотрел на Макса, который жевал деревянный кубик, который, вероятно, принадлежал еще его отцу.

— Голубой. Для крепкого маленького мальчика. Никаких бело-розовых пасхальных кроликов. И добавь всякие погремушки и свистки.

— Понятно. Весь комплект.

— Все. И еще купи мне машину, что-то заурядное вроде...

— «Тойоту»? — спросила Паркер.

— Нет, американскую машину. — Насколько мог судить Джейсон, Эми не одобряла автомобилей иностранных марок. — Джип. И я хочу, чтобы машина была очень грязная, чтобы я мог нанять кого-то, кто бы мне помог ее помыть. Да, чуть не забыл. Мне нужна одежда.

Поскольку одежду шили для Джейсона на заказ, не было ничего необычного в том, что он просил Паркер прислать ему что-нибудь.

— Нет, я хочу нормальную одежду. Хлопок. Синие джинсы.

— С бахромой или без?

Джейсон в недоумении уставился на телефон. За двенадцать лет он ни разу не слышал, чтобы Паркер пошутила. Может, это была ее первая шутка в жизни? С другой стороны, разве она обладала чувством юмора?

— Нет, никакой бахромы. Нормальную одежду. Для загородной носки. И не очень дорогую. Не «Холланд и Холланд» и не «Севил-роу».

— Понятно, — без эмоций ответила Паркер. Если она и испытывала любопытство, то никак этого не показала.

— А теперь позвони Чарлзу и вели ему приехать сюда, чтобы приготовить этому ребенку что-нибудь вкусное.

Паркер пару секунд молчала, что было ей совершенно несвойственно, потому что она обычно сразу на все соглашалась.

— Я думаю, куда здесь можно было бы поселить Чарлза, потому что он захочет иметь все необходимое оборудование. — Учитывая то, что личный повар Джейсона был снобом в той же мере, в какой он был гением кулинарии, в словах Паркер был резон.

Макс пытался встать, он вцепился в линялую скатерть на столе и теперь тянул ее на себя. Еще немного усилий с его стороны, и три цветочных горшка свалятся ему на голову.

— Выполняй, — рявкнул Джейсон в трубку, затем отключился и пошел вызволять Макса. За тот час, что Джейсон с ним сидел, Макс успел совершить пять или шесть попыток себя угробить. — Ладно, малыш, — сказал Джейсон, вытащил тряпку из кулака Макса и взял его на руки. — Пойдем посмотрим, что у нас на обед. Обед без сахара, соли, масла и без всяких специй.

При этих словах малыш еще раз запечатлел на колючей щеке Джейсона сочный поцелуй, Джейсон нашел ощущение не таким уж неприятным.

Глава 6

— Получила работу? — спросил Джейсон, едва Эми вошла в дом.

— Нет, — уныло ответила она и, сгорая от нетерпения, схватила Макса на руки. — У меня сейчас грудь лопнет.

К немалому смущению Джейсона, она устало шлепнулась на продавленный диван, расстегнула платье и бюстгальтер и приложила Макса к груди. Младенец тут же принялся жадно сосать.

— Как насчет того, чтобы пойти сегодня поужинать? — спросил Джейсон. — Я угощаю.

— Ой! — вскрикнула Эми и торопливо сунула Максу в рот палец, заставив его отпустить на мгновение грудь.

Потом он снова схватился за сосок. — Зубы, — пояснила она. — Знаете, до того, как он родился, я представляла кормление грудью чем-то таким романтичным. Я думала, какое это чудесное, приятное чувство... И так оно и есть, но иногда также бывает...

— Больно? — спросил Джейсон, и, когда она улыбнулась в ответ, он ответил ей улыбкой.

— Я думаю, что должна была бы и сама понять, что вы гей, даже если бы Дэвид мне об этом не сказал. Вы очень проницательный, и, несмотря на то что вначале вы производите впечатление человека жесткого и совершенно бесчувственного, в душе вы нежный, верно?

— Мне никогда об этом не говорили, — сказал Джейсон, украдкой взглянув в мутное и потрескавшееся зеркало справа от себя. Неужели он на самом деле выглядит жестким и бесчувственным?

— Так что там Макс успел натворить, пока меня не было?

Джейсон улыбнулся и вдруг поймал себя на том, что с большим энтузиазмом принялся излагать свой опыт сидения с Максом в форме забавного рассказа.

— Я думаю, что на Рождество подарю ему набор ножей или что-нибудь такое, что помогло бы ему поранить себя, не прилагая особых усилий. Потому что сейчас ему приходится буквально из кожи вон лезть, чтобы разбить себе физиономию или попытаться расколоть себе череп. Я думаю, что должен облегчить ему жизнь.

Эми засмеялась и сказала:

— Да, целый набор ножей для разных целей. Потому что как иначе он сможет порубить себя на котлеты?

— О да, весь набор. И еще, я думаю, я устрою ему экскурсию на бумажную фабрику. Посажу его посреди склада готовой продукции, и пусть себе проедает путь наружу.

Эми поменяла грудь, и, когда Макс начал сосать, Джейсон дал Эми знак, чтобы она приподняла руку, чтобы он мог пропихнуть ей под руку подушку. Тогда ей не придется держать голову Макса на весу.

— И еще надо не забыть комод с выдвижными ящиками, которыми так удобно прищемить пальцы.

Теперь они оба смеялись вовсю, и Джейсон вдруг осознал, что впервые за многие годы женщина искренне смеется над его шутками.

— Как насчет пиццы? — вдруг спросил Джейсон. — Такая большущая пицца с сыром, грибами и всем, что только туда кладут. И еще можно заказать самую большую колу и чесночные хлебцы. Ну как?

— Я не уверена, что мне можно есть чеснок из-за молока, — возразила Эми. — Не думаю, что малышам нравится молоко с привкусом чеснока.

— Итальянцев это, похоже, не волнует, — ответил Джейсон.

— Это верно, — сказала Эми и улыбнулась: — Пицца так пицца. Но только я заплачу за свою долю.

Не подумав, Джейсон сказал:

— Вы слишком бедны, чтобы за что-то платить, — и тут же испугался того, что сказал.

— Это верно, — без обиды сказала Эми. — Возможно, за ужином мы могли бы придумать, что нам делать с моим будущим. У вас есть соображения?

— Абсолютно никаких, — улыбаясь, сказал Джейсон. — Вы всегда можете выйти замуж за какого-нибудь милого молодого врача и больше никогда не работать.

— За врача? Вы имеете в виду Дэвида? Но я его не интересую.

— Он от вас без ума, — ответил Джейсон.

— Вы забавный. Дэвид влюблен во всех женщин этого города, именно поэтому пользуется такой популярностью. Кроме того, я не хочу жить за счет мужчины, кем бы он ни был. Я хочу чем-то заниматься в жизни, но я не знаю, что я могу делать. Если бы только у меня был талант. Если бы я, к примеру, умела петь или играть на пианино.

— Сдается мне, у вас есть талант — талант быть матерью.

Эми склонила голову набок.

— Вы очень милый, знаете? Вы не могли бы заказать пиццу, позвонив с этого вашего телефона?

— Конечно, — с улыбкой сказал Джейсон.

Позже, когда Макс уснул на диване, они зажгли свечи. Джейсон расспрашивал Эми о ее жизни с Билли, и через некоторое время, преодолев внутренний протест, она начала говорить сама, не ожидая вопросов, и Джейсон осознал, насколько она истосковалась по общению.

И по мере того как Эми говорила, Джейсон начал видеть городского пьянчужку Билли в другом, новом свете. Билл Томпкинс был посмешищем в глазах всего города с тех пор, как четырнадцати лет от роду пристрастился к спиртному. Он разбивал машины, едва сев за руль. Когда Билли еще учился в школе, родители вынуждены были заложить дом, чтобы Билли выпустили из заключения под залог. История повторялась раз за разом. Но Эми увидела в этом человеке нечто такое, чего другие не замечали.

Джейсон заказал пиццу самых больших размеров, и за разговором Эми не заметила, как съела три четверти всего угощения. Давным-давно Джейсон забыл о том, каково это — считать пиццу настоящей роскошью.

Как только последний кусочек был съеден, Эми сладко зевнула, и хотя было всего девять вечера, Джейсон велел ей идти спать. Она встала и наклонилась, чтобы поднять Макса, однако Джейсон отвел ее руку и взял ребенка на руки так, что даже его не разбудил.

— Вы прирожденный папаша, — сонно сказала Эми и пошла к себе в спальню.

Джейсон, улыбаясь лестной оценке Эми, уложил Макса в обшарпанный манеж, служивший ему кроватью, и тихо вышел из комнаты. Странно, но у него тоже слипались глаза. Обычно он не ложился спать раньше часа или двух ночи, но отчего-то, вытаскивая Макса то из одной неприятности, то из другой, он здорово утомился и сейчас был совершенно без сил.

Он прошел в свою спальню, разделся, лег в постель и провалился в самый глубокий сон в жизни. Проснулся Джейсон от отчаянного визга Макса. Соскочив с кровати, он бросился на кухню, где увидел Макса на столе, привязанного к своему пластиковому сиденью. Эми кормила его кашей. Оба они были одеты, хотя за окнами все еще было темно.

— Который час? — спросил Джейсон, протирая глаза.

— Примерно половина седьмого. Макс долго спал этим утром.

— Что это был за визг?

— Я думаю, Макс просто тренировал голосовые связки. Ему нравится визжать. Вы не хотите одеться?

Джейсон окинул взглядом свои голые ноги.

— Да, конечно. — Затем он поднял глаза на Эми. Лицо ее было красным от смущения. Она обнажала перед ним грудь и тем не менее смутилась, увидев его раздетым. Что бы это значило? С улыбкой Джейсон отвернулся. Он испытал приятное чувство от осознания того, что она находила его привлекательным.

Дэвид, подумал он. Дэвид влюблен в Эми.

— Вот это торчало в двери сегодня утром, и перед домом стоит машина, — сказала Эми, кивнув на свернутую в трубку газету на кухонном столе.

Проигнорировав ее просьбу о том, чтобы он оделся, Джейсон снял резиновое кольцо с газеты и вытащил вложенный в рулон сверток с ключами. Развернув бумагу, в которую были завернуты ключи, он прочел напечатанную на компьютере записку, в которой сообщалось, что его одежда — на заднем сиденье и что обо всем прочем уже позаботились. Записка заканчивалась сообщением, что с ним вскоре войдут в контакт.

— Похоже на шпионское послание, — пробормотал Джейсон себе под нос и быстро взглянул на Эми, чтобы понять, не услышала ли она его.

Но она ничего не слышала. Лицо ее горело от возбуждения. Вначале Джейсон подумал, что что-то случилось с Максом. Но ребенок со счастливым видом запихивал себе овсянку в ухо, так что Джейсон вновь перевел взгляд на Эми.

Эми, словно онемев от волнения, тыкала пальцем в разложенную на столе газету. Там, на развороте, сообщалось о глобальной распродаже в магазине детской одежды в городке примерно в десяти милях от Абернети. Владелец распродавал полный комплект товаров для грудничков, включая мебель и постельные принадлежности, по двести пятьдесят долларов за комплект. Эми уставилась на снимок с кроватью, стульчиком-качалкой и ящиком на колесах, на котором, кажется, были изображены ковбои и лошади. Она издавала странные сдавленные звуки, что-то вроде: «Ах, ах, ах!»

Возможно, это дьявол его подзуживал, но Джейсон не удержался от того, чтобы не поддразнить ее:

— В доме остались хлопья, или Макс все съел? — Он взял газету со стола и принялся ее изучать. — Похоже, цены на золото действительно крепко упали. Возможно, мне стоит прикупить немного желтого металла. — Он держал газету так, что разворот ее был у Эми под самым носом.

Наконец Эми обрела дар речи. Не обращая на него ровно никакого внимания, она сказала:

— Могу я это себе позволить? Могу? Как вы думаете? Может, мне стоит позвонить Дэвиду и взять у него денег взаймы? О нет, мы должны быть там до того, как откроется магазин. А магазин открывается в девять. Как мне туда добраться? Может, Дэвид...

При этих ее словах Джейсон положил газету на стол и побренчал у нее под носом ключами от машины.

— Поедем к Дэвиду, — торопливо сказала она. — Я потом отдам вам деньги за бензин. Посмотрите сюда. Интересно, одежда сюда включена? «Все для младенца». О Господи, у Макса никогда не было одежды, которую до него никто не носил! Можно я одолжу у вас телефон и позвоню Дэвиду?

— Я одолжу вам денег, — сказал Джейсон, пожалев о том, что он не приказал своей секретарше включить одежду в набор.

— Нет. С Дэвидом я могу расплатиться работой, а вам от меня ничего не нужно.

Джейсон нахмурился. Он и сам не знал, что его разозлило. Разве не лучше ей было бы одолжить денег у Дэвида? В конце концов, все затевалось для того, чтобы свести Дэвида с Эми. И если все сводилось к этому, то почему Дэвид не зашел в гости вчера вечером?

— Пойдите посмотрите на мою машину, — сказал Джейсон. — Затем вернитесь и скажите, сколько вы возьмете с меня за то, чтобы ее отмыть.

Подхватив Макса, Эми выскочила за дверь. Через десять минут она вернулась.

— Сто долларов, — мрачно заявила она. — Как можно быть такой свиньей?

Джейсон лишь криво усмехнулся в ответ. Может, Паркер перестаралась с машиной?

— И еще сто пятьдесят за то, чтобы что-то сделать с той одеждой на заднем сиденье. В самом деле, мистер Уилдинг, я и представить не могла, что вы такой неопрятный.

— Я, это... — забормотал Джейсон. Он чувствовал себя как мальчишка, получивший выволочку от матери.

— А теперь идите оденьтесь, а потом возвращайтесь на кухню, чтобы съесть свой завтрак. Я действительно хочу быть возле того магазина, когда он откроется. Там говорится, что на продажу выставлено только восемь комплектов. Вы знаете, я готова поспорить, что все это связано с разводом. Он готов отдать эту мебель даром, лишь бы ничего не досталось его жене. У некоторых людей совести совсем нет. Хотелось бы знать, есть ли у них дети. Что вы на меня уставились? Идите одевайтесь. Нельзя терять время.

Джейсон удалился, качая головой. Удивительно, как легко в ее голове рождались поразительные истории. Джейсон принял душ и надел на себя все ту же грязную и мятую одежду. Как Паркер догадалась положить в машину грязные вещи, которым тоже требовалось внимание Эми?

Когда он вернулся на кухню за своей миской хлопьев, у Эми был вид как у кошки, своровавшей сливки. Она что-то замышляла. Увы, он и понятия не имел, что именно.

— Я одолжила ваш телефон, — приветливо сообщила она. — Надеюсь, что вы ничего не имеете против.

— Конечно, — сказал он и уставился в миску. — Так не терпелось позвонить Дэвиду? — вырвалось у него.

— Нет, не ему. Я позвонила нескольким приятельницам. Но, боюсь, пару звонков пришлось сделать в другие города. Я с вами потом расплачусь. Как-нибудь.

— У меня есть еще и квартира, — сказал он, и они оба рассмеялись, когда Эми застонала, закатив глаза при мысли, что ей придется убирать еще и там.

В семь тридцать они по настоянию Эми уже вышли из дома, и когда Джеймс открыл дверцу машины, то пришел в ужас. Что, спрашивается, сделали с этим несчастным внедорожником? Весь салон был покрыт толстым слоем грязи. Грязь забилась во все щели. Джейсон засомневался в том, что окна будут открываться из-за грязной жижи, что въелась в пространство между стеклом и дверью. Для того чтобы отмыть машину, дверь придется разобрать. На заднем сиденье лежала куча одежды, которая получила такую же грязевую ванну.

Поскольку Эми уже видела машину, она подготовилась и расстелила на пассажирском сиденье старое одеяло, прежде чем забраться внутрь с Максом на руках.

— Не надо мне ничего говорить, — тихо сказала она, — но ваш друг решил отомстить вам, загнав вашу машину с одеждой в болото, верно?

— Что-то вроде того, — пробурчал Джейсон, решив, что должен переброситься парой слов со своей секретаршей. Когда он сказал, что машина должна быть грязной, он имел в виду, возможно, пару жестянок из-под колы и пакетов из-под чипсов.

— Удивительно, что двигатель не забит грязью, — проговорила Эми после того, как машина завелась на удивление легко. — О нет!

Джейсон, свернув с подъездной дороги на улицу, вопросительно на нее посмотрел.

— Он доверху заполнил вашу машину грязью, верно?

— Мы можем не обсуждать мою личную жизнь? — огрызнулся Джейсон. Его тошнило от этих разговоров о его любовнике.

Эми замолчала, и Джейсон пожалел о своих словах.

— Надеюсь, у них, в том магазине, есть детское сиденье, — сказал он и, оглянувшись, посмотрел на Эми. Она улыбнулась в ответ.

— У вас, случайно, нет при себе наличных? Я не...

— Вполне достаточно, — ответил Джейсон, довольный тем, что минутная неловкость прошла. — Так кем еще вы пробовали работать, помимо уборщицы? — спросил Джейсон. Эми крепко держала Макса у себя на коленях. Если бы их заметила полиция, их бы арестовали за то, что Макс ехал непристегнутым. И Джейсон отказывался думать о том, что могло бы произойти с малышом, если бы они попали в аварию. Повинуясь внезапному порыву, он вытянул руку и пожал маленькую ручонку мальчика. Макс вознаградил его зубастой ухмылкой.

Эми вроде бы ничего не заметила. Она увлеченно рассказывала Джейсону обо всех тех вакансиях, на которые претендовала. Иногда ее даже брали на работу, но по той или иной причине она всякий раз теряла место.

— Дважды мне пришлось уйти, потому что мой шеф... Ну...

— Гонялся за вами вокруг стола?

— Именно. И здесь в округе действительно трудно найти работу. Я думаю, из меня мог бы получиться хороший ароматерапевт. А вы как думаете?

Джейсон был избавлен от ответа на ее вопрос, потому что в этот момент они как раз подъехали к магазину. Но Джейсон испытал шок от того, что он там увидел. Под вывеской магазина «Мир малыша» стояли женщины с колясками, человек пятнадцать, не меньше. Они все дожидались открытия магазина.

— Боже мой! — сказала Эми. — Я успела обзвонить только семь подруг. Должно быть, они позвонили своим подругам и... О нет! Сюда подъезжают еще машины, и все они наверняка приехали в «Мир малыша», потому что другие магазины откроются только в десять.

— Вы обзвонили всех этих людей? — спросил Джейсон.

— Я подумала, что они не видели объявления и могут пропустить распродажу. Вы знаете, меня удивляет, что тут нет столпотворения. Наверняка утренние газеты выписывает немало людей. Возможно, они подумают, что это «утка» и никакой распродажи на самом деле не будет. Может, владелец уже распродал все раньше и у него ничего не осталось?

Не дожидаясь, пока Эми с головой погрузится в очередную фантазию, Джейсон вышел из машины и открыл дверцу.

— Пошли. Попробуем войти в здание с черного хода, чтобы оказаться в магазине на несколько минут раньше остальных.

— Вы думаете, это справедливо?

Поскольку Джейсон шел впереди и она смотрела ему в спину, он мог без опаски закатить глаза и скорчить гримасу.

— Может, и несправедливо, но ведь все это ради Макса, верно? — Джейсон обернулся и забрал у нее ребенка. — Кроме того, на улице ждать слишком холодно, а магазин откроется еще только через тридцать минут

Эми ослепительно ему улыбнулась:

— Вы знаете, как все устроить, верно?

Джейсон направился к служебному входу со счастливым Максом на руках. Он улыбался, наслаждаясь приятным чувством собственной значимости. Рядом с Эми он ощущал себя настоящим великаном, ростом в десять футов, не меньше. Когда он постучал в дверь и она открылась, Джейсон с изумлением увидел перед собой одного из своих нью-йоркских менеджеров старшего звена в сером комбинезоне и с метлой в руках.

— Нужен кто из продавцов с утра пораньше? — спросил он так, словно никогда и рядом не стоял с Гарвардской школой бизнеса, которую успешно закончил.

Джейсон только коротко кивнул в ответ. Его раздражало, когда сотрудники делали то, что им не приказано было делать. Даже когда Эми быстро пожала ему руку в знак признательности и поддержки, он не смягчился.

Но когда они из служебного помещения прошли в зал, недовольство Джейсона усилилось еще больше, ибо там он увидел двух своих вице-президентов в комбинезонах, занятых передвижением детской мебели.

— Вы наш первый посетитель, так что вы можете забрать все, — послышался у него за спиной женский голос, и они с Эми разом обернулись и увидели перед собой весьма эффектную женщину. Разумеется, то была секретарша Джейсона, но одета она была не в один из своих обычных костюмов от Шанель, а во что-то такое, что она скорее всего купила в «Кмарт». Длинные рыжие волосы ее были убраны в пучок, а из пучка торчало три желтых карандаша. И при всем при том она не могла скрыть того факта, что роста в ней было пять футов десять дюймов и она была ослепительна, как звезда подиумов.

Паркер даже бровью не повела, встретив ошарашенный взгляд Джейсона и такой же Эми.

— Чего желаете? — спросила она. — Голубой? Розовый? Зеленый? Желтый? Или вы хотите посмотреть наш единственный и неповторимый дизайнерский комплект?

— О-о-о-о! — простонала Эми и уставилась на Паркер так, словно последняя ввела ее в транс.

Паркер продолжала непринужденно щебетать, ведя их по залу:

— Это все распродается по минимальным ценам. Весь товар новый, но из старых запасов. Надеюсь, вас не смущает, что мы предлагаем вам прошлогоднюю коллекцию?

— Нет, — неестественно высоким голосом ответила Эми. — Мы ведь не возражаем, мистер Уилдинг?

Она не стала дожидаться ответа от Джейсона, потому что оказалась в демонстрационной комнате, и тут даже Джейсон вынужден был признать, что Паркер поработала на славу. Больше того — превзошла себя. Он чувствовал запах обойного клея, так что им, вероятно, пришлось трудиться всю ночь, чтобы подготовить все к утру, и комната получилась на самом деле сказочная. И его наметанный глаз сразу увидел, что все товары были самого лучшего качества и самых последних моделей. Должно быть, Паркер все это приобрела в Нью-Йорке и доставила сюда на его частном самолете.

Они находились в комнате для маленького мальчика, в комнате с обоями в белую и синюю полоску с бордюром, изображавшим корабли, плывущие по буйному морю. Кровать выглядела как новая версия санок, но с боковинами, которые можно было опустить на нужный уровень. В углу этих саней поместились все герои сказки о Винни Пухе. Постельное белье на кровати было вручную расшито крохотными животными и растениями, чем-то таким, что, по убеждению Джейсона, Максу должно было понравиться. Чтобы проверить свою теорию, Джейсон поместил Макса в кровать. Ребенок немедленно встал, хватаясь за борта «саней», и, ухватив коня на колесиках, потащил конскую голову в рот.

Прочая мебель в комнате была того же качества. Там был стульчик, на котором можно качаться, пеленальный стол, сиденье для автомобиля, высокий стул, ящик для игрушек, украшенный вручную американскими индейцами, а в углу был свален целый ворох белых коробок.

— Еще белье и прочие вещи первой необходимости, — сказала Паркер, проследив за взглядом Джейсона. — Там есть кое-какая одежда, но я не знала, какой именно нужен размер, так что...

— Это все стоит больше того, что у меня есть, — сказала Эми, чуть не плача.

— Двести пятьдесят долларов за все, — быстро сказала Паркер.

Эми прищурилась:

— Эти вещи краденые? Это распродажа краденого, да?

— В некотором смысле вы недалеки от истины, — быстро вступил в разговор Джейсон. — Если бы эти вещи продолжали находиться в собственности владельца магазина к моменту появления налогового инспектора, ему бы пришлось заплатить налоги за то, что они стоят на самом деле. Но если он продаст их за бесценок, он сможет списать убытки, и с него возьмут налог только на ту прибыль, что он получил, а это сущие гроши. Я прав? — спросил он, обращаясь к Паркер.

— Абсолютно, — сказала она, а затем обернулась к Эми: — Может, вам не понравилась эта комната? У нас есть другие.

— Нет, она прекрасная, — сказала Эми.

И Джейсон, не дав ей продолжить, заявил:

— Мы ее берем. Доставьте ее сегодня. — Произнеся эти слова, он посмотрел на двух своих вице-президентов, стоявших в углу со щетками и наблюдавших за сце-

70

ной с едва заметными ухмылками. К завтрашнему дню во всех его офисах будет известно о сегодняшнем шоу. — И еще я думаю, что вы должны оклеить детскую обоями за счет компании. Обои ведь тоже входят в комплект, если я правильно понял?

Эми едва не вскрикнула от испуга. Она решила, что мистер Уилдинг зашел слишком далеко в своих претензиях. А вдруг эта женщина передумает им все это продавать на таких условиях?

— Будет сделано, — сказала Паркер без тени улыбки, затем повернулась к Максу, оккупировавшему кровать. Макс уже лежал на спине и пинал ногами борта, рассчитывая, видимо, что они вывалятся. Грохот стоял на весь магазин. — Какой красивый ребенок! — сказала она и протянула к нему руки, очевидно, собираясь взять малыша на руки.

Младенец заорал так, что кровать задрожала. Эми немедленно оказалась рядом и подхватила Макса.

— Простите, — пробормотала она. — Он не привык к чужим. — И при этих словах Макс едва ли не прыгнул Джейсону на руки.

Джейсон и не думал обращать взгляд в сторону двух своих вице-президентов, он и так знал, что они решат, будто Макс — его сын. Как еще можно объяснить тот факт, что Джейсон не был для ребенка чужим?

— Я заплачу, а вы тут пока погуляйте, — сказал Джейсон, проследовав за Паркер к ближайшему прилавку. — Карандаши — это уже перебор, — коротко бросил он, когда они отошли от Эми на достаточное расстояние.

— Есть, сэр, — сказала она и вытащила карандаши из прически.

— И что эти двое тут делают?

— Чтобы все это осуществить, надо было купить магазин. Я не считала себя вправе вести переговоры, когда речь идет о такой сумме.

— И сколько может стоить крохотный магазинчик в такой дыре?

— Хозяин магазина велел сказать вам, что его зовут Гарри Грин и что вы все поймете.

Джейсон закатил глаза. Джейсон увел у Гарри подружку как раз накануне выпускного.

— Тебе удалось купить этот магазин за сумму меньше семи знаков?

— Едва. Сэр, что нам делать с людьми, ждущими снаружи? Рекламное объявление появилось только в вашей газете, но каким-то образом...

— Это все подруги Эми. — Джейсон поискал глазами Макса, который пытался стащить с прилавка телефон, а Эми в это время любовно проводила рукой по детской мебели.

— Предложи им такие же условия. Распродайте все за бесценок. Позаботьтесь, чтобы никто не ушел без покупки. Если потребуется, распродайте все по отдельности, чтобы каждая женщина получила то, что ей нужно.

Посмотрев на Паркер, Джейсон увидел, что она уставилась на него открыв рот.

— И отправь этих двоих в Нью-Йорк, как только они поклеят обои.

— Да, сэр, — тихо сказала Паркер, глядя на него так, словно впервые видела.

Джейсон убрал ручонки Макса от занавески, что висела на колыбели.

— И еще, добавь кое-какие игрушки к комплекту Хотя нет. Ничего не добавляй. Я сам куплю.

— Да, сэр, — тихо сказала Паркер.

— Чарлз уже приехал?

— Он приехал со мной. Он в доме вашего отца, как и мы все. — Судя по выражению лица секретарши, ее вот-вот должен был хватить удар.

— А теперь закрой рот и открой двери для остальных покупателей, — сказал Джейсон и, во второй раз отодрав пальцы Макса от занавески, пошел к Эми.

Глава 7

Джейсон терзался чувством, которого очень давно не испытывал, — завистью.

— Какая она изумительная, эта комната! — с придыханием говорила Эми. Он не слышал ничего подобного из женских уст с тех пор, как закончил школу. — Я ничего красивее в жизни не видела. Наверное, уклоняться от налогов нехорошо, но если из-за уклонения от уплаты налогов Макс получил все это великолепие, я готова голосовать двумя руками за это явление. Вы со мной согласны, мистер Уилдинг? Вам нравится комната?

— Да, — буркнул в ответ Джейсон. Он повторял себе, что лучше оставаться анонимным дарителем, чем похваляться своим подарком. Так по крайней мере его учили. Но он бы предпочел, чтобы этот сверкающий счастливый взгляд Эми адресовала конкретно ему, Джейсону.

Джейсон сделал глубокий вдох.

— Красивая комната. Выглядит классно. Вы думаете, одежда подойдет?

— Если она не подойдет сегодня, то через неделю будет уже впору, — со смехом сказала Эми. — Вот видите, я говорила вам, что Бог нам поможет.

Но не успел Джейсон бросить в ответ циничную реплику относительно того, во сколько на самом деле обошлась ему эта мебель, ибо ему пришлось закупить весь магазин, в дверь настойчиво и громко постучали.

Эми мгновенно побледнела:

— Они допустили ошибку и хотят все забрать!

Плохое настроение тут же оставило его. Он не мог удержаться от удовольствия обнять Эми за худенькие плечи и сказать:

— Уверяю вас, все это ваше. Может, это Санта-Клаус пришел раньше времени.

Поскольку Эми не решалась открыть дверь, Джейсон взял Макса из колыбели, где он пытался съесть набитые ватой ноги лягушки, и пошел открывать. Открыв дверь, он увидел громадную живую елку.

— А вот и я, — раскатистым басом сообщил о своем появлении Дэвид, протискиваясь вместе с елкой в дом. — С Рождеством, Джейсон, старина. Ты не хочешь занести коробки в дом?

— Дэвид! — восторженно воскликнула Эми. — Не надо было так тратиться.

Джейсон пробормотал, передразнивая Эми:

— О, Дэвид, не надо было так тратиться! — А про себя подумал: «Я заплатил бог знает сколько за мебель, а она благодарит налоговую систему США. А Дэвид явился с двадцатидолларовым деревом, и что я слышу? О, Дэвид! Вот они, женщины!»

Макс засмеялся, царапнул щеку Джейсона, видимо, желая похлопать его по щеке, а потом чмокнул в другую щеку.

— Почему ты не делаешь этого с божественным Дэвидом? — сказал Джейсон, улыбнувшись мальчику, а сам подхватил под мышку большую красную картонную коробку и понес ее в дом.

74

— Не могу поверить, что вы это сделали, — продолжала рассыпаться в благодарностях Эми, с обожанием глядя на Дэвида.

— Нам с отцом елка не нужна. К чему елка двум холостякам? К тому же потом повсюду в доме находишь иголки. Так что, когда один из пациентов подарил мне это дерево, я подумал о целом ящике елочных украшений на чердаке и еще о том, что Максу понравятся светящиеся гирлянды. Как думаете, ему понравится?

— О да, я уверена, что ему понравится, но я не...

Дэвид ее не дослушал. Он пошел навстречу Джейсону с распростертыми объятиями, желая, видимо, взять на руки Макса.

— Иди сюда, Макс, и обними меня.

Джейсон испытал глубокое удовлетворение, когда Макс заорал так, что с елки посыпались иглы.

— Похоже, он тебя не любит, — ехидно заметил Джейсон. — Пойдем, малыш, давай примерим новую одежду.

— Новую одежду? — спросил Дэвид, нахмурившись. — Ты о чем?

— О, Дэвид, ты не представляешь, что произошло! Сегодня утром мы поехали в магазин, где хозяин продавал все очень дешево, чтобы ему не пришлось платить налоги, и мистер Уилдинг еще заставил их приехать и поклеить обои и расставить мебель и... и... О, вы должны посмотреть на это своими глазами, иначе вы просто не поверите.

Дэвид бросил на Джейсона подозрительный взгляд и последовал за Эми. Она открыла дверь, и он увидел сногсшибательную детскую комнату. Не надо быть экспертом, чтобы с первого взгляда оценить, какого высокого качества было все, что находилось здесь. Белье, мебель, обои на стенах, раскрашенный шкаф, в котором имелась сказочная коллекция детской одежды, — все было самым лучшим из того, что можно купить в магазинах.

— Понимаю, — сказал Дэвид. — И сколько вам пришлось за это заплатить?

— Двести пятьдесят долларов, включая налог на продажу, — с гордостью заявила Эми.

Дэвид приподнял вышитую простыню, которой была застлана колыбелька. Он видел такую простыню в каталоге по триста долларов за простынку.

— Великолепно, — сказал Дэвид. — По сравнению с этим моя елка и старые елочные игрушки — вообще ничто.

— Какие глупости! — Эми взяла Дэвида под руку. — Ваш подарок сделан от чистого сердца, а это все — просто способ уйти от налогов.

При этих словах Дэвид послал Джейсону победную улыбку, провожая Эми назад в гостиную.

— И я еще принес ужин, — радостно заявил Дэвид. — Один мой пациент в качестве благодарности подарил мне бесплатный ужин на двоих в ресторане в Карлтоне, но я убедил повара дать мне ужин навынос. На троих. Я надеюсь, еда еще горячая, — добавил Дэвид и взглянул на своего брата. — Контейнеры с едой — на переднем сиденье моей машины. И вот еще что: я надеюсь, вы не будете возражать против того, чтобы провести дегустацию нового детского питания для младенцев. — С этими словами он принялся вытаскивать из карманов стеклянные баночки с детским питанием со сделанными вручную этикетками. Джейсон узнал аккуратный почерк своей секретарши.

— «Пюре из ягненка с сушеной вишней и зеленым перечным соусом», — прочитала Эми. — И печенье из лососины с соусом цилантро*. Все это звучит слишком

---

* Цилантро — пряная зелень.

изысканно для детской еды, и к тому же я не уверена, что ему можно есть перец.

— Я думаю, что компания пытается пробиться на рынок эксклюзивных поставок, но, если вы не хотите быть первыми, на ком проверяется продукт, я могу уговорить Марту Джеркинс попробовать это питание.

— Нет, — сказала Эми, забирая у Дэвида баночки. — Я уверена, что Максу все понравится. — Но, судя по ее тону, она все-таки не была в этом уверена. — Кто производитель?

— «Чарлз и компания», — сказал Дэвид и подмигнул Джейсону, который все еще стоял в дверях с Максом на руках и все еще хмурился. — Давай, старина, пошевеливайся. Заноси все в дом, чтобы мы могли поесть, а потом украсить елку.

Джейсон передал ребенка Эми, а сам следом за Дэвидом вышел из дома.

— Что с тобой? — набросился на него Дэвид, едва они успели отойти от двери.

— Со мной как раз все в порядке, — огрызнулся Джейсон.

— Тебе здесь невыносимо? Ты ненавидишь шум, ненавидишь этот старый дом, что разваливается на глазах. Да и с Эми тебе скучно — она не чета тем женщинам, с какими ты привык общаться. Насколько мне помнится, ты как-то встречался с женщиной, которая имела степень доктора антропологии. Она, кажется, занималась спасением тигров или что-то вроде того?

— Она спасала китов, и от нее пахло, как от дохлой рыбы. Со мной все в порядке. Так это Чарлз приготовил ужин и еду для Макса?

— Так вот что тебя задевает! Злишься на меня за то, что я приписал себе заслуги в то время, как ты за все заплатил? Послушай, если хочешь, мы можем прямо сейчас сказать ей всю правду. Мы можем сказать ей, что ты мультимиллионер, а может, уже и миллиардер, и что ты можешь приобрести целый дом, обставленный детской мебелью, потратив на это не больше, чем обычно тратишь на карманные расходы. Ты этого хочешь?

— Нет, — медленно проговорил Джейсон.

Дэвид наклонился к коробкам с елочными украшениями. Эти коробки были родом из их с Дэвидом детства, и Джейсон знал каждую игрушку из этих ящиков.

Дэвид посмотрел на брата:

— Надеюсь, ты не влюбился в нее? Мне бы не хотелось воевать с тобой из-за женщины.

— Не будь смешным. Эми не в моем вкусе. И она не знает, как будет жить дальше. Никаких концепций по поводу будущего. Я не представляю, как она собирается содержать ребенка на те гроши, что получает со страховки. У нее нет работы и перспектив ее получить. Она ничего не умеет делать, разве только убирать. Но несмотря на ее бедственное положение, чересчур гордая. Если ты скажешь ей, кто я такой, она вышвырнет меня из дома, и, можешь не сомневаться, следом полетит вся эта детская мебель. Сегодня весь день она потратила на то, чтобы отмыть машину, которую прислала мне Паркер. Непременно хочет вернуть мне двести пятьдесят долларов, потраченные на покупки. Если бы ты знал...

Они шли к дому, и Джейсон продолжал говорить.

— Что знал? — тихо спросил Дэвид.

— Женщины, с которыми я встречался, просили у меня пять сотен просто на то, чтобы дать на чай обслуге в туалете. И эта женщина, специалист по рыбам, она соглашалась встречаться со мной только в том случае, если я жертвовал деньги на ее китов.

— Так в чем тогда дело? — спросил Дэвид. — Почему ты дуешься?

— Потому что мой младший брат обманом заманил меня в этот захолустный городок, заставив заниматься походами по магазинам для младенцев и украшать рождественскую елку. Ты не подержишь дверь? Спасибо. Нет, не так. Ты должен сначала на нее надавить, а потом уже повернуть ручку. Это у тебя телефон звонит или у меня?

— У меня, — сказал Дэвид, как только они вошли в дом. — Да, — ответил он в трубку. — Да, да, хорошо. Я приеду. — Сложив телефон, Дэвид с сожалением посмотрел на Эми, Джейсона и младенца: — Я не могу остаться. Непредвиденные обстоятельства.

— Мне так жаль, — сказала Эми. — После того как вы все это привезли, вы не можете остаться.

— Да, жаль, — сказал Джейсон, распахивая перед младшим братом дверь. — Но работа есть работа.

Дэвид, нахмурившись, прошел к двери.

— Может, мы могли бы завтра украсить елку? Мне действительно хотелось бы посмотреть на Макса, когда он впервые увидит горящие фонарики.

— Мы все снимем на видео, — быстро сказал Джейсон. — Ты знаешь, я действительно думаю, что тебе пора. Поторопись, не хватало еще, чтобы кто-нибудь умер.

— Да, верно, — сказал Дэвид и бросил в последний раз взгляд на Эми. — Увидимся... — Он не смог закончить предложение, потому что Джейсон захлопнул дверь у него перед носом.

— Вы не слишком любезно с ним обошлись, — сказала Эми. Она старалась придать лицу суровое выражение, но Джейсон видел, что в глазах ее плясали смешинки и уголки рта ползли вверх.

— Да, я был ужасен, — с готовностью согласился Джейсон. — Но зато теперь нам достанется больше еды. И кроме того, я гораздо лучше его украшаю елку.

— Правда? Но вам вряд ли удастся превзойти меня. Я так украшаю елки, что Санта-Клаус рыдает от восторга.

— Я так красиво нарядил елку, что Санта вообще отказался покидать мой дом, и мне пришлось вытолкать его на снег, а когда он и после этого не захотел уходить, мне пришлось самому взять вожжи и доставить подарки адресатам.

Эми засмеялась.

— Вы победили. Давайте посмотрим, что в этих коробках.

— Нет. Сначала мы поедим. Я хочу проверить новое детское питание на Максе и посмотреть, что он думает по поводу новой продукции. Этот камин работает?

— Лучше, чем печка, — ответила Эми.

— Я повторяю вопрос: камин работает?

Эми засмеялась.

— Если полностью открыть заслонку и развести огонь возле самой задней стенки, то все будет нормально. В противном случае он сильно дымит.

— А у вас имеется опыт обращения с ним?

— Имеется. У меня в морозильнике лежали два куска свинины, и после того, как я попыталась в первый раз развести огонь в этом камине, они превратились в ломти копченой ветчины.

На этот раз настал черед Джейсона засмеяться, и, когда он засмеялся, Макс тоже засмеялся и стал бить руками по коленкам и чуть не сбил мать с ног.

— Тебе это кажется смешным, парень? — спросил Джейсон, взял мальчика у Эми и пару раз подкинул его в воздух.

Макс завизжал от восторга и визжал, пока у него не началась икота, и тогда Джейсон его защекотал, и он снова завизжал.

Когда Джейсон прижал к себе потного ребенка, Эми посмотрела на него так, как на Джейсона до этого не смотрела ни одна женщина.

— Вы хороший человек, мистер Уилдинг. Очень хороший человек.

— Не хотите называть меня «Джейсон»? — спросил он.

— Нет, — сказала она и отвернулась. — Я подогрею ужин, а вы пока разведите огонь в камине.

По какой-то причине ее отказ звать его по имени был Джейсону приятен. Он усадил Макса на пол и принялся разводить огонь. Он провозился довольно долго, потому что каждые три минуты ему приходилось вызволять Макса из ситуаций, которые угрожали жизни младенца. Но наконец огонь разгорелся. Камин дымил не слишком сильно.

Эми вошла в комнату с громадным подносом, уставленным едой. На подносе также была бутылка вина и два бокала.

— Дэвид умеет жить, верно? — спросил Джейсон.

— Я чувствую себя виноватой из-за того, что мы едим без него, — сказала Эми. — В конце концов, все это благодаря ему.

— Мы можем завернуть его угощения, убрать в холодильник, и он все съест завтра.

Эми посмотрела на салат из нежнейшего латука с овощами, тушеного ягненка, картофель... и перевела взгляд на Джейсона.

— У меня нет пищевой пленки.

— Тогда решено. Нам придется съесть это все самим.

— Пожалуй, — серьезно сказала Эми, потом засмеялась и принялась за еду.

Макс сидел на коленях у Джейсона с повязанным вокруг шеи нагрудником. Он ел все, что ему давали.

Утверждение Эми о том, что малыш не любит твердую пищу, опровергалось тем, что он съел всю баночку ягненка с перечным соусом, а затем принялся за картофельное пюре с чесноком на тарелке Джейсона.

— Я всегда считала, что детям больше нравится пресная пища, — с искренним удивлением сказала Эми.

— Пресная пища никому не нравится, — заметил Джейсон.

Через некоторое время Эми покормила Макса грудью, и он уснул с ангельской улыбкой на лице.

— Как вы думаете, это еда или новая комната сделала его таким? — спросила Эми, с обожанием глядя на своего сына, спящего в новой колыбельке.

— Я думаю, он счастлив, потому что у него есть мама, которая так сильно его любит, — сказал Джейсон и улыбнулся.

Эми покраснела.

— Мистер Уилдинг, если бы я не знала, что этого не может быть, я бы подумала, что вы со мной флиртуете.

— Думаю, случаются вещи и еще более странные, — сказал Джейсон и, заметив растерянность у нее на лице, добавил: — Пора приниматься за дело. Нам еще предстоит украсить елку.

За всю свою жизнь Джейсон ни разу не получал такого удовольствия, украшая елку, как в этот раз. Будучи детьми, Дэвид и Джейсон терпеть не могли этим заниматься. Поскольку женщины в семье не было, из кухни не доносились ароматы сдобной выпечки, музыка не играла. Компанию им составлял лишь отец, который вечно ходил угрюмый. Он ставил елку лишь потому, что в противном случае сестра отца пилила бы его весь год, повторяя, что это ей надо было растить детей, а не ее ленивому брату.

И сейчас, развешивая гирлянду, которую распутала Эми, Джейсон вдруг поймал себя на том, что рассказывает ей о своем детстве. Он не потрудился объяснить, почему жил с Дэвидом, если был ему всего лишь двоюродным братом, и она не стала об этом спрашивать. В свою очередь, Эми рассказывала ему о своем детстве. Эми была единственным ребенком матери-одиночки, и когда она спросила у матери, кто ее отец, мать сказала, что это не ее дело.

Истории обоих были довольно печальными и пронизанными одиночеством, но, когда они рассказывали их друг другу, они шутили, и Эми начала соревнование, у кого родитель был ворчливее и раздражительнее. Мать у Эми с фанатизмом относилась к чистоте и терпеть не могла Рождество из-за неизбежного беспорядка. Отец Джейсона просто не желал, чтобы нарушался привычный ход жизни.

Они принялись фантазировать на тему о том, какая бы семейная пара получилась из матери Эми и отца Джейсона, как отец Джейсона играл бы в покер, стряхивая пепел на пол по всей комнате, как мать Эми ходила бы за ним с пылесосом.

Они продолжили импровизировать на тему, какие дети могли бы родиться в этом браке, и решили, что сами являются великолепным примером того, что могло бы получиться от такого союза. Джейсон был такой серьезный, что у него от смеха едва кожа на лице не трескалась, а Эми жила в доме, при виде которого у ее матери вполне могло остановиться сердце.

— Как красиво! — наконец сказала Эми и отступила, чтобы полюбоваться наполовину украшенной елкой.

— Жаль, что у меня нет при себе камеры, — сказал Джейсон. — Это дерево заслуживает того, чтобы его запечатлеть.

— У меня нет даже фотоаппарата, но я могу... — Эми оборвала фразу и задорно улыбнулась: — Вы закончите с елкой, а я пока приготовлю вам сюрприз. Нет, не поворачивайтесь, смотрите туда.

Джейсон слышал, как Эми убежала в спальню, а потом вернулась и села в уродливое кресло с подсолнухами. Джейсон сгорал от любопытства, но не оборачивался. До тех пор пока не повесит последнюю нитку серебряного дождя, Эми не велела ему смотреть.

Повернувшись, он увидел, что она держит в руках лист бумаги, а на коленях у нее лежат книга и карандаш. Он взял листок из ее рук и увидел прелестный набросок, изображавший его, Джейсона, сражающегося с гирляндой, и елку на заднем плане. Рисунок был забавным, скорее шаржевым и в то же время трогательным. Чувствовалось, что он сделан с любовью.

Джейсон сел на диван с наброском в руке.

— Симпатично.

Эми засмеялась.

— Вы, кажется, удивлены?

— Да. Вы ведь говорили, что у вас нет талантов. — Он был очень серьезен.

— Ликвидных — нет. Никто не захочет нанимать на работу того, кто только и умеет, что делать забавные рисунки.

Джейсон не стал отвечать.

— А у вас есть еще рисунки? Принесите, пожалуйста.

— Есть, сэр! — сказала Эми и, вытянувшись, отдала честь. Она пыталась придать себе легкомысленный вид, но повиновалась немедленно и уже через пару секунд протянула ему объемистый коричневый конверт с рисунками.

От Джейсона не ускользнуло то, что Эми затаила дыхание, наблюдая за тем, как он рассматривает ее работы.

Ему было незачем спрашивать ее, показывала ли она эти рисунки кому-либо еще, — он знал, что она их еще никому не показывала. Ибо, как бы она ни храбрилась, жить с пьяницей, вроде Билли Томпкинса, должно быть, совсем не просто.

— Хорошие рисунки, — сказал он, разглядывая листы один за другим. Она в основном рисовала Макса от рождения до настоящего момента, и ей удавалось передать не только сходство, но и настроение. На одном из них Макс с удивленным видом смотрел на воздушный шарик и жадно тянулся к нему ручонками. — Мне они нравятся, — сказал Джейсон, аккуратно сложив рисунки в конверт. Бизнесмен в нем уже хотел говорить с ней о публикации и авторском вознаграждении, но он себя остановил. Сейчас все, что от него требовалось, — это похвалить ее. — Мне правда они очень понравились, и я благодарен вам за то, что вы мне их показали.

Эми улыбнулась:

— Вы единственный, кто видел мои работы. Если не считать мою мать. Она сказала мне, что я зря теряю время.

— А она какое будущее для вас видела?

— Она хотела, чтобы я стала адвокатом.

Вначале он подумал, что Эми шутит, но тут увидел, как глаза ее блеснули.

— Я уже слышу вашу речь: «Прошу вас, ваша честь, он обещает, что никогда больше не будет. Он дает честное слово. Он никого больше не убьет, не считая тех двадцати двух маленьких старушек, которых уже убил. Пожалуйста...»

Джейсон так здорово сымитировал интонации Эми, что она запустила в него подушкой.

— Вы ужасный человек, — со смехом сказала она. — Из меня получился бы отличный адвокат. Вы знаете, я ведь на самом деле умная.

— Да, очень умная, но у вас есть порочная склонность влюбляться в паршивых овец.

— Если бы у меня не было такой склонности, вам негде было бы провести Рождество, — выпалила она в ответ.

— Это верно, — сказал Джейсон, ухмыляясь. — И я вам за это благодарен. — И, сказав это, посмотрел в ее глаза и понял, что хочет ее поцеловать.

— Думаю, мне лучше пойти спать, — тихо сказала Эми и направилась к двери, ведущей в спальню. — Макс встает рано, а дел завтра полно. — На пороге она оглянулась: — Я не хотела, чтобы вы подумали, будто я сделала вам одолжение, позволив остановиться у меня. По правде говоря, вы сделали это Рождество чудесным для Макса и для меня. Мы оба получаем громадное удовольствие от вашего общества.

Джейсон только и мог, что кивнуть в ответ. Он не помнил, чтобы кто-то говорил ему, что получил удовольствие всего лишь от его общества.

— Спокойной ночи, — сказал он, а сам еще долго сидел перед потухающим камином, размышляя о том, где он находится и что делает.

Глава 8

Запах разбудил Джейсона. Этот запах был ему знаком, но он не мог понять, что это за запах. Он принадлежал далекому прошлому и смутно напоминал ему что-то. Следуя причудам своего носа, Джейсон встал с постели, натянул мятые брюки и пошел на свет. Он застал

Эми на кухне. Макс сидел на высоком стуле, его лицо и руки были испачканы кашей, и повсюду на кухне была разложена мокрая одежда. Рубашки, штаны, белье свисали с люстры, висели на дверных ручках, над плитой. И посреди всего этого стояла Эми над гладильной доской. В руках у нее был утюг, которому место разве что в музее.

— Который час? — спросил Джейсон.

— Около пяти, я думаю, — ответила Эми. — А почему вы спрашиваете?

— Сколько вы уже не спите?

Эми повернула рубашку на гладильной доске, разложив для глажки мятый рукав.

— Да почти всю ночь. Маленький негодник иногда путает день с ночью.

Зевая и потирая глаза, Джейсон сел за стол рядом с высоким стульчиком Макса и протянул ему сушеный персик. Без слов он обвел рукой комнату, увешанную мокрой одеждой. Прошло немало лет с тех пор, как Джейсон вырос, но, когда он был ребенком, отец его вот так же раскладывал одежду для просушки, и этот запах он забыть не мог.

— А что случилось с сушильной машиной?

— Она сломалась примерно год назад, а на то, чтобы отдать ее в ремонт, у меня не было денег. Но стиральная машина работает отлично.

Джейсон встал, прогнулся, потирая копчик, затем зашел к Эми за спину и выключил утюг из розетки.

— Я должна закончить. Это же...

— Идите спать, — тихо сказал Джейсон. — И ни слова возражений. Идите в кровать. Спите.

— Но Макс... И одежда, и...

— Идите спать, — приказал Джейсон тихим голосом, и на какой-то миг ему показалось, что Эми готова расплакаться от благодарности. С улыбкой он подтолкнул ее к двери, и она поспешила к себе в спальню и закрыла дверь.

— А теперь, — сказал Джейсон, — проверим, помню ли я, как это делается. — С этими словами он включил утюг в розетку и принялся доглаживать рубашку.

В восемь зазвонил мобильный. Джейсон прижал его к уху плечом и, продолжая гладить, ответил на звонок.

— Я разбудил тебя? — спросил Дэвид.

— Конечно, — сказал Джейсон. — Ты же знаешь, какой я лентяй. Нет! Макс, оставь это в покое! Так чего ты хочешь, братишка?

— Я хочу побыть наедине с Эми. Помнишь? Ради этого все затевалось. Хочу выбраться с ней в город. Сегодня вечером и завтра. Я даже достал билеты на бал «Беллрингерс»*.

Джейсон хорошо знал, что бал «Беллрингерс» — ежегодный рождественский бал, устраиваемый самыми влиятельными людьми штата, — единственное мероприятие, которое стоит посещать во всей западной половине Кентукки, и что достать туда билеты практически невозможно.

— И кого тебе пришлось убить, чтобы достать билеты?

— Я не убивал, я спасал. Я спас жизнь председателю одного комитета. В любом случае он добыл для меня билеты. Я собираюсь сделать предложение. Джейсон? Джейсон? Ты меня слышишь?

— Прости, — сказал Джейсон, возвращаясь к телефону. — Макс потянул лампу за шнур. Так что ты говорил?

— Я сказал, что завтра хочу попросить Эми о том, чтобы она стала моей женой. Джейсон? Ты слушаешь? Что там сейчас делает Макс?

---

* Бал местной политической и бизнес-элиты.

— Ничего не делает, — рявкнул в ответ Джейсон. — Он отличный ребенок и не делает ничего плохого.

Теперь замолчал Дэвид.

— Я не говорю, что он делает что-то плохое. Просто дети его возраста имеют склонность вечно во что-то вляпываться. Это нормальный процесс роста, и они будут...

— Не надо говорить со мной менторским тоном. Прибереги его для своих пациентов, — проворчал Джейсон.

— Эй, парень! Что-то у тебя сегодня с утра плохое настроение. Кстати, а где Эми?

— Я мог бы сказать тебе, что это не твое дело, но, если тебе так надо знать, она спит, а я присматриваю за Максом. И глажу заодно, — добавил Джейсон, догадываясь, что Дэвид упадет в обморок от такой информации.

— Что ты делаешь?!

— Глажу. Паркер залила грязью одежду, которую мне отправила, так что Эми все перестирала, а я сейчас глажу. Ты находишь в этом что-то неприличное?

— Ничего, — тихо сказал Дэвид. — Просто я не знал, что ты умеешь гладить, и все.

— А кто, по-твоему, гладил тебе одежду, когда ты был ребенком? — огрызнулся Джейсон. — Папочка? Ха! Ему надо было зарабатывать деньги на пропитание, так что мне приходилось... Не важно. Что ты хотел мне сказать? Подожди, я должен взять Макса.

— Джейсон, дорогой, — несколькими минутами позже сказал Дэвид, — я бы предпочел пообщаться с Эми лично. Я хочу провести с ней время сегодня и завтра вечером, так что думаю, мне следует самому ее об этом попросить.

— Она занята.

— Между вами что-то происходит? — спросил Дэвид. — Ты и Эми... Вы ведь не...

— Нет, — быстро ответил Джейсон. — Уж чего мне совсем не хочется от жизни, так это повесить себе на шею взбалмошную, витающую в облаках дурочку. Тот, кто женится на ней на свою голову, приобретет кучу проблем. Удивительно, как это она шнурки научилась завязывать. Она даже себя прокормить не может, не говоря уже о ребенке, и...

— Ладно, ладно. Картина мне ясна. Так что ты думаешь?

— О чем?

Дэвид тяжко вздохнул.

— Ты думаешь, все пройдет гладко, если я заберу Эми сегодня вечером и завтра? Ты сможешь посидеть с ребенком два вечера подряд?

— Я могу сидеть с ним вечно, — со злостью сказал Джейсон. — Конечно, ты можешь забрать Эми. Я уверен, что она с удовольствием пойдет с тобой.

— Я думаю, что сам должен ее об этом спросить.

— Я не собираюсь ее будить только для того, чтобы ты мог поговорить с ней по телефону. К которому часу она должна быть готова сегодня?

— К семи.

— Ладно. А теперь дай трубку Паркер.

— Она... Она еще не встала.

Джейсона так ошеломила эта информация, что он оставил утюг лежать на рубашке плашмя, пока не запахло паленым.

— Черт, — сказал он, подняв утюг. — Разбуди ее, — приказал Джейсон и удивился тому, что его секретарша почти немедленно ему ответила.

На то, чтобы оправиться от шока, Джейсону понадобилась пара секунд. После чего он велел Паркер раздобыть еще два билета на бал «Беллрингерс».

— Вы знаете, что это почти невозможно, — сказала она, и Джейсон пережил еще одно потрясение. Что случилось с его секретаршей? Для нее никогда не существовало ничего невозможного.

— Раздобудь билеты, — раздраженно повторил он. И вообще, что случилось с миром? Вначале два его вице-президента без спроса влезают в его личные дела, а теперь Паркер заявляет ему, что то, о чем он просит, слишком трудно исполнить. Если бы ему был нужен тот, кто не может исполнить неисполнимое, он бы не держал Паркер у себя в штате и не платил бы ей такое большое жалованье. — Мне понадобится фрак из моей нью-йоркской квартиры, — продолжал Джейсон, — и Эми понадобится что-то подходящее из одежды. Как называется тот магазин на Пятой авеню?

— «Кристиан Диор», — немедленно ответила Паркер.

— Верно, «Диор».

— И кого я должна найти вам в сопровождение? — спросила она.

— Мне в сопровождение... Ах, ну да, понадобится женщина, — пробормотал Джейсон, об этом он как-то даже не подумал. Как не подумал о том, почему он вдруг так рьяно засобирался на бал, когда должен сидеть дома с ребенком. И если они с Эми оба уйдут, то кто останется с Максом?

— Я думаю, что имеется достаточно женщин, которые смогут вас сопровождать, если даже известить их об этом за два часа до начала мероприятия, — сказала Паркер непререкаемым тоном.

Джейсон дал себе время подумать о тех женщинах, которых он знал и которые, как он знал, с удовольствием сыграли бы для него роль эскорта. И он подумал о том, что любая из этих женщин не преминет воспользоваться случаем, чтобы поупражняться в злословии, выбрав в качестве мишени неотесанную провинциалку. Вечер для Эми будет гарантированно испорчен, и это будет подло по отношению к Эми, да и по отношению к Дэвиду тоже.

— Найди себе платье, Паркер. Ты пойдешь со мной.

Джейсон улыбнулся, почувствовав, как шокировало секретаршу такое заявление. Почти неуверенно она произнесла:

— Да, сэр.

— Да, и еще найди тут кого-нибудь, кто мог бы сделать Эми прическу и макияж. Придумай что-нибудь, чтобы она не догадалась, что это мой подарок.

— Будет сделано, — тихо сказала Паркер. — Что-нибудь еще?

Джейсон посмотрел на Макса, со счастливым видом жевавшего хвост игрушечной желтой утки. Судя по ее виду, отец Макса тоже жевал ей хвост лет эдак тридцать назад, и Джейсон спросил себя, нет ли в краске свинца.

— Дома все в порядке? — спросил Джейсон.

— Прошу прощения? — переспросила Паркер.

— Я спрашиваю, с комфортом ли устроился Чарлз в доме моего отца.

— О да, — неуверенно сказала Паркер. — Простите, сэр, вы обычно не задаете личных вопросов... Но да, у нас все хорошо. Уже.

— Что вы хотите этим сказать? Что значит «уже»?

— Чарлзу пришлось кое-что поправить, но сейчас он в полном порядке. Он скоро к вам заедет. И ваш отец напоминает вам, что вы и миссис Томпкинс с ребенком приглашаетесь на рождественский обед. Три часа пополудни вас устроит?

Джейсон пропустил большую часть сказанного Паркер мимо ушей и задал ключевой вопрос:

— Что именно поправил?

— Кухня нуждалась в... расширении.

— Паркер! Не темни.

— Чарлз снес заднюю стену дома вашего отца и сделал пристройку, которая в действительности могла бы служить кухней маленького ресторана. Ему пришлось заплатить рабочим втрое больше обычного за срочность, и работа действительно была сделана за двадцать четыре часа. И еще он купил оборудование для кухни и... Ну, ваш отец каждый вечер устраивает роскошные вечеринки и...

— Я больше ничего не хочу слышать. Мы будем там в три часа на Рождество, и не забудь про одежду.

— Разумеется, не забуду, сэр, — сказала Паркер, и Джейсон отключил связь.

Через десять минут Эми вошла на кухню с видом самой счастливой женщины на свете. Но тут она заметила, что все белье переглажено.

— Как я теперь расплачусь с вами за мебель? — воскликнула она и опустилась на шаткий табурет.

Макс со счастливым видом сидел на своем новом высоком стуле с перемазанной физиономией.

— Я обещаю все перепачкать сегодня, чтобы завтра у вас было еще больше работы, — с улыбкой сказал Джейсон, явно не беспокоясь о том, как ему вернут долг. — А теперь вы не будете против того, чтобы присмотреть за Максом, пока я приму душ? Я в этой рубашке уже несколько дней хожу, и мне бы хотелось снять ее как можно скорее.

— Конечно, — пробормотала Эми и взяла Макса на руки. Едва Макс увидел мать, как начал хныкать и проситься на ручки.

На мгновение Джейсон замер в дверях. Ведь ничего плохого не случится за те пятнадцать минут, пока он будет в душе? Бросив последний взгляд на Эми и малыша, он вышел из кухни.

Глава 9

— Мистер Уилдинг, — с энтузиазмом сказала Эми в тот момент, когда тридцать минут спустя он появился в дверях кухни, — заходите и познакомьтесь с Чарлзом.

Как только Джейсон увидел своего прыткого малютку повара, он понял, что попал в беду. Роста в Чарлзе было всего пять футов, и он был красив, как голливудская звезда, и женщины от него просто млели. Он отчаянно флиртовал, и Джейсон не сомневался в том, что не одна из тех дам, которых Джейсон приглашал на ужин, не устояла перед напором и обаянием Чарлза. Но Джейсон никогда не задавал вопросов, он полагал, что для него будет лучше, если он не будет знать некоторых подробностей личной жизни своего повара. Как бы там ни было, Чарлз всюду путешествовал вместе со своим боссом и готовил как Бог. И в благодарность за еду Джейсон предпочитал смотреть сквозь пальцы на некоторые слабости своего шеф-повара.

Но сейчас, увидев Чарлза сидящим рядом с Эми и держащим ее за руку, Джейсон испытал жгучее желание сказать повару, чтобы он убирался подальше и никогда больше сюда не возвращался.

— Это и есть тот человек, который сделал всю ту великолепную еду для Макса. Похоже, Дэвид немного приврал. На самом деле это не компания пытается выпустить на рынок новый продукт, а Чарлз пытается войти в дело. И он живет тут, в Абернети. Ну разве это не удивительно?

— Да, действительно, — сказал Джейсон, вытаскивая у Макса изо рта шнур.

— А я хочу уговорить его начать свой бизнес. Вы не думаете, что ему стоит попробовать?

Чарлз посмотрел на своего нанимателя искристым взглядом. Он получал очевидное удовольствие от всего этого маскарада.

— У меня просто божественная кухня, — заметил Чарлз. — Медные казаны из Франции, а плита размером с мою первую квартиру. Вы должны прийти и увидеть все своими глазами.

— С удовольствием, — с энтузиазмом сказала Эми. — Может, вы дадите мне пару уроков кулинарии?

— Я дам вам все, что хотите, — тоном заправского соблазнителя сказал Чарлз и поднес ладонь Эми к губам.

Но в тот самый момент, когда губы Чарлза должны были коснуться ладони Эми, Джейсон пнул высокий стульчик Макса и, вздрогнув от внезапного грохота, Эми вскочила на ноги. Макс тоже испугался и захныкал. Эми взяла его на руки. Но не успела она успокоить ребенка, как вновь обратилась к Джейсону с тем же вопросом:

— Так что вы думаете по поводу того, чтобы Чарлз начал свой собственный бизнес? Я сказала ему, что вы можете дать хороший совет.

Поскольку Джейсон хранил молчание, Эми, занервничав, посмотрела на Чарлза:

— Ну, я думаю, это хорошая мысль. За последний день Макс съел больше вашей еды, чем всего детского питания за всю свою маленькую жизнь. Если вы хотите испытать свой продукт на большем количестве людей, у меня есть знакомые мамы с малышами, и они поработают для вас морскими свинками. И мы все напишем вам рекомендательные письма.

«Ха! — подумал Джейсон. — Чарлз и еда для младенцев! Просто смешно». Чарлз был ужасным снобом. Он придирчиво относился даже к тому, во что люди одеты, когда вкушают плоды его трудов. «Эта женщина крошила крекеры в мой суп», — заявил он однажды, отказавшись для нее готовить. Чарлз счел, что она не стоила его времени и усилий. Но позже Джейсон обнаружил, что повар был прав. Та женщина оказалась авантюристкой с непомерными аппетитами.

Но тут Джейсон увидел, что Чарлз всерьез размышляет над советом Эми открыть собственный бизнес. Что означало бы, что он, Джейсон, потеряет своего повара!

— Вы не представляете, как трудно готовить для младенца, — говорила Эми. — Если вы готовите ореховое пюре, то еды получается на дюжину порций, а кто захочет есть одно ореховое пюре всю неделю?

— Я понимаю. Это действительно проблема. Я ни разу не пробовал детскую еду из баночек до этой недели. Ужасная гадость. Неудивительно, что американские дети ненавидят здоровую пищу и предпочитают питаться гамбургерами и хот-догами.

— Именно. Вот поэтому...

Эми осеклась, потому что Джейсон внезапно встал между ними.

— Я думаю, нам скоро выходить, так что вам лучше нас покинуть, — сказал он Чарлзу.

— Но мы только начали. Я хотел бы выслушать мнение миссис Томпкинс относительно детского питания. Она знакома с проблемой не понаслышке. Возможно, я смог бы...

— А возможно, и не смог бы, — сказал Джейсон, отодвигая стул, чтобы Чарлз мог встать. «Да поможет мне Бог, — подумал Джейсон. — Если я потеряю своего повара из-за этой безнадежной затеи Дэвида, я...»

— Для вас, моя красивая леди, — говорил между тем Чарлз, — я буду присылать бесплатный ужин каждый вечер в течение двух недель. И возможно, ленч тоже.

96

— Но я ничем не заслужила такого подарка, — сказала Эми и очаровательно покраснела, когда Чарлз вновь поднес ее руку к губам.

Однако Джейсон вновь встал между ними, и в следующее мгновение Чарлз был уже за дверью.

— Я мог бы остановиться в самом дорогом отеле мира за сумму, куда меньшую, чем та, во что мне встает эта поездка, — пробормотал Джейсон, прислонившись к двери.

— Почему вы были так грубы с ним? — спросила Эми.

Не придумав никакого вразумительного объяснения, Джейсон просто взял Макса на руки и пошел в гостиную.

— Я думаю, нам стоит отправиться за покупками сегодня, — бросил он через плечо, — если вы, конечно, еще не купили все, что нужно, к Рождеству.

— Нет, я еще ничего не покупала. И да, я буду готова через минуту, — сказала она и исчезла за дверью спальни.

— Урок номер один, старина, — сказал Джейсон, подняв Макса высоко над головой, — если хочешь отвлечь женщину, предложи ей отправиться за покупками. Самое худшее, что может с тобой случиться, — это то, что ты целый день проведешь в торговом центре, но это все равно лучше, чем отвечать на вопросы, на которые ты не хочешь отвечать.

Глава 10

— Чарлз был вашим любовником? — спросила Эми, как только они оказались в машине Джейсона. Теперь, после того как Эми потратила несколько часов на то, чтобы вычистить машину, автомобиль выглядел намного чище. но салон, включая обивку, был безнадежно испорчен

— Моим... кем? — переспросил Джейсон, свернув на проезжую часть

— Почему вы всегда задаете этот вопрос, когда я спрашиваю вас о вашей личной жизни? Моя жизнь перед вами как на ладони, а о вашей жизни я ничего не знаю. Кем был для вас Чарлз? Ребенку ясно, что вы хорошо его знаете.

— Не настолько хорошо, как вы думаете, — сказал Джейсон, поглядывая в зеркало заднего вида на Макса. который сосредоточенно сосал палец и смотрел в окно. — Откуда у вас эта курточка, что сейчас на Максе?

— Милдред подарила, — быстро ответила Эми. — Так как насчет Чарлза? Вы бы предпочли, чтобы я не принимала от него детское питание?

— Чарлз — великолепный повар, так что вам, безусловно, стоит брать то, что он готовит. Макс, случайно, не подавится?

Эми тут же стремительно обернулась, едва не оказавшись задушенной пристяжным ремнем, но лишь для того, чтобы увидеть, что Макс не жует ничего подозрительного.

— Полагаю, это означает, что вы предпочитаете не обсуждать эту сторону вашей жизни? — с мрачным видом заметила она, приняв прежнее положение на переднем сиденье.

Джейсон не отвечал — он следил за дорогой, при этом в голове его непроизвольно рождались все новые версии того, как он будет расправляться со своим вероломным младшим братом.

— Вы никогда не думали о том, чтобы сходить к психиатру? — тихо спросила Эми. — Нет ничего стыдного в том, что человек — гей.

— Как вы думаете, где нам лучше припарковать машину? — спросил Джейсон, заезжая на стоянку перед торговым центром. Поскольку до Рождества оставалось всего два дня, мест для парковки почти не осталось. — Похоже, нам придется прогуляться, — жизнерадостно заявил Джейсон, когда они нашли место для парковки на расстоянии не меньше полумили от входа в магазины.

Эми сидела неподвижно, и, когда Джейсон вышел из машины и открыл для нее дверь, она продолжала сидеть.

— Вы идете с нами? — спросил Джейсон, отчего-то порадовавшись ее реакции на его отказ обсуждать его частную жизнь.

— Да, конечно, — сказала Эми и выбралась из машины. Она отошла в сторону, предоставив Джейсону право расстегнуть ремень на креслице Макса, вытащить его из машины и усадить в коляску.

— Может, я хочу измениться, — сказал Джейсон, закрепив ремни коляски, чтобы Макс не выпал. — Может, я собираюсь найти себе девушку, и она меня изменит. — С этими словами он повез Макса к магазинам.

— Ну да, — усмехнулась Эми. — А завтра я сменю ориентацию.

— Все возможно, — сказал Джейсон. — В жизни и не такое бывает. Итак, откуда начнем?

— Представления не имею, — сказала Эми, глядя на огромную толпу покупателей, передвигающихся из одного магазина в другой, на всех этих людей с оттянутыми тяжелыми сумками руками. — Шопинг не принадлежит к числу тех дел, которыми я занимаюсь регулярно — У нее было ощущение, что он щелкнул ее по носу, осадил за излишнее любопытство, и еще Эми было очень неприятно, что он смеялся над ней всякий раз, как она задавала ему вопрос о его личной жизни

— Мне кажется, Максу нужна новая куртка. Так, где здесь самый лучший детский магазин?

— Я в самом деле понятия не имею, — с заметной отчужденностью сказала Эми и отвернулась от Джейсона, делая вид, что разглядывает прохожих. Поскольку он ничего на это не сказал, она оглянулась на него и увидела, что он смотрит так, словно у нее на лбу написано: «Я все знаю и нарочно вам лгу». — Здесь есть недорогой бутик, «Беби гэп»...

— Где бы вы хотели купить одежду для Макса? Деньги значения не имеют.

Эми после секундного колебания вздохнула и указала рукой в ту сторону, где находился магазин ее мечты.

— По тому проходу, на втором перекрестке налево, четвертый магазин по правой стороне. Но идти туда смысла нет. Одежда там стоит очень дорого.

— Вы позволите мне самому решать, стоит туда идти или нет? Деньги — моя забота.

Эми, прищурившись, посмотрела на Джейсона.

— Вы так же вели себя со своим любовником? Раздавали указания направо и налево? Он вас из-за этого бросил?

— Мой последний любовник угрожал убить себя, если я от него уйду. Так вы предпочитаете первой прокладывать путь или последуете за нами?

— Почему?

— Потому что идти рядом в такой густой толпе не получится, — ответил Джейсон. Он вынужден был едва ли не кричать ей в ухо, чтобы перекрыть гул голосов.

— Нет, я хотела спросить, почему он угрожал совершить самоубийство.

— Мысль о том, что придется жить без меня, казалась ему невыносимой, — ответил Джейсон, а про себя добавил: «И без моих денег». — Мы не можем потом продолжить эту тему? Макс скоро проголодается, у вас молоко потечет, а я хотел бы сегодня посмотреть футбол по телевизору.

Эми, еще раз глубоко вздохнув, сдалась и направилась к магазину детской одежды.

Джейсон смотрел на нее, шагающую впереди, и чувствовал себя так хорошо, как не чувствовал уже много недель, а может, и лет. Он не знал, отчего ему так хорошо, но это было не так уж важно.

Им потребовалось всего несколько минут, чтобы, лавируя среди рождественской толпы, добраться до маленького магазина в конце прохода в стороне от главной артерии торгового центра, и, как только Джейсон увидел его магазин, он вынужден был признать, что Эми имела хороший вкус. Если уж отпускать на волю воображение, мечтая о том, что она купила бы своему сыну, то Эми выбрала лучшее.

Вдоль стен в два ряда была разложена самая красивая детская одежда: с одной стороны для девочек, с другой — для мальчиков. Каждый набор включал в себя полный комплект одежды: рубашку, брюки, головной убор, туфли и курточку, которые идеально сочетались со всеми прочими предметами туалета. К тому моменту как Джейсон вошел в магазин, Эми уже с горящими глазами рассматривала крохотные дорогие наборы. Джейсон заметил, как она провела рукой по маленькой синей курточке, но быстро отдернула руку, словно не могла позволить себе такое удовольствие.

— Так что вам тут нравится? — спросил Джейсон, виртуозно маневрируя коляской с сидящим в ней Максом, проводя ее по узкому проходу между стеллажами с одеждой.

— Все, — быстро сказала Эми. — Ну, а теперь, когда мы на все это посмотрели, нам пора уходить.

Джейсон проигнорировал ее предложение.

— Мне вот это понравилось, — сказал он и взял с прилавка комплект в желто-черной гамме с подходящим по цвету и стилю дождевиком. На маленьких желтых ботинках были нарисованы глаза, и Джейсон знал, что Макс захочет попытаться запихнуть эти глаза себе в рот. — Какой размер?

— От девяти месяцев до года, — быстро ответила Эми. — Нам действительно пора...

— В чем дело? — спросил Джейсон, увидев, что Эми вдруг побелела как полотно.

— Уходим отсюда немедленно, — еле слышно пробормотала она и попыталась спрятаться у него за спиной.

Джейсон подумал, что ему довольно приятно ощущать ее ладони у себя на талии, но когда он поднял взгляд, то увидел всего лишь еще одну женщину с ребенком примерно одного с Максом возраста, которая тоже зашла в магазин.

— Это Джил Уилсон. — прошептала у него за спиной Эми. — Ее муж владеет магазином «Джон Дир», и еще у него есть лошади.

Джейсону эта информация ровным счетом ничего не сообщила.

— Мы вместе ходили в школу будущих матерей, — сказала Эми. И тут она крепче сжала его талию и начала оттаскивать его назад, к выходу из магазина, используя спину Джейсона как прикрытие.

— Вы ничего не забыли? — прошептал он, чуть наклонив голову, и кивнул на Макса, который уже успел свалить на пол восемь коробок с обувью и сейчас был занят тем, что сосал шнурки одного из ботинок.

— Да простит мне Бог то, что я забыла о материнском долге, — прошептала Эми и, согнувшись в три погибели, пробралась к сыну.

— Здравствуйте, миссис Уилсон, — вкрадчиво говорила продавщица. — Ваш заказ уже готов, он ждет на складе. Будьте так любезны, пройдите сюда, чтобы мы посмотрели, все ли придется в пору Абигейл.

Джейсон узнал эти интонации, поскольку много раз к нему обращались именно так. Этот тон говорил о том, что продавщица знала эту женщину и знала, что она может позволить себе любую покупку. Когда Эми зашла в магазин, продавщица высокомерно поинтересовалась у них с Джейсоном, не нужна ли им ее помощь, а потом словно забыла об их существовании. Джейсон сделал из этого вывод, что продавщица знала Эми, что неудивительно: Абернети — город маленький, и хорошо понимала, что она не в состоянии купить здесь ничего. Так зачем тратить силы попусту?

— Пойдемте отсюда! — сказала Эми и потянула Джейсона за руку, как только продавщица и ее клиентка исчезли за дверью подсобки.

— Я никуда уходить не намерен, — сказал Джейсон достаточно резко.

— Вы не понимаете, — сказала Эми. Она чуть ли не плакала. — Джил вышла замуж за самого богатого парня в городе, а я...

— За самого симпатичного парня в школе, — быстро продолжил мысль Джейсон и увидел в глазах Эми слезы благодарности. — Она вышла за Томми Уилсона?

— Да. Я говорила вам, его отец...

— Когда мы вернемся домой, я все вам расскажу о Томми Уилсоне и его отце, и тогда вы перестанете прятаться от женщины, которая имела несчастье выйти за этого типа. А теперь помогите мне, — сказал Джейсон и принялся стаскивать с полок один за другим комплекты перекидывал их через руку.

— Что вы делаете?! — в ужасе прошептала Эми. — Вы не можете...

— Я могу купить все сейчас, а позже вернуть, не так ли?

— Наверное, — не слишком уверенно согласилась Эми, однако, поразмыслив над тем, что он предлагал, она взяла маленький комплект с голубым мишкой на груди. — Мне просто нравится этот.

— Главное — количество, забудьте о выборе.

Эми захихикала и, увлекшись игрой, стала стаскивать одежду со стеллажей и выкладывать ее на прилавок. Там был желтый комбинезон с жирафом, вышитым на грудке, красная рубашка, красная с желтым курточка и изумительные красно-желтые сандалии. Впервые в жизни Эми не смотрела на ценники, складывая товары на прилавок.

Когда продавщица вернулась (Джулия Уилсон шла следом), она остановилась так резко, что коляска ударила ее по ногам.

— Сэр! — сурово начала продавщица, явно желая выразить Джейсону негодование по поводу того беспорядка, что они учинили. Но Джейсон протянул ей платиновую карточку «Американ экспресс», и лицо ее мгновенно разгладилось, а хмурая мина превратилась в самую любезную улыбку.

— Вы видели ее лицо? — говорила Эми, с наслаждением облизывая мороженое в вафельном рожке. Они с Джейсоном отдыхали на скамейке возле фонтана посреди торгового центра, а Макс сидел между ними в коляске. Все пространство вокруг них было уставлено сумками с одеждой для Макса. — Конечно, мне придется выслушать лекцию от этой воображалы продавщицы, когда привезу это все сдавать обратно в магазин, но все эти неприятности стоят того, чтобы увидеть физиономию Джулии. И вы были просто великолепны. — Эми, покачивая ногой как ребенок, слизывала сливочную сладость медленно, растягивая удовольствие, давая мороженому подтаять.

— Она действительно так сильно вас обижала на этих занятиях?

— Вы даже представить не можете, что она говорила. Она взахлеб рассказывала мне обо всех тех хулиганствах, что творил Билли в школе. Она там не училась, зато с ним учился ее муж. Господи, это значит, что он такого же возраста, как вы!

Джейсон насмешливо приподнял бровь.

— Вообще-то я не считаю, что стою на пороге вечности.

— Намек понят, — со смехом сказала Эми. — Вы были просто неподражаемы. Но вам не стоило говорить, что мы с вами вместе. Вы же не забыли, что такое Абернети? И двух часов не пройдет, как весь город будет думать, что я живу с вами, а как обстоят дела на самом деле, никто в жизни не догадается.

— А как обстоят дела на самом деле?

— Что у вас был роман с Чарлзом.

— Я не сказал...

— Но вы и не отрицали. Эй! Что вы делаете?

— Я надеваю на Макса новую рубашку. Меня тошнит от этого старья.

— Но мы должны вернуть эти вещи, и... — Эми осеклась и уставилась на Джейсона: — Вы с самого начала не собирались возвращать вещи, верно?

— Разумеется!

— Хотелось бы мне вас понять. Почему вы согласились жить со мной и Максом в моем кособоком доме?

— Чтобы дать Дэвиду шанс устроить с вами отношения, — просто ответил Джейсон.

— Я и не думала, что вы скажете мне правду. Пошли, Макс, посмотрим, что натворила твоя нижняя половина. — Эми взялась за ручки коляски и покатила Макса к женской уборной.

Оставшись в одиночестве, Джейсон обвел взглядом торговый центр. Две недели назад он бы ни за что не поверил, что будет вот так проводить рождественские каникулы. Обычно он проводил Рождество на одном из экзотических дорогих курортов, а дежурным подарком женщине, с которой он коротал время, были серьги с бриллиантами. Ее же ответный подарок сводился к нескольким проведенным вместе ночам.

— Ты стареешь, Уилдинг, — пробормотал Джейсон, затем встал, чтобы уступить на скамейке место женщине, которая, судя по ее виду, готова была вот-вот разродиться двойней.

Джейсон взял сумки, затем прошелся немного по центральной аллее, поджидая Эми. И вдруг в витрине увидел наряд, который идеально подошел бы ей для сегодняшнего свидания с Дэвидом. Бледно-лиловый джемпер с короткими рукавами, кардиган того же цвета и плиссированная юбка из тонкой ткани темно-лилового цвета в мелкий цветочек — крохотные розовые тюльпаны по лиловому полю.

Джейсон зашел в магазин, и его немедленно обступили три симпатичные продавщицы. Он сообщил им, что у него есть ровно пять минут, ему нужен наряд с витрины, а также чулки, туфли и украшения, которые бы к нему подошли.

Самая высокая из продавщиц с выразительной ярко-рыжей шевелюрой спросила по-деловому, без улыбки:

— А белье?

Джейсон коротко кивнул.

— И подберите белье. Моя подруга примерно такая, как та женщина, — сказал Джейсон, кивнув на проходящую мимо бутика девушку.

Через пару минут он уже подписывал квиток, а одежда была упакована в большую сумку.

— Мы сходили по-большому, — сообщила Эми, как только они с Максом подъехали к скамейке. — Простите, что заставили вас так долго ждать. Что вы купили?

Джейсон улыбнулся:

— Я купил вам наряд на сегодняшний вечер.

— Вы... О, я понимаю, мужчины нетрадиционной ориентации хорошо в этом разбираются. Я хочу сказать, вам нравится выбирать дамскую одежду, верно?

Джейсон наклонился к Эми так, что его нос почти коснулся ее носа.

— Вам известно, например, слово «спасибо»? Или вы думаете, что мне нравится выслушивать от вас все новые версии в подтверждение моей нетрадиционной ориентации?

— Простите, — пробормотала Эми. — Я просто... — Она вдруг замолчала. Джейсон увидел, что она, расширив глаза, смотрит ему за спину. В следующую минуту она оттолкнула его, широко раскинула руки и, воскликнув «Салли!», бросилась обнимать невысокую симпатичную молодую женщину, распахнувшую объятия для Эми.

Джейсон со стороны наблюдал, как они обнимаются. Диалог на повышенных тонах получался несколько странный.

— Сколько лет!

— Когда ты...

— Почему ты не...

— Это Макс, — сказала наконец Эми и отступила, чтобы продемонстрировать Салли своего сына.

Но Салли только мельком взглянула на ребенка в коляске. Все внимание ее было приковано к Джейсону.

— Кто это? — с придыханием спросила она, и Джейсону стало приятно оттого, что в нем увидели привлекательного мужчину. Эми этого, конечно, не заметила!

Он не удержался и, взяв руку Салли в свою, прикоснулся к ней губами и посмотрел на приятельницу Эми тем взглядом, которым, как ему говорили, он мог завоевать любую женщину. Поскольку Салли смотрела на него так, словно она вот-вот растает и стечет на пол, Джейсону сразу стало хорошо на душе.

— Это мистер Уилдинг, он гей, — ледяным тоном сообщила Эми.

— Но я думаю сменить ориентацию, — с сексуальной хрипотцой в голосе вкрадчиво сообщил Джейсон.

— Вы можете попрактиковаться на мне, — сказала Салли, опалив Джейсона жарким взглядом.

— С Максом все в порядке? — резко спросила Эми. — Мистер Уилдинг — няня Макса. У геев, знаешь ли, эти вещи хорошо получаются.

— Я давно думаю о том, чтобы завести ребенка, — сказала Салли, не отводя взгляда от Джейсона. — И думаю, мне понадобится няня.

— А как насчет кормилицы заодно? — тихо спросил Джейсон.

— Да, определенно это мне понадобится.

— Салли, ты не могла бы отпустить мистера Уилдинга? А мы с тобой пока поболтаем за чашкой кофе. Вы ведь можете побыть с Максом, пока мы сходим в кафе? — спросила Эми у Джейсона, поджав губы и злобно глядя на него исподлобья.

— Конечно, — сказал Джейсон, не переставая смотреть на Салли так, словно перед ним возникла женщина его мечты. — Вы идите. Мы с Максом пока загрузим сумки в машину и сделаем кое-какие, так сказать, личные покупки. — Последнюю фразу он произнес так, словно имел в виду что-то очень эротичное.

И, не дав Салли ответить, Эми решительно взяла ее под руку и повела в ближайшее кафе, декорированное под английский паб. Там она тяжело опустилась на скамью.

— Я хочу знать о нем все, — сгорая от нетерпения, сказала Салли.

— Так что привело тебя в Абернети накануне Рождества и почему ты мне не сказала о том, что собираешься приехать?

— Я в торговом центре, а не в Абернети, и я приехала сюда потому, что живу в шести милях от этого торгового центра, — медленно проговорила Салли. — Ты не хочешь объяснить мне, что происходит? У тебя с ним роман? Или ты просто смотришь на него как на произведение искусства?

— У тебя что, не все дома? Почему ты бросаешься на каждого встречного мужчину, словно он — твой последний шанс в жизни? — огрызнулась Эми, взяв со стола меню. — Хочешь есть? — Поскольку Салли ей не ответила, она подняла глаза.

— Хватит, — сказала Салли. — Я хочу знать о нем все.

— Я уже тебе все сказала. Он голубой, я его совершенно не интересую как женщина. Вот и все.

— Я хочу знать подробности, — сказала Салли, заказав две чашки кофе у подошедшей официантки.

— Нет, мне, пожалуйста, апельсиновый сок. Это из-за молока, ты же знаешь.

Салли небрежно пожала плечами:

— Нет, я не знаю и знать не хочу. Давай продолжим. Ты уверена, что этот парень — гей?

Буквально через минуту от неприязненного чувства к подруге у Эми уже ничего не осталось. Она лишь продолжала злиться на себя за то, что испытала нечто вроде ревности, когда Салли начала откровенно флиртовать с «ее» мистером Уилдингом. И это подозрительно похожее на ревность чувство только усилилось, когда Джейсон стал флиртовать в ответ.

— Я думаю, что сегодня в дом заходил его бывший любовник, — сказала Эми и описала свою встречу с Чарлзом. — Он чуть не прожег Чарлза взглядом, когда тот поцеловал мне руку. Между ними явно что-то происходит. И вчера он так смотрел на двух мужчин в «Мире малыша», я думала, он их в пепел превратит. Он не обратил ровным счетом никакого внимания на продавщицу, сногсшибательную красотку, но все сто процентов своего внимания уделял только тем двум мужчинам.

— Ладно, где ты его нашла?

— Это он меня нашел. Я просто открыла дверь, а он на пороге. Дэвид привез его и вручил мне.

— Как рождественский подарок?

— Вроде того. Но только не придумывай ничего лишнего. Он на самом деле гей.

— Он не похож на гея.

— А как, по-твоему, должен выглядеть гей? — запальчиво спросила Эми.

— Только не надо вцепляться мне в глотку. Я просто спросила, и все. Гей он или не гей, он великолепен, и мне хочется узнать о нем как можно больше.

— Я сама мало что о нем знаю, честное слово. Знаю только, что это двоюродный брат Дэвида и ему надо где-то пожить неделю и оправиться после сердечной травмы. Вот я и разрешила ему остаться.

— Он мог залечить свое разбитое сердце в моей постели, если бы захотел.

— Ты читаешь слишком много романов. Между нами ничего нет и быть не может. Я сказала тебе: он гей. И кроме того, он очень элегантен, правда? Я в его глазах просто нищая оборванка и неряха. Когда я впервые его увидела, на нем был костюм, который стоит больше, чем мой дом со всем содержимым.

— Эми, эти две чашки кофе стоят больше, чем та крысоловка, которую ты называешь домом. Если его поджечь, то огонь сам потухнет из жалости.

— Не так все плохо.

— Хуже быть не может. Расскажи мне о нем еще что-нибудь.

— Он странный. Правда странный. Он почти не говорит, но... — Эми подняла глаза на подругу. — Он приносит удачу. Разве не странно так о ком-то думать? Но это правда: он приносит удачу Максу и мне. С тех пор как он появился у меня, много всего приятного произошло с нами.

— Например, он опустился на одно колено и сказал тебе, что без тебя не мыслит своей жизни и...

— Перестань говорить глупости. Прежде всего Макс его обожает.

— Хм... Что еще?

— Я не могу объяснить, какой он. По правде говоря, я и сама не очень понимаю его. Он словно... — Эми подняла голову. — Он словно черепаха. Или, возможно, броненосец. Покрыт броней снаружи, а внутри мягкий. Не думаю, что он сам это понимает, но он обожает Макса так же сильно, как Макс обожает его.

Салли откинулась на спинку сиденья и посмотрела на подругу долгим взглядом.

— Ты в него влюбилась?

— Не говори глупости! Он очень приятный человек, и нам хорошо вместе, но у него в самом деле выражены женские черты. Он любит ходить по магазинам и готовить, и вообще делать все то, что мужчины терпеть не могут.

— Ты хочешь сказать, что он любит делать все, чего не любил Билли? Послушай, Эми, я знаю, что ты единственная девчонка из нашего выпуска, которая окончила школу девственницей, и я знаю, что ты берегла себя для мужа. Я также знаю, что ты отдала себя пьянице и наркоману. И не смотри на меня так. Я знаю, что у Билли были свои сильные стороны, но я реалистка. У тебя в жизни был только один мужчина, и весь твой опыт о противоположном поле сводится к тому, что ты знала о Билли, который даже холодильник не умел открыть без посторонней помощи. Но в мире, знаешь ли, есть много других мужчин.

— Почему ты во всем пытаешься углядеть интригу? Я не сама догадалась, что Джейсон — гей, мне об этом сказали. Дэвид сказал.

— Дэвид? Это который доктор? Тот красавец? Ты знаешь, мистер Уилдинг на него похож.

— Они двоюродные братья.

— А, понятно. Так что будет дальше? Ты будешь продолжать делить кров с этим красавчиком, которого не можешь заполучить в собственность, или тебе придется вернуть его после Рождества?

— Понятия не имею.

Салли рассмеялась.

— Эми, ты совсем не изменилась. Такая же наивная. Только ты стала бы жить с мужчиной, не имея понятия о том, почему он у тебя оказался и сколько собирается у тебя оставаться.

Эми на это ничего не ответила, она молча уставилась в пустой стакан.

— Ладно, я не буду больше тебя донимать. Как насчет других парней в твоей жизни? Что сталось с тем симпатичным продавцом подержанных автомобилей?

— А, ты про Йена. У него своя фирма. Торгует «кадиллаками». Полагаю, он очень богат. — Эми вздохнула.

— Представляю, как тебе с ним скучно. Бедняга всего лишь красив и богат! Что в нем может тебя заинтересовать?

— Он больше интересен сам себе, чем кому бы то ни было. Кажется, он полагал, что делает мне огромное одолжение, показываясь у меня каждый вечер. Он продолжает называть меня вдовой Билли Томпкинса, словно говорит, что я неприкасаема.

— Добро пожаловать в мир маленького городка. Почему бы тебе не уехать отсюда куда-нибудь в другое место, где никто не слышал о Билли Томпкинсе и его проблемах? — Не дожидаясь ответа от Эми, Салли подскочила как ужаленная: — Который час?

Эми огляделась, ища взглядом часы, однако не нашла их.

— Мне надо идти, — сказала Салли и, взяв вещи, встала. Но, посмотрев на растерянную Эми, воскликнула: — Только не говори мне, что ты ничего не знаешь!

Поскольку Эми в недоумении покачала головой, Салли поморщилась:

— Ты что, не видела плакаты, расклеенные по всему центру? Ты знаешь «Рандеву при свечах»? Ну, тот магазин в Карлтоне, что скоро закроют?

— Это не мое место, — сказала Эми и, допив сок, тоже встала. — Я никогда не могла позволить себе даже поглазеть на витрины этого магазина.

— Не ты одна. Цены там заоблачные, и туда вообще никто не заходит. Я не знаю, на что они рассчитывали, открывая магазин с такими платьями в восточном Кентукки, но, как бы там ни было, они все равно разорились. Ходят слухи, что нашелся покупатель из Нью-Йорка и, перед тем как начать торговлю, он решил устроить себе рекламу, выставив в качестве приза бесплатной лотереи — представь себе — платье от Диора!

Эми молча шла рядом с Салли.

— Эй! Ты меня слышишь? Диор! Это имя тебе ни о чем не говорит?

— Нет, у меня как-то больше на слуху «Памперс» и «Хаггис». Меня не интересуют платья от Диора.

— Бедняжка, — сказала Салли. — Ты знаешь, говорят, что при рождении ребенка у женщин теряется примерно пятьдесят процентов интеллекта. И восстанавливаются они лишь к тому времени, как дети оканчивают школу. Но до той поры они полные дурочки.

Эми засмеялась.

— Ты об этом просто слышала, а я знаю наверняка. Так зачем тебе это платье? Куда ты хочешь его надеть?

Салли закатила глаза, давая понять Эми, что она безнадежна.

— Пойдем, вот-вот начнется лотерея, и тебе придется принять в ней участие.

— Мне?

— Да, и если ты выиграешь, ты отдашь мне платье.

— Ладно, — сказала Эми. — Заметано.

Но вначале Эми должна была найти Джейсона и Макса.

Часом позже они все трое были у фонтана в центре зала и ждали, когда объявят имя победительницы. А когда на табло появилось имя Эми, она отчего-то не слишком удивилась. За последние несколько дней удача очень сильно ее полюбила.

— Салли будет счастлива, — сказала Эми. Люди вертели головами, ища глазами победительницу.

— Почему? — спросил Джейсон, улыбаясь Эми. Макса он держал на руках.

— Потому что я пообещала ей, что, если выиграю, отдам ей платье.

Джейсон схватил Эми за руку и оттащил в сторону.

— Что?

— Мне-то к чему это платье? Куда я буду его носить?

— Да, я забыл сказать. Дэвид достал билеты на бал «Беллрингерс» на завтра, и он хочет, чтобы вы пошли с ним.

Эми заморгала в недоумении, а потом улыбнулась и сказала:

— Надеюсь, Салли не будет против, если я отдам ей платье после завтрашнего бала?

В следующее мгновение Эми уже поднималась на подиум, чтобы получить приз. Она не удивилась, когда узнала, что платье как раз ее размера и что приз включает в себя в качестве бонуса бесплатную прическу и макияж в любой удобный для призера день. Прическу Эми должен был делать некий мистер Александр из Нью-Йорка. Не удивилась она и тому, что в ответ на высказанное пожелание сделать прическу завтра ей ответили, что мистер Александр как раз завтра приедет из Нью-Йорка в Кентукки.

Когда Эми все это рассказала Джейсону, он заметил:

— Вероятно, все дело в том, что мистер Александр на самом деле Джо из местного салона. Но сметливый Джо, он же Александр, один раз съездив в Нью-Йорк, дерет со своих клиентов по нью-йоркским ценам.

— И все же, — задумчиво проговорила Эми, — слишком много странного случилось со мной с тех пор... — Она подняла на него глаза.

— С тех пор как Дэвид стал за вами ухаживать?

— Дэвид? А он за мной ухаживает? Вы что, с ума сошли?

— Почему-то вы не видите того, что очевидно для всех. Доктор Дэвид влюблен в вас и хочет...

— О, не говорите глупости! Послушайте, уже настало время обеда, и мне пора кормить Макса, так что нам лучше возвращаться домой.

Джейсон ничего не ответил Эми. Он только положил руку ей чуть пониже спины и слегка подтолкнул в сторону очень милого итальянского ресторана.

После обеда они обошли три магазина игрушек, и с каждой минутой протесты Эми становились все слабее, и в итоге Джейсон накупил Максу целый мешок игрушек. По дороге домой в машине Эми не уставала причитать:

— Как я теперь с вами расплачусь? Вы должны вернуть и одежду, и игрушки в магазин. У вас нет ничего настолько грязного, чтобы я могла отстирать и вернуть вам деньги, которые вы потратили...

— Дэвид собирается зайти за вами через час, так что вам лучше поторопиться, чтобы успеть подготовиться к его приходу.

— Поторопиться? — переспросила Эми, словно впервые слышала это слово.

Джейсон пробурчал что-то невразумительное, поворачивая машину к ее дому.

— Послушайте, вам надо покормить Макса, иначе к ночи у вас разболится грудь, и...

— Это вы послушайте! Мне кажется, я знаю лучше вас, когда у меня приходит молоко и что мне с этим делать. — Эми хотела поставить Джейсона на место, а получилось, что она говорила о себе как о дойной корове. Поскольку Джейсон промолчал, она искоса посмотрела на него и сказала: — Может, мне стоит попробовать най-

116

— Шерри?

— Что? Я тебя не слышу. Нет, я не хочу шерри, я хочу Паркер.

— Шерри Паркер, старина.

— Ладно. Я забыл, что ее зовут Шерри. — И он действительно это забыл. Он смутно помнил, что как-то подумал, что Шерри весьма неподходящее имя для такой ледяной женщины, как Паркер. — Ты ее позовешь?

— Конечно. Она на кухне с Чарли.

Бертран положил телефон, и Джейсон услышал его шаги.

— Надо же, Шерри и Чарли, — прошептал Джейсон.

— Слушаю, сэр, — сказала Паркер, и Джейсон подумал, что не в состоянии вообразить более неподходящего имени для нее, чем Шерри. — Что я могу для вас сделать? — Поскольку Джейсон молчал, Паркер добавила: — Простите, я провела слишком много времени в Кентукки.

— Да уж, — пробормотал Джейсон, не зная, что на это сказать. — Мне нужно, чтобы ты кое-что для меня сделала.

— Я догадалась. Вы никогда не звоните, чтобы просто пообщаться.

Джейсон в недоумении посмотрел на телефон. Когда все это закончится и он вернется в Нью-Йорк, придется вплотную заняться своим персоналом, чтобы привести всех в чувство.

— Я собираюсь продиктовать список игрушек, которые вы должны купить. Хочу, чтобы вы завернули их в белую тонкую оберточную бумагу и перевязали красной или зеленой лентой. Вы должны прикрепить к подаркам этикетки, из которых следовало бы, что подарки от Санта-Клауса. Понятно?

ти работу на местной молочной ферме. — И оба они
смеялись.

Но когда они вышли из машины, Эми пробор.
тала:

— Я не могу пойти с Дэвидом в город. У меня нет
одного приличного платья, чтобы выйти куда-нибудь
приличным мужчиной, особенно с доктором Дэвидом.

Тогда Джейсон сунул ей в руки тяжелую зеленую сум
ку. Эми приоткрыла ее ровно настолько, чтобы увидеть,
что внутри лежит роскошный наряд.

— Откуда вы узнали, что мне нравится лиловый
цвет? — тихо спросила она.

— Интуиция. А теперь покормите Макса и отправ-
ляйтесь на свидание.

— Мистер Уилдинг, вы моя сказочная фея, — сказала
Эми улыбаясь. Но тут же зажала рот рукой. — О, я не хотела...

— Идите! — приказал Джейсон. — Немедленно.
Схватив Макса, Эми побежала в дом.

Глава 11

Как только Эми ушла с Дэвидом, Джейсон взял телефон и позвонил домой отцу. Когда тот ответил на звонок, Джейсона насторожил шум в трубке.

— Что происходит?

— Неужели это мой, недавно обращенный в голубую
лигу, сын? — сказал Уилдинг-старший. — И как там дела
на голубой арене?

Джейсон поднял глаза к потолку и в очередной ра
подумал, что убьет братца.

— Ты не мог бы оставить свои шуточки при себе
пригласить к телефону мою секретаршу?

— Вполне, — сказала Паркер.

И Джейсон снова поморщился. Его секретарша и в самом деле совсем отбилась от рук.

— И еще хочу, чтобы вы доставили подарки в дом в рождественский сочельник и положили их под елку.

— Понятно. Как я попаду в дом?

— Я оставлю ключи под ковриком.

— Ах, вот они, приятные моменты, связанные с жизнью в маленьком городке! Никакой преступности, никаких опасений за сохранность имущества. Как мне этого не хватает!

— Паркер, когда я захочу узнать ваше личное мнение, я попрошу вас его высказать.

— Да, сэр, — сказала она без тени раскаяния. — Еще что-нибудь?

Джейсон даже испытал пусть мгновенное, но чувство вины за свой выговор. Наверное, у него начали сдавать нервы. Что неудивительно, если учесть, что весь его строго упорядоченный мир в последнее время буквально разваливался на куски.

— У вас есть платье для завтрашнего мероприятия?

— Вы купили мне платье от Оскара де ла Рента, довольно дорогое.

— Хорошо, — сказал Джейсон и, не придумав, что еще сказать, не попрощавшись, завершил вызов.

Сразу после этого он сделал еще один звонок.

— Ну и ну, — кивнула Милдред Томпкинс, когда Джейсон с Максом на руках открыл ей дверь. — Так, значит, вы и есть тот самый ангел-хранитель, что помогает Эми? Не стойте в дверях, пустите меня в дом. На улице холодно.

— Вы ведь ей не скажете? — спросил Джейсон и удивился, услышав собственные интонации. Он почувствовал себя ребенком, который умоляет ничего не рассказывать строгой маме.

— О чем? О том, что ее голубой ангел-хранитель на самом деле один из самых богатых людей в мире?

— Это не совсем так. Хочу сразу вам сказать, что я не миллиардер.

— Иди сюда, мой дорогой, — сказала Милдред внуку, и мальчик без возражений пошел к ней на руки. — Так вы не хотите мне сказать, что тут происходит? Зачем вы маскируетесь под гея, тогда как я знаю, что еще в старших классах вы успели вскружить голову чуть ли не всему женскому населению Абернети? Кстати, сколько у вас по всему миру гражданских жен с детишками?

— Вижу, что вы не изменились, — заметил Джейсон с улыбкой. Он с восхищением смотрел на залитое лаком замысловатое сооружение на голове Милдред. Прядки были тщательно уложены в сложный узор, который не развалился бы даже под напором урагана. — Все такая же любопытная.

— Эми мне не чужая, — ответила Милдред. — Я хочу, чтобы у нее все было хорошо.

— Поскольку рядом с ней нет Билли, который мог бы дать ей все, что нужно? — спросил Джейсон.

— Этот удар был ниже пояса, и вы об этом знаете. Может, у моего сына и было немало пороков, но лучшее, что он сделал в жизни, — это женился на Эми и произвел на свет Макса. — Милдред обняла и поцеловала малыша и, убрав руки внука от своих очков, сказала: — Нет, это не так. Он сделал еще одну хорошую вещь. В тот вечер, когда он умер, Билли был пьян, очень-очень пьян, и он ехал со скоростью около шестидесяти миль в час по извилистой Ривер-роуд. Но он был достаточно трезв и достаточно добродетелен для того, чтобы свернуть и врезаться в дерево, а не в автобус, полный детей, которые как раз в тот момент возвращались с бейсбольного матча.

— Мне нравился Билли, — тихо сказал Джейсон.

— Я знаю. Вы всегда были добры к нему. И именно поэтому я зашла, чтобы посмотреть, как у вас тут идут дела с Эми. Эми — славная женщина. Она умеет видеть в людях лучшее. Не поймите меня превратно. Она не из тех дурочек, которые думают, что все, у кого нет хвоста, рожек и копыт, — хорошие люди. Просто Эми может разглядеть хорошее там, где другие не видят. И ее вера в людей заставляет их стараться быть лучше. Возможно, если бы Билли не погиб, она смогла бы что-то из него сделать. Но тогда... Впрочем, Билли оставил после себя красивую жену и Макса. — Милдред подняла голову. — Итак, сейчас вы хотите рассказать мне, что происходит и почему вы живете с моей невесткой в ее доме?

Джейсон проигнорировал ее вопрос.

— Вы можете завтра посидеть с Максом? Мне нужно кое-куда сходить.

Милдред прищурилась.

— Вы знаете, много странного происходит в последнее время. Например, кто-то купил «Мир малыша» и «Рандеву при свечах» и...

— Что? Кто-то купил магазин одежды?

— Да. Тот самый магазин в Карлтоне, который сегодня устроил шоу с платьем от Диора. Возможно, мы тут, в Кентукки, народ темный, но даже мы знаем, что в магазине типа «Рандеву при свечах» платьев от Диора отродясь не бывало. Вы знаете, сколько стоит такое платье?

— Думаю, мне об этом сообщат, — мрачно сказал Джейсон. — А вы, случаем, не знаете человека, который купил этот магазин?

Милдред улыбнулась Джейсону, забавляя Макса погремушкой.

— Знаю лишь, что он из Нью-Йорка. Вы знаете, что владелец магазина был вашим давним соперником по футболу? Мне вспоминается тот матч, в котором вы должны были отдать ему пас, но по какой-то причине этого не сделали. Вместо этого вы пробежали с мячом до конца поля и забили гол, который решил исход матча. Как звали того мальчика?

— Лестер Хиггинс, — мрачно сказал Джейсон.

— Вот-вот. Он женился на девушке, отец которой владел тем магазином и несколько лет кряду пытался сдвинуть бизнес с мертвой точки. Но ему это не удалось. — Милдред смотрела на Джейсона и улыбалась все шире. — Так что сейчас, возможно, он нашел кому сбыть с рук свою обузу. Есть ведь немало людей, которые могут позволить себе такую покупку.

— На меня намекаете? Когда-то я был богат, но затем приехал в Абернети, и эта поездка исчерпала мои ресурсы.

— Не удается сделать деньги на магазине одежды в Кентукки, даже когда отдаете задаром платье стоимостью в двадцать тысяч долларов?

Джейсон вдруг улыбнулся:

— А вы все такая же сплетница. Так вы можете посидеть завтра с Максом?

— Чтобы вы могли сходить на бал «Беллрингерс»? Я слышала, что из-за вашего самолета Джесси Грин заработал кучу денег на сдаче в аренду посадочной площадки, и теперь он подумывает вообще бросить работу.

Джейсон застонал:

— Ладно, вы победили. Я дам вам пищу для сплетен, но за это я получу человека, который завтра позаботится о Максе. Идет?

— Конечно. А сейчас звоните и заказывайте пиццу, я принесу бутылку бурбона из машины. У Эми дома все. равно ничего спиртного нет, можно и не смотреть. Она, вероятно, боится, что Макс напьется.

— Вы не изменились, Милдред. Ни капельки.

— И вы не изменились, Джейсон, — с улыбкой сказала она. — Вы всегда были моим любимчиком.

— Заодно со всеми остальными мальчишками в городе, — заметил он с улыбкой.

— Вы бы посмотрели, как он играет с Максом! — говорила Эми. — Он двадцать минут кряду учил его ползать. У него просто бесконечное терпение. И столько всего хорошего произошло с нами, с тех пор как он появился в доме. Я получаю фантастические призы, покупаю по дешевке прекрасные вещи, и я говорила вам, что он перегладил все белье, пока я спала? Мне никогда еще не доводилось жить с таким бескорыстным человеком. Не то чтобы я жила с ним по-настоящему, но, вы знаете... — Эми замолчала, гоняя вилкой по тарелке латук. Она вдруг подумала о том, чем будут сегодня ужинать мистер Уилдинг и Макс.

— Эми, что с вами? Вы хотите вернуться домой? — спросил Дэвид, наклонившись над столом и заглянув ей в глаза.

— Нет, конечно, нет. Я прекрасно провожу время. Хорошо иногда вот так выбраться из дома.

— Вы отлично выглядите сегодня. Этот цвет вам к лицу.

— Мистер Уилдинг купил мне этот наряд, — не подумав, сказала Эми. — Ладно, я помню. Я обещала больше не упоминать его имени. Давайте лучше поговорим о вашей работе. Как там дела?

— Как обычно. Очень много пациентов. Не хотите после ужина пойти потанцевать?

— Я не могу, — сказала Эми с набитым ртом. Она пыталась наверстать упущенное время, потому что тарелка Дэвида была уже почти пуста, а ее оставалась все такой же полной. — Молоко, — пробормотала она.

— Что вы сказали?

Эми глотнула лимонад.

— Молоко. Я должна покормить Макса. Я сказала ему, что мне стоит попробовать найти работу на молочной ферме, раз нигде больше работы мне не дают.

— Вы сказали это Максу?

— Нет... Хм... Я сказала...

— Джейсону. Понимаю. — Какое-то время Дэвид молчал, а потом, подняв глаза на Эми, спросил: — Он сообщил вам о завтрашнем бале?

— Да, но только после того, как я выиграла платье.

— Вы выиграли платье? От Диора? Почему вы мне не рассказали?

Эми быстро пересказала Дэвиду все события сегодняшнего дня, начиная с утра.

— Конечно, он вернет всю эту одежду, — говорила она с набитым ртом, — он обещал, но... пока этого не сделал. Нам просто надо об этом поговорить.

— А платье?

— Ах да, платье. — Эми рассказала Дэвиду то, что узнала от Салли: о том, что магазин в Карлтоне вот-вот перейдет к новому владельцу, и в честь этого события они устроили лотерею, главным призом в которой стало платье от Диора. — И я выиграла! А в качестве бонуса мне пообещали прическу и все такое. Чтобы завтра я выглядела сногсшибательно.

— Вы всегда выглядите сногсшибательно, — улыбнулся Дэвид, но Эми, похоже, не обратила внимания на комплимент.

— В моем случае я рада тому, что платье без бретелек. Это облегчает доступ. — Она хотела пошутить, но, встретив напряженный взгляд Дэвида, покраснела. — Простите. Я забыла, где нахожусь. Я постоянно отпускаю шуточки по поводу грудного вскармливания. Мне не следует этого делать.

— Вы с Джейсоном тоже шутите? — тихо спросил Дэвид.

— Да, он умеет слушать и смеется над моими шутками, какими бы глупыми они ни были.

— Джейсону они не кажутся глупыми.

Эми с недоумением посмотрела на Дэвида. Она не поняла, на что он намекает.

— Вам нравится здешняя кухня? — спросил Дэвид без перехода.

— Очень вкусно. Это что?

— Говядина.

— Ах да. Я ведь вам не рассказала о Чарлзе?

— Еще один ваш поклонник?

— Нет. Это тот человек, который готовит детскую еду, которую мне привезли. Он красивый мужчина, и вы могли бы сказать мне правду.

— Да, мне действительно стоило сказать вам правду. Так что там с Чарлзом?

— Вам будет неинтересно.

— Нет, почему? Мне все это очень интересно. Встречаю новых людей, которых ни разу до этого не встречал. Бескорыстный весельчак Джейсон. И примерный ребенок Макс. А теперь еще и красавчик Чарлз. Кто еще присутствует в вашей жизни?

Эми положила в рот довольно большой кусок мяса и теперь делала Дэвиду знаки, что не может говорить, пока не прожует.

— Эми! — раздался у них за спиной мужской голос. — Ты божественно выглядишь. Наша договоренность о новогоднем ужине остается в силе?

Эми повернулась и увидела у столика Йена Ньюсома. Она замахала руками и показала на свой набитый рот

— Эми будет занята в канун Нового года, — решительно заявил Дэвид, бросив злобный взгляд на Ньюсома.

— Это так? Ты получила мой подарок к Рождеству, Эми? — спросил Йен, с улыбкой глядя на нее сверху вниз.

Эми, продолжая жевать, покачала головой.

— Нет? Не получила? Тогда мне придется самому занести тебе его утром на Рождество. Или, лучше сказать, я привезу его. — Йен обернулся к Дэвиду: — Как поживает твоя больничка, док? Все еще упрашиваешь народ вносить на нее пожертвования? И ты все еще живешь в том крохотном домике на Ривер-роуд? — Не дожидаясь ответа от Дэвида, Ньюсом подмигнул Эми, помахал рукой и был таков.

— Терпеть не могу этого ублюдка, а вы?

Эми все еще продолжала жевать жесткое мясо.

— Хотите что-нибудь на десерт?

— Молоко, — пробормотала Эми. — Макс.

— Ах да, конечно, — сказал Дэвид и дал знак официантке, чтобы принесла счет. — Можно и по домам расходиться. Что за вечер!

Эми не позволила Дэвиду проводить ее до дверей Она, конечно, чувствовала себя виноватой из-за того, что не дала ему себя проводить, ведь, в конце концов, он заплатил за чудесный ужин и завтра поведет ее на бал, и все же ей хотелось как можно скорее попасть домой.

— Я дома, — тихо сказала она и, не услышав ответа, страшно испугалась. Может, мистер Уилдинг ушел? И Макса с собой прихватил?

Но в следующую секунду появился Джейсон с Максом на руках. Лицо у ребенка было в слезах.

— Иди сюда, мой сладкий, — проворковала Эми, протягивая Максу руки, — я сейчас взорвусь. — Через пару секунд она уже сидела на диване, и Макс со счастливым видом сосал грудь.

— Хорошо провели время? — спросил Джейсон, стоя над ней.

— Да, отлично. У нас, случаем, не осталось немного запеканки?

— Кажется, осталось, — сказал Джейсон и, встретив ее умоляющий взгляд, улыбнулся.

Он достал из холодильника салат и мясо и доверху наполнил тарелку.

— Вам нужна микроволновка, чтобы разогревать еду, — заметил он, протягивая Эми тарелку.

Она взяла тарелку свободной рукой, но поставить ее было некуда. Тогда Джейсон забрал тарелку, поставил на стол и, отрезав кусочек, наколол его на вилку и сунул Эми в рот.

— Да, микроволновка не помешала бы, — сказала Эми, жуя. — Но то, что готовит Чарлз, можно есть и холодным. Вы ужинали?

— Да. Но ведь и вы ужинали. Вы не наелись? — Он наколол на вилку кусочек картофеля и обмакнул его в укропный соус.

— Знаете... — сказала Эми, помахав рукой, и вдруг резко обернулась. — Что это?

— Журнальный стол, — сказал Джейсон, подхватив на вилку кусочек говядины. — Или то, что подразумевается под этим понятием, как я думаю. Может, нам удаст-

127

ся найти мебельный магазин, который собираются закрывать? — Он говорил о зеленой катушке для кабеля, которая стояла посреди гостиной.

— Нет, я не об этом, — отмахнулась Эми с набитым ртом.

— Тогда о чем? О стакане? Это стакан. Вы никогда раньше не видели стаканов?

Эми пропустила мимо ушей его шутку.

— Что на стакане?

Джейсон обернулся, посмотрел на одинокий стакан, стоявший на столе. Когда Джейсон вновь повернулся к Эми, на лице его не было и тени улыбки.

— Губная помада, — сказал он. — Красная губная помада.

— Это не моя помада. — Эми посмотрела на Джейсона тяжелым взглядом, в то время как он положил ей в рот еще один кусочек говядины.

— Не смотрите на меня так. Это и не моя помада.

— Я знаю, что не все геи трансвеститы, — заметила Эми. — Так чья это помада?

— А-ах!

— Джейсон!

— А куда делся «мистер Уилдинг»?

Переложив Макса к другой груди, Эми вернулась к интересующему ее вопросу:

— У вас были гости?

— Вообще-то да. Приятно, что вы об этом спросили.

— Вам не следовало принимать здесь гостей, — сквозь зубы процедила Эми. — Никогда не знаешь, что у человека на уме, когда в доме ребенок. Я очень беспокоюсь за Макса.

— Я тоже, но ведь здесь была женщина, которая мне уже давно знакома. — Джейсон положил в рот Эми последний оставшийся на тарелке кусочек.

— Я думаю, что вам следовало спросить у меня разрешения, перед тем как приглашать эту женщину в дом. В мой дом, кстати.

— В следующий раз я так и сделаю. Не хотите чего-нибудь выпить? У меня есть немного пива. Максу это наверняка понравится.

— Так кто она, эта женщина?

— О ком вы?

— О вашей гостье, что оставила следы помады на стакане, вот о ком.

— Просто знакомая. Приятельница. Как насчет кока-колы? Или вы предпочитаете севен-ап?

Эми свирепо уставилась на Джейсона:

— Вы не ответили на мой вопрос.

— А вы не ответили на мой. Что вы хотите выпить?

— Ничего, — сказала она. Она злилась, очень злилась — непонятно почему. Макс уснул около груди, и Эми очень не хотелось его тревожить. В сущности, какое ей дело до того, принимал он гостей или нет и кто у него был, мужчина или женщина? — Я очень устала, — сказала она и, взяв Макса на руки, пошла к себе в спальню. — Увидимся утром.

— Спокойной ночи, — жизнерадостно кивнул Джейсон и направился к себе.

Несколько часов спустя он проснулся от звона разбитого стекла. Джейсон немедленно вскочил с кровати и пошел в кухню. Он уснул в одежде, и свет в его комнате по-прежнему горел. До поздней ночи он занимался отчетом о деятельности компании, которую собирался купить.

На кухне он застал Эми. Она собирала с пола осколки стекла.

— Отойдите, — раздраженно сказал Джейсон. — Вы поранитесь.

Но когда она подняла на него полные боли глаза, он понял, что что-то случилось.

Джейсон усадил Эми на табурет.

— А теперь рассказывайте, что с вами.

— Ничего, просто разболелась голова, — прошептала Эми с трудом, но лицо ее исказилось от боли, так тяжело ей далось даже это короткое предложение. Она болезненно поежилась, сидя на табурете.

— Ничего? — переспросил Джейсон. — Может, отвезти вас в отделение «Скорой помощи», чтобы вас осмотрел врач?

— У меня есть таблетки, — сказала Эми, махнув рукой — Они в...

Она замолчала, потому что Джейсон вышел из кухни и вернулся уже с телефоном у уха.

— Мне плевать, который час, и мне плевать, выспался ты или нет, — проговорил он в трубку. — Я не врач, но я способен понять, когда кому-то по-настоящему плохо. Что мне с ней делать? — Некоторое время он слушал, что говорил ему Дэвид, потом сказал: — Понятно. И давно это у нее? Ага. Я позвоню, если ты мне понадобишься. — Джейсон положил телефон на стол и посмотрел на Эми: — Дэвид сказал, что нужен горячий компресс и массаж. И еще где-то тут должны быть таблетки, которые он дал вам и которые вы должны принимать во время приступов. Вы их приняли?

— Я забыла, — сказала Эми, глядя на Джейсона скорбным взглядом. — Простите, что не даю вам спать, но страшно болит голова.

Джейсон подошел к раковине, включил кран, дождался, пока из него пойдет очень горячая вода, и намочил кухонное полотенце

— Держите, — сказал он, протягивая Эми полотенце. — Обвяжите вокруг головы и скажите мне, где ваши таблетки. Хотя нет, я сам найду.

Джейсон взял Эми на руки и отнес ее в спальню. В аптечке он нашел банку с пилюлями, на которой было написано «От мигрени». Высыпал на руку две таблетки и, налив стакан воды, дал Эми

Он хотел уйти, но потом решил посидеть с ней немного. Дэвид сказал, что у матерей грудничков часто бывают головные боли — от недосыпа, усталости, стрессов — и что больше, чем таблетки, им нужны забота, внимание и ласка.

Когда Джейсон сел на кровать рядом с Эми, она попыталась протестовать, но он ее не послушал. Он прислонился спиной к изголовью и подтянул ее к себе так, что она спиной прислонилась к его груди. Полотенце у нее на лбу остыло, и волосы вокруг лба были мокрыми, то ли от компресса, то ли от пота — Джейсон не знал, от чего именно.

Бережно он принялся массировать Эми затылок. Первый блаженный стон, который он услышал от Эми, послужил для него лучшим подтверждением того, что он поступает правильно. Он не спеша поглаживал ей шею снизу вверх и через несколько минут почувствовал, что шея ее немного расслабилась.

— Доверьтесь мне, — сказал он, когда ему показалось, что Эми не желает расслабиться полностью.

Но вскоре его массаж заставил ее забыть о неловкости, забыть обо всем на свете. Ладони его скользили по ее спине, по позвоночнику, затем вверх по ребрам, потом вниз и вверх по предплечьям. Предплечья ее были сильно напряжены, но Джейсону все же удалось избавить ее от напряжения.

5*

Примерно через полчаса Эми стала как тряпичная кукла в его руках, такой же мягкой и доверчиво-податливой, как Макс.

Еще через десять минут Джейсон понял, что она уснула. Он осторожно положил ее голову на подушку и встал с кровати. Укрыл Эми одеялом и, повинуясь внезапному побуждению, поцеловал ее в щеку и на цыпочках направился к двери.

— Спасибо, — услышал он сонный шепот Эми.

Глава 12

Когда Джейсон услышал какие-то звуки со стороны кухни, он нахмурился. Это явно не Макс и не Эми. Хотя, возможно, он и ошибся.

Джейсон встал и в одних пижамных штанах направился к кухне. Там, к своему великому неудовольствию, он обнаружил Чарлза, колдующего над плитой.

— Ожидали увидеть кого-то другого? — спросил Чарлз, выразительно оглядев Джейсона с головы до пят.

Джейсон вернулся к себе в спальню, надел рубашку и джинсы и снова прошел в кухню.

— Что ты тут делаешь в такое время? — Джейсон опустился на табурет и почесал небритую щеку. — И как ты вообще сюда попал?

— Пытаюсь заставить работать эту рухлядь — это ответ на первый вопрос. Теперь отвечаю на второй: вы сами сказали Шерри, что ключ под ковриком, помните? И кроме того, сейчас уже начало десятого. Интересно, чем вы занимались вчера вечером, что до сих пор не проснулись? — спросил Чарлз с многозначительной усмешкой.

— Я действительно говорил Паркер, где лежит ключ, но ты-то здесь при чем? — веско заметил Джейсон, проигнорировав инсинуации Чарлза.

Чарлз оставался невозмутим.

— Она не вполне в вашем вкусе, верно?

— Паркер? — с ужасом переспросил Джейсон.

— Нет, она. — Чарлз кивнул в сторону спальни Эми.

— Ты знаешь, я ведь могу тебя уволить, — сказал Джейсон, свирепо уставившись на повара.

Чарлз молча повернулся к фарфоровому блюду, что стояло на кухонной стойке, снял с него крышку и поднес блюдо Джейсону под самый нос. Там были крепы — тонкие французские блинчики под клубничным соусом, любимое блюдо Джейсона.

Джейсон в ответ пробурчал что-то невразумительное и посмотрел на кухонный шкаф Эми, где она держала тарелки. Через минуту он уже за обе щеки уплетал блинчики. И как только у Чарлза получается готовить все по высшему разряду в любых условиях? Джейсон был готов поспорить, что эти роскошные спелые ягоды не были куплены в местном супермаркете. С другой стороны, если вспомнить о том, во что встали ему эти несколько дней пребывания в Абернети, то лучше не спрашивать Чарлза, откуда эта клубника.

— Я действительно решил начать свой бизнес — производство детского питания, — вполне серьезно заявил Чарлз. — И я подумал, может, вы дадите мне совет, с чего начинать?

Джейсону хотелось сказать, чтобы Чарлз и думать забыл о собственном бизнесе, он его не отпустит, не враг же Джейсон сам себе? Помочь Чарлзу означало лишиться персонального повара. Но Джейсон сделал вид, что у него рот набит блинами и поэтому он не может говорить. «Трус», — мысленно заклеймил себя Джейсон, но блинчики с клубничным соусом перевесили соображения высокой морали.

— Конечно, это все из-за Макса, — говорил между тем Чарлз. — Интересно, у всех младенцев такой изысканный вкус?

Тут Джейсон почувствовал под ногами твердую почву.

— Макс такой один во всем мире. Это уникальный ребенок. Достаточно сказать... — Он замолчал и прислушался. Потом встал и направился в спальню Эми. Открыв дверь, он на цыпочках прошел внутрь. Через минуту он вернулся на кухню с Максом и чистым подгузником.

— Я ничего не слышал, — сказал Чарлз. — У вас, должно быть, отличный слух.

— Когда тебе доведется стать... — Джейсон не сказал «отцом», хотя имел в виду именно это, — мужчиной с опытом, ты научишься слушать, — закончил он.

Но Чарлз не слышал ни слова из того, что сказал его босс, потому что с ошарашенным видом наблюдал за тем, как Джейсон, расстелив на кухонном столе полотенце, менял ребенку подгузник. Он делал это так ловко, словно всю жизнь только этим и занимался. И это человек, на которого работал огромный штат слуг. Одежду выбирал и заказывал ему персональный стилист, машину вел шофер, еду готовил повар, а все остальное осуществляла его секретарша.

Наконец Чарлз оправился от потрясения и улыбнулся малышу:

— Как тебе нравится клубника, юный джентльмен?

Макс ответил зубастой усмешкой, но Чарлз был вознагражден, когда Макс, схватив блинчик, принялся жевать и сосать его до тех пор, пока от блинчика ничего не осталось — только ручонки у Макса были все в красном соусе. И еще соус был у него на плечах, лице, волосах и даже на носу.

— Какая искренняя благодарность! — сказал Чарлз, отступив от стола и любуясь тем, как Джейсон вытирает Макса смоченным в теплой воде полотенцем. — У него нет предубеждений, нет предрассудков. То, с каким наслаждением он поглощает еду, и есть высшая форма похвалы.

— Или критики, — сказал Джейсон, раздосадованный тем, что Чарлз продолжал делать намеки на то, что хочет начать свой бизнес

— Боитесь меня потерять? — спросил Чарлз, приподняв бровь. Он точно знал, что на уме у босса.

От ответа Джейсона избавил настойчивый стук в дверь. Он пошел открывать, из спальни выглянула Эми На ней был старенький банный халат, надетый поверх ночной рубашки.

— Что происходит? — спросила она, щурясь со сна.

Когда Джейсон открыл дверь, его отшвырнул худой блондин, за которым проследовали еще два худых молодых человека и одна женщина. Все трое несли громадные коробки и пластиковые накидки, перекинутые через руку. И все четверо были одеты исключительно в черное — много-много слоев черной одежды. И у всех четверых волосы были высветлены до неестественной белизны и торчали во все стороны под противоестественными углами.

— Должно быть, это вы, — сказал первый блондин, указав на Эми. В левом ухе у него было три золотые сережки, а на руке тяжелый золотой браслет — О, милочка, теперь я понимаю, почему нам велели прийти так рано. Это, должно быть, ваш натуральный цвет? О чем думал Бог, когда сотворил с вами это? И, милочка, где вы раздобыли этот халат? Это теперь такая мода в Кентукки, или вы храните его у себя как раритет со времен президента Никсона? Ладно, мальчики, вы видите, что нам предстоит сделать. Давайте, располагайтесь. — Он оглянулся, посмотрел на Джейсона и сказал: — А вы кто, дорогуша?

— Никто, — с нажимом в голосе сказал Джейсон и посмотрел на Эми: — Мы с Максом идем гулять.

Эми бросила на него умоляющий взгляд, заклиная взять ее с собой, но Джейсон не знал жалости. Он схватил куртки, свою и Макса, и выскочил за дверь.

Когда он велел Паркер найти кого-то, кто сделает Эми прическу и макияж, он имел в виду завивку на бигуди на полчаса максимум и, возможно, немного теней на глаза. Эми была красива от природы, она не нуждалась в целой армии мастеров красоты, чтобы подготовиться к вечеру.

И хотя Джейсон (вполне убедительно) представил все так, будто сбегает из дома из-за парикмахеров, правда состояла в том, что он был рад немного побыть с Максом наедине. Только он и Макс — и чтобы им никто не мешал. «Удивительно, как любовь ребенка влияет на человека: ты сразу чувствуешь себя важным и значительным, — подумал он. — И просто поразительно, на что ты готов пойти, лишь бы доставить удовольствие малышу».

Джейсон знал, что у него с Максом в запасе целое утро, кормить его еще не скоро. Коляска была в багажнике машины, так что они вполне могли прогуляться по городу. Джейсон приехал в крошечный центр Абернети и оставил машину на парковке. Поскольку Макс был одет в пижаму, прежде всего надо было купить ему что-то из одежды.

— Я вас раньше здесь не видел? — спросил продавец, он же хозяин магазина, внимательно изучая Джейсона. Поскольку этого человека он знал с детства, с тех времен, когда жил здесь, то, естественно, они виделись не раз.

— М-м-м... — промычал Джейсон, выкладывая на прилавок детский комбинезон и футболку и еще один детский зимний комбинезон, для двухлетки. Сейчас он был велик Максу, но это было самое лучшее из того, что мог предложить магазин.

— Я уверен, что вас знаю, — говорил между тем продавец. — У меня отличная память на лица. Вы приехали с этими столичными пижонами сегодня утром, чтобы сделать Эми новое лицо?

— Мне нужны подгузники для ребенка весом в восемь килограммов, — сказал Джейсон. Он собрался вытащить кредитку, но передумал и расплатился наличными. Он не хотел, чтобы этот человек за прилавком прочел на кредитной карте его имя. Возможно, и не стоило приезжать в Абернети, может, лучше было бы, если бы они сразу поехали в торговый центр, в котором были вчера.

— Я вспомню. Я знаю, что вспомню, — предупредил продавец.

Джейсон ничего на это не сказал, он просто взял пакеты и вывез коляску из магазина. «Еще немного, и мое инкогнито будет раскрыто», — подумал он, толкая коляску к машине. Но эта встреча вернула его в те времена, когда он жил в Абернети, и теперь он смотрел на родной город глазами взрослого, умудренного жизнью человека, объездившего весь мир.

Город умирает, думал Джейсон, глядя на облупившуюся краску домов и потускневшие вывески. В маленькой бакалейной лавке, где закупал провизию дважды в неделю его отец и где Джейсон однажды украл конфету, была разбита витрина. Он украл всего раз в жизни. Отец об этом узнал, привел его обратно в магазин и договорился с хозяином, что Джейсон две недели кряду будет мести в лавке полы и обслуживать покупателей. Так он пытался отучить сына от воровства.

Как раз за эти две недели Джейсон приобрел вкус к предпринимательству и полюбил свою работу. Он обнаружил, что чем больше энергии вкладывал в дело, чем больше верил в продукт, тем больше он мог продать. Через две недели они оба, Джейсон и хозяин магазина, сожалели о том, что им придется прервать сотрудничество.

Витрины магазинов в Абернети выглядели так, словно их годами не мыли. А на прачечную было вообще противно смотреть.

«Умирает мой город, — думал Джейсон. — Торговые центры и города покрупнее убили бедный маленький Абернети».

К тому времени как Джейсон добрался до машины, тоска и безнадежность, которыми все дышало в этом городке, стали невыносимы и ему захотелось уехать как можно быстрее из этого гиблого места.

Ему было жаль город, поскольку с ним у него было связано немало приятных воспоминаний, и не важно, что он говорил Дэвиду. Вспомнив о Дэвиде, Джейсон мысленно пожал плечами. Он никогда не мог понять, почему, окончив медицинский институт, брат вернулся в Абернети. У Дэвида было столько блестящих возможностей!

Джейсон сел в машину, включил зажигание и, подождав, пока мотор немного прогреется, забрался на заднее сиденье вместе с Максом и переодел его во все новое.

— Ну, ты тут жить точно не будешь, — сказал он Максу и замер на мгновение, задумавшись о своих словах.

Конечно, объяснений с Дэвидом ему не избежать, но Джейсон полагал, что сможет все объяснить брату. Не может быть, чтобы Дэвид любил Эми сильнее, чем он, Джейсон. И ни один мужчина на земле не любил Макса так, как любил он. Так что, разумеется, им на роду написано жить вместе, одной семьей.

— Хочешь жить со мной в Нью-Йорке? — спросил Джейсон. Макс молча сосал шнурки своих новых ботинок. — Я куплю тебе большой дом в пригороде, и у тебя будет свой пони. Настоящий, живой пони. Тебе это понравится.

Джейсон закончил переодевать малыша, посадил его на детское сиденье, пристегнул, сел за руль и направился в чистый, обезличенный торговый центр. Сегодня, в рождественский сочельник, покупателей было немного, так что они с Максом могли прогуливаться не торопясь, не лавируя между снующими туда и обратно людьми, и глазеть на витрины в свое удовольствие. Но Джейсон ничего не видел вокруг: он сосредоточенно думал о том, что намеревается сделать.

Нетрудно понять, как много значили для него эти дни, проведенные в Абернети. Макс и Эми стали такой же неотъемлемой частью его жизни, как дыхание, и он хотел, чтобы они были рядом всегда. Он купит огромный загородный дом на приемлемом расстоянии от Нью-Йорка, и Эми с Максом будут там жить. Эми никогда не придется больше беспокоиться о готовке или уборке, поскольку он наймет ей помощников.

Эми и Макс будут ждать его дома, когда он будет приезжать с работы. И их присутствие будет облегчать ему жизнь. Он вернется после долгого, трудного дня в офисе, и его встретит Эми с прилипшими к подбородку чешуйками овсяной каши и с Максом на руках.

Поддавшись порыву, Джейсон остановился у магазина «Товары для творчества» и купил Эми огромную коробку с разными художественными принадлежностями: акварелью, мелками, карандашами, альбомами для рисования.

— Либо кто-то очень любит рисовать, либо хочет заманить художницу в постель, — заметил продавец, которому на вид едва исполнилось семнадцать. Он был рад, что на одном покупателе сделал план по продажам.

— Дайте мне чек на подпись, — буркнул Джейсон.

— Вас разве не радует Рождество? — спросил молодой человек, которому хмурая мина Джейсона настроения совсем не испортила.

Выйдя из магазина, Джейсон пошел дальше, но в тот момент, когда он проходил мимо ювелирного, его словно затянула внутрь невидимая рука.

— У вас есть обручальные кольца? — спросил он и с ужасом услышал, как у него сорвался голос. — Я имею в виду...

— Все в порядке, — улыбаясь, сказал продавец. — Так всегда бывает. Пожалуйста, проходите сюда.

Джейсон с презрением окинул взглядом выставленные на витрине кольца с бриллиантами.

— В этом магазине есть хранилище?

— О, я понимаю, вы интересуетесь системой безопасности, — нервничая, заговорил продавец, и, судя по тому, как рука его скользнула под прилавок, Джейсон сделал вывод, что он вот-вот нажмет на тревожную кнопку и вызовет наряд полиции.

— Я хочу посмотреть кольца, которые вы держите в хранилище.

— Понимаю, — промолвил продавец.

Но Джейсон видел, что этот тупица ничего не понимал.

— Я хочу купить нечто гораздо лучше того, что у вас выставлено на витрине. Хочу купить что-нибудь дорогое. Понимаете?

Продавец некоторое время озадаченно моргал, но потом губы его растянулись в улыбке. В следующую секунду продавец выскочил за дверь подсобного помещения и через двадцать минут вновь возник перед Джейсоном с крохотной коробочкой в руках.

Джейсон вернул Макса домой к полудню, чтобы Эми могла его покормить. Ни Джейсон, ни Макс поначалу Эми не узнали, поскольку голова ее была покрыта кусочками алюминиевой фольги. Макс был готов расплакаться, как бывало всегда, когда он видел чужих, но руки Эми были ему знакомы, и потому он успокоился.

— Как трогательно! — с сарказмом сказал молодой человек, один из помощников парикмахера. Нижняя губа его брезгливо оттопырилась при виде того, как Эми кормит Макса грудью. Надо сказать, что Эми была целомудренно укрыта.

— Не бейте его, мистер Уилдинг, — сказала Эми, не поднимая глаз.

При этом молодой человек посмотрел на Джейсона с таким живым интересом, что Джейсон не выдержал и ушел на кухню. Однако Чарлз был все еще там, сейчас он готовил ленч для всей компании. В конечном итоге Джейсон пошел к себе в спальню и позвонил Паркер.

Как у нее с недавних пор вошло в привычку, она ответила на звонок не сразу. Джейсон велел секретарше позвонить риелтору, продающему недвижимость в пригороде Нью-Йорка, и попросить его направить ему факсом информацию о загородных домах, выставленных на продажу.

— Что-нибудь подходящее для малыша, — пояснил он. — И, Паркер, я надеюсь, мне не надо говорить вам, чтобы вы никому об этом не рассказывали, особенно моему младшему брату.

— Нет, вам не надо мне об этом напоминать, — сказала она. Джейсон не был вполне уверен, но ему показалось, что он услышал недовольные нотки в ее голосе. И, что совсем странно, она повесила трубку первой.

Проголодавшись, Джейсон отправился с Максом в ресторан. Они поделили на двоих большой стейк, ореховое пюре и зеленые бобы с миндалем — Джейсон попросил перемолоть миндаль, чтобы Макс тоже мог попробовать это блюдо. Наевшись, они взяли на десерт крем-брюле, политое карамелью.

После еды Макс мирно уснул в коляске, а Джейсон отправился покупать всем рождественские подарки. Он купил кое-что для Дэвида, для отца, для Эми (новый банный халат и четыре ночных сорочки) и канцелярский набор для Паркер. В магазине посуды Джейсон приобрел для Чарлза нечто, по уверению продавца, совершенно эксклюзивное — крохотные формочки для крема в виде различных фруктов. Максу он накупил марионеток для целого кукольного спектакля и ружье, которое работало от батареек и стреляло огромными роскошными мыльными пузырями.

Довольный собой, Джейсон поехал домой. Вся его машина была завалена празднично оформленными свертками и коробками.

Когда он вошел в дом с Максом на руках, Эми встретила его во всем великолепии. И Джейсону не понравилось то, что он увидел. Она выглядела красиво в длинном, до пят, платье цвета слоновой кости. Платье было довольно простого кроя, без бретелек, плотно охватывало большую грудь и дальше ниспадало складками до самого пола.

Эми выглядела роскошно, вне сомнений, но сейчас она слишком сильно напоминала одну из тех многочисленных див, что сопровождали Джейсона по жизни вот уже многие годы. Вместо Эми он видел перед собой женщину, которая не нуждалась в мужском внимании и опеке. Она была так хороша собой, что могла бы иметь любого, стоило ей лишь захотеть. И она знала, что красива. Она должна была знать об этом, раз так выглядела.

Увидев лицо Джейсона, Эми засмеялась:

— Вам не нравится?

— Нравится. Все прекрасно. Вы сногсшибательны, — без всякого выражения сказал Джейсон.

— Фу! — сказал один из парикмахеров. — Мы завидуем, да?

Джейсон бросил на него уничтожающий взгляд, но парень просто отвернулся, смеясь.

— Это не важно, — сказала Эми, однако тон ее говорил об обратном. Реакция Джейсона, вернее, отсутствие таковой, сильно ее обидела. — Дэвид — вот чье мнение следует принять в расчет, поскольку я иду с ним, а не с вами.

— О, котенок показал коготки, — сказал один из парикмахеров.

— Ланс, заткнись! — прикрикнул на него его коллега. — Пусть голубки поворкуют.

Эми рассмеялась при этих словах, а Джейсон усадил Макса на пол и тяжело опустился на старый диван в гостиной. Все крутились на кухне: кто-то ел, кто-то собирал парикмахерские инструменты и косметику. Эми подошла к Джейсону, читающему газету.

— Почему вам не нравится? — спросила она.

— С чего вы взяли? Я сказал вам, что вы прекрасно выглядите, — ответил он, не опуская газеты.

— Тогда посмотрите на меня и повторите те же слова еще раз. Вы на меня сердитесь? — Она едва не плакала.

Джейсон опустил газету — она все равно была трехнедельной давности — и посмотрел на Эми снизу вверх:

— Вы отлично выглядите, правда. Я просто думаю, что вы лучше смотритесь в естественном своем состоянии. — Он решил, что ее удовлетворит его ответ, но этого не случилось. Эми нахмурилась и отвернулась, глядя на Макса, который, сидя на полу, сосредоточенно жевал маленькую картонную коробку.

— Он откусит кусок картона и подавится, — сказала Эми, давая Джейсону понять, что тот не слишком хорошо исполняет свои обязанности няни. Приподняв тяжелый атласный подол платья, она вышла из гостиной, оставив Джейсона гадать, что же он сделал не так.

— Женщины! — вздохнул Джейсон, обращаясь к Максу, и тот ответил ему улыбкой, показав все четыре зуба.

Через тридцать минут в лимузине Джейсона приехал Дэвид. В руках он держал букет белых роз.

— Платье великолепно, — заметил Дэвид. — Но к нему не хватает украшения, поэтому мы с папой и подумали, что жемчуг вам подойдет. Это жемчуг ненастоящий, но выглядит неплохо.

С этими словами он открыл маленькую бархатную коробочку, в которой на бархатном ложе лежало жемчужное колье с резной нефритовой застежкой в окружении бриллиантов. Джейсон очень хорошо знал, что и жемчуг, и бриллианты были самыми настоящими, и он нисколько не сомневался в том, что за них заплатил лично Дэвид.

— Я никогда ничего красивее не видела! — задыхаясь от восторга, проговорила Эми.

— Они ничто по сравнению с вами, — сказал Дэвид, и Джейсон едва удержался от едкого замечания по поводу расхожих штампов.

Хотя, возможно, он все же буркнул что-то, потому что Эми сказала:

— Не обращайте на него внимания. Он ведет себя так с тех пор, как вернулся с прогулки. Я думаю, он считает, что я должна была надеть соломенную шляпу и льняной сарафан.

— Таково его представление об Абернети, — проговорил Дэвид, словно Джейсона здесь и не было. Он церемонно протянул Эми руку, и Эми с улыбкой подала ему свою. — А теперь назовите своего партнера и сделайте торжественный круг, — сказал он, войдя в роль деревенского распорядителя танцев.

— Йо-хо! — Эми залихватски брыкнула ножкой, откинув шлейф платья от Диора, и сделала почетный круг по гостиной.

— Ладно, этого вполне достаточно, — скривившись, сказал Джейсон. — Повеселились, а теперь уматывайте отсюда.

— Нам пора, Дэвид, — кивнула Эми. — Я, наверное, к девяти уже свалюсь с ног и усну.

— Нет, пока я рядом с вами, вы не уснете, — игриво сказал Дэвид, заглядываясь на ее бюст.

— Единственное, что вы можете получить от моей груди, — это идеальное питание.

— Я очень голодный мужчина, — ответил Дэвид, и Эми захихикала.

— Я думаю, что «мужчина» здесь ключевое слово, — с угрозой в голосе произнес Джейсон. — Ты должен помнить, что Эми — мать и что ей нужно...

— Но вы мне не отец, — огрызнулась Эми. — И я не нуждаюсь в том, чтобы мне делали наставления...

— Я готов, а вы? — громко спросил Дэвид. — И лимузин ждет. Едем?

Когда они сели в машину, Эми грустно уставилась в окно.

— Это все из-за чего? — спросил Дэвид.

— Что именно?

Дэвид выразительно посмотрел на нее, давая понять взглядом, что она прекрасно понимает, о чем он спросил.

— Не знаю. Мы с мистером Уилдингом прекрасно ладили, но с того момента, как утром приехали парикмахеры, он просто невыносим. Он ходил по квартире, как тигр по клетке. Распугал всех мастеров. А они были так любезны со мной. В результате им пришлось убежать от него на кухню и прятаться там. Чарлз говорит о нем ужасные вещи и...

— Что, например? Что говорит о нем Чарлз?

— Что мистер Уилдинг может вскипятить воду в чайнике силой одного взгляда. Да много еще чего. Я не понимаю, почему мистер Уилдинг, который был так добр со.мной все это время, сегодня сам на себя не похож.

Дэвида душил смех.

— А что еще говорил Чарлз?

Эми посмотрела на него с недоумением.

— Что мистер Уилдинг не потеет. — Она отвернулась, покраснев. — У Чарлза очень злой язык.

Дэвид готов был взорваться от смеха.

— А как насчет женщин? Чарлз не мог ничего не сказать о женщинах Джейсона.

— Вы имеете в виду его мужчин?

— Да, конечно. Хотя все равно. Так что сказал Чарлз?

— Он сказал, что женщины для него все равно что мраморные статуи. Если бы женщина рядом с ним... э... рыгнула, мистера Уилдинга хватил бы апоплексический удар. Но, Дэвид, это неправда. Вчера вечером мистер Уилдинг помог мне избавиться от мигрени. Он оставал-

146

ся со мной довольно долго и делал мне массаж до тех пор, пока я не уснула.

— Что он делал? Давайте-ка с этого места поподробнее.

Когда Эми закончила свой рассказ, Дэвид смотрел на нее со смесью изумления и ужаса.

— Я ни разу не слышал, чтобы Джейсон делал кому-нибудь нечто подобное. Он...

— Он очень необычный человек, вот что, — сказала Эми. — И я не могу его понять, совсем не могу. Я просто доверяю Максу, а Макс его обожает. И я думаю, мистер Уилдинг тоже обожает Макса.

Глава 13

— Вы и в самом деле дьявольски изворотливый человек, — смеясь, заявила Эми. В безнадежно испорченной машине Джейсона они возвращались в старый полуразвалившийся дом Эми. — Не могу поверить, что вам удалось раздобыть эскорт и билеты на такое мероприятие за столь короткое время. И какую женщину вы себе нашли! Впрочем, мне показалось, что вы ей нравитесь.

— Паркер? Вы имеете в виду мисс Паркер? Она прекрасно ко мне относится, потому что я чертовски симпатичный парень. Это на случай, если вы не заметили.

— М-м... Ну, вы ничего, когда не делаете такую кислую мину. Так расскажите же мне все.

— Волосы у меня натуральные, зубы тоже...

— Нет, — засмеялась Эми. — Расскажите мне о мисс Паркер. Почему она так смеялась, чем вы ее так развеселили?

— Она смеялась? Не помню, — сказал Джейсон вполне серьезно.

— Она немного слишком серьезная, правда? Но когда вы танцевали с ней, она смеялась. Я сама слышала. Я видела ее, и смеялась она до колик.

Джейсон криво усмехнулся:

— Вы ревнуете?

— Ну, если вы мне не скажете, я...

— Что вы сделаете?

— Скажу Чарлзу, чтобы он перестал присылать нам еду, и стану сама для вас готовить.

— Вы жестокая женщина. Ладно, я вам расскажу, но на самом деле я всего лишь спросил ее, не из тех ли она женщин, что влюбляются в своих начальников. — Встретив озадаченный взгляд Эми, Джейсон продолжил: — Вы знаете, как некоторые женщины прикипают к своим красивым, богатым и властным начальникам? Так крепко, что никогда не выходят замуж, не заводят семью.

— В кино я такое видела, в реальной жизни — нет, — сказала Эми. — Но я все равно не понимаю. Кто владелец «Мира малыша»?

— Один мой знакомый.

— А, понимаю.

— Что понимаете?

— Что вы мне ничего не расскажете. Ее босс интересный?

— Да по сравнению с ним Мэл Гибсон просто тролль.

— Отчего-то я в этом сомневаюсь. Может, мисс Паркер развеселила мысль о том, чтобы влюбиться в босса?

Джейсон нахмурился:

— Вообще-то да.

— И вас это беспокоит?

— Кто сказал, что меня это беспокоит?

Эми беспомощно вскинула руки:

— Не знаю. Но возможно, это потому, что, когда она расхохоталась и ушла с танцевальной площадки, вы

148

минуты две стояли там и метали молнии. Я боялась, что у нее волосы загорятся.

— И пусть бы загорелись! — рявкнул Джейсон. — Ее начальник хорошо к ней относился, много лет платил ей хорошее жалованье.

— А!

— Что «а»?

— Ничего. Просто деньги не заменят человеческого отношения.

— Может, ему не хотелось никаких личных отношений. Может, ему просто нужен был компетентный помощник!

— Почему вы так разозлились? Сколько она на него работала?

— Несколько лет. И что вы имеете в виду, говоря «работала»? Она продолжает на него работать, насколько мне известно.

— Ну, долго это не продлится.

— Что вы хотите сказать? — спросил Джейсон, припарковав автомобиль рядом со стареньким авто Милдред. Джейсон понимал, что ведет себя неразумно, что горячится и нервничает, но он ничего не мог с собой поделать. Вечер прошел не так, как он рассчитывал. Теперь, когда бал закончился, он не знал, на что надеялся, но, возможно, он надеялся, даже не надеялся, а ожидал, что Эми... Что? — спросил он себя. Признается ему в вечной любви?

Весь вечер он пытался отвлекаться на Паркер и на других гостей бала, но как-то так получалось, что он то и дело оглядывался на Эми. Она, похоже, ничего не замечала, зато заметил Дэвид.

— О чем вы спорили с Дэвидом? — спросила Эми, когда он помог ей выйти из машины.

Сегодня она выглядела просто божественно. Жемчуг и атлас шли ей. Джейсон улыбнулся, глядя ей в спину, и подумал об обручальном кольце в своем кармане. Возможно, сегодня он его ей подарит.

Милдред встретила их, держа на руках Макса. Малыш капризничал. Увидев мать, он сразу потянулся к ней на руки. Эми прижала к себе Макса, и малыш успокоился.

— Как все прошло? — шепотом спросила Милдред у Джейсона.

— Нормально, — ответил Джейсон. — Ничего особенного. — Он не собирался ничего рассказывать первой сплетнице Абернети.

— Если ничего особенного не произошло, как случилось, что это вы везете Эми домой, когда она ушла с вашим братом?

— Тсс, — предупредил Джейсон. — Эми думает, что мы с Дэвидом кузены.

Милдред смотрела на него, чуть склонив голову набок. Вся громада ее прически сдвинулась в одну сторону, и Джейсон подумал о том, какие у Милдред, должно быть, сильные шейные мышцы, если она может постоянно носить на голове подобное сооружение и при этом умудряется держать голову вертикально.

— Вы не думали о том, что вам скажет Эми, когда узнает, что все это время вы дурачили ее?

— Это не совсем так, — сдержанно возразил Джейсон.

— Не так? По-вашему, когда вы покупали детский магазин, а потом сообщили ей, что вся мебель стоит двести пятьдесят долларов, вы не держали ее за дуру?

— Она поверила, а остальное не важно.

Эми укладывала Макса спать, так что Милдред и Джейсон были в гостиной вдвоем.

— Послушайте, я планирую завтра ей все рассказать.

Милдред присвистнула.

— Это будет подарок к Рождеству?

— По-моему, вам пора домой, — заметил Джейсон.

— Я думаю, что это вам пора домой, — не осталась в долгу Милдред. — Я думаю, что Эми должна сама иметь право выбора. Она не заслужила того, чтобы ее вовлекали в эту гнусную игру, которую вы с Дэвидом затеяли.

— Гнусная игра? — переспросил Джейсон, приподняв бровь. — Не слишком ли сильное выражение?

— Расскажите о своих любовницах, Джейсон.

При этих словах он встал и распахнул дверь на улицу

— Спасибо за то, что посидели с Максом.

Милдред так глубоко вздохнула, что ему показалось, будто шевельнулись занавески на застекленной входной двери.

— Не говорите, что я вас не предупреждала.

— Я считаю себя предупрежденным.

Едва он закрыл за Милдред дверь, из спальни выглянула Эми.

— Ушла? — спросила она.

— Да, — усмехнувшись, ответил Джейсон. — Можете выходить.

На ней был старый банный халат, и Джейсон подумал о новом, что лежал, красиво завернутый, под елкой.

— Как Макс?

— Спит как убитый. Он совсем выбился из сил, бедняжка.

— Я знаю, что он чувствует, — сказал Джейсон.

— Вы тоже хотите пойти спать?

Джейсон не мог удержаться от того, чтобы не подразнить ее немного.

— Да, я почти труп. — Он развязал галстук и зевнул.

— И я, — сказала Эми, но в голосе не чувствовалось усталости.

— С другой стороны, — растягивая слова, проговорил Джейсон, — мы можем развести огонь в камине, открыть заслонку и... и приготовить попкорн, а вы тем временем расскажете мне, что вам больше всего понравилось на балу.

— Вы занимаетесь огнем, я — попкорном, — сказала Эми и побежала на кухню.

За рекордно короткое время огонь, яркий, хотя и не без дыма, был разведен, и Эми с Джейсоном уселись на пол перед камином. Между ними стояло целое ведерко попкорна и два стакана воды со льдом.

— Так из-за чего вы ссорились с Дэвидом? — спросила Эми.

— Нет, только не это. Опять вы за старое. Вам понравилось платье той блондинки?

— Я думаю, что она будет хорошей матерью.

Джейсон в ужасе посмотрел на Эми.

— С такой грудью у нее не будет недостатка в молоке, — с убийственной серьезностью сказала Эми, и Джейсон поневоле улыбнулся.

— Это силикон.

— А вы откуда знаете? — спросила она.

— Я танцевал с ней.

Эми со смехом сказала:

— Так вот что заставило Дэвида уехать так рано! Это из-за нее вам пришлось везти меня домой? Дэвид на вас обиделся? Только не говорите мне, что его срочно вызвали в больницу.

— Разногласия во мнениях, — сквозь зубы процедил Джейсон.

Какое-то время Эми молча смотрела на огонь.

— Весь вечер у меня было такое ощущение, что вы все знаете что-то такое, о чем не знаю я, — проговорила она тихо.

— Сейчас Рождество, и у всех нас есть секреты.

— Верно. Глупой маленькой Эми нельзя доверять секреты.

— О чем вы?

— Так, ни о чем. Что за секреты у вас с моей свекровью?

— Никаких секретов, — пожал плечами Джейсон. — Вы хорошо провели время?

— Да, — не слишком уверенно ответила Эми.

— Но... — подсказал ей Джейсон, набив рот попкорном.

— Сегодня чего-то не хватало.

— Чего? Вы были самой красивой женщиной на балу.

— Какой вы любезный! Нет, дело в другом. Это... Ну, во-первых, в дамской комнате была одна женщина...

— Что за женщина? Она чем-то обидела вас?

— Нет, на самом деле она говорила о вас.

Джейсон взял паузу перед тем, как спросить:

— Она меня знает?

— А это что, преступление?

— Это зависит от того, что она знает. Что она говорила?

— Что вы разобьете мне сердце.

— Ах это, — равнодушно сказал Джейсон.

Эми посмотрела на его лицо. Огонь бросал на лоб и щеки Джейсона причудливые отблески.

— Вы часто разбиваете женщинам сердца? — тихо спросила она.

— Ежедневно. По воскресеньям дважды в день.

Эми не рассмеялась, хотя он на это рассчитывал.

— Что происходит?

— Ничего.

Внезапно Эми закрыла лицо руками и опустила голову.

153

— Прекратите! Перестаньте, прошу вас! Я знаю, что что-то происходит, но никто ничего не говорит. У меня ощущение, что меня разыгрывают. Я чувствую себя дурой.

— Вас расстроила женщина из дамской комнаты?

При этих словах Эми поднялась с пола и пошла в спальню.

— Я иду спать, — сказала она без всякого выражения

Джейсон успел перехватить ее руку, когда она взялась за ручку двери.

— Почему вы сердитесь на меня?

— Потому что вы часть этой игры. Сегодня... О, вы никогда не поймете!

— Попробуйте мне объяснить.

— Сегодня все было так красиво. Я знаю, что это избитый штамп, но я чувствовала себя как Золушка. Бедная малышка Эми Томпкинс с ее развалюхой домом на настоящем балу. Все было так красиво! И драгоценности! Если бы там горела только одна свеча в центре зала, то сияние бриллиантов осветило бы весь зал. Все было как во сне, как в сказке.

Джейсон осторожно подвел Эми к дивану и усадил.

— Но что-то было не так?

— У меня было ощущение... — Она посмотрела на него, и Джейсон увидел слезы в ее глазах. — У меня было ощущение надвигающейся беды. Словно я стою на краю гибели. Я чувствую, что должно случиться что-то ужасное, и я ничего не могу сделать, ничего не могу изменить. Последнее время все было так чудесно, а мама всегда предупреждала меня, что к хорошим вещам надо относиться с подозрением. Она говорила, что мы рождены на этой земле для страданий, и если случается что-то хорошее, то это происки дьявола.

— Это не всегда так, — тихо сказал Джейсон и, взяв руку Эми, стал целовать ее пальцы один за другим.

— Что вы делаете? — растерянно спросила она.

— Целую вашу руку.

Эми в сердцах вырвала у него руку и попыталась встать, но Джейсон преградил ей путь.

— Вы не будете возражать, если я уйду? — ледяным тоном произнесла она, пытаясь увернуться от него.

— Буду, и еще как. — Он снова взял ее руку и поднес к губам.

— Она грязная. Я меняла Максу подгузник и забыла помыть, — сказала она, глядя поверх его головы.

— Вы же знаете, как сильно я его люблю, — прошептал Джейсон, не переставая целовать ее руку.

Эми помимо собственной воли улыбнулась, затем уперлась ладонями ему в плечи и нажала изо всех сил. Когда он выпрямился, она сердито посмотрела ему в глаза:

— Вы же гей, помните?

— На самом деле я не гей. Дэвид солгал. — Джейсон продолжил целовать ее руку.

Эми оттолкнула его, и по выражению ее лица было ясно: на этом пора ставить точку.

— Ладно, — сказал Джейсон и снова сел на диван. — Я все вам расскажу. Дэвид хотел, чтобы я пожил у вас и приглядел за Максом, пока он будет ухаживать за вами. Он в вас влюблен.

Поскольку Эми ничего не сказала, Джейсон повернул голову и посмотрел на нее. Выражение ее лица было очень странным.

— Продолжайте, — прошептала Эми.

— Дэвид не хотел, чтобы между нами были шуры-муры, и поэтому он сказал вам, что я — гей.

— Понимаю. Это все?

— Более или менее, — ответил Джейсон и, наклонившись, поднял с пола стакан с водой и сделал глоток.

— Выходит, вы из-за меня ссорились? — тихо спросила Эми.

Джейсон замялся:

— Ну, на самом деле... Да, мы поссорились. От меня требовалось лишь убрать с дороги Йена Ньюсома, но я..

— Что вы?

— Я полюбил вас и Макса, — сказал он, глядя на огонь. Он ни разу в жизни не говорил женщине, что любит ее. У Джейсона было такое чувство, что большинство женщин, с которыми он был знаком в Нью-Йорке, в ответ на такое заявление взяли бы калькуляторы и стали высчитывать причитающуюся им долю его состояния.

Эми ничего не сказала, и он посмотрел на нее. Ее лицо было очень бледным, и она смотрела прямо перед собой.

— И вы еще мне лгали? — тихо спросила она.

— Нет, — быстро сказал он, задержав дыхание.

Если б она сейчас сказала, что любит его, он бы знал наверняка, что она любит его самого, а не его деньги. Внезапно он понял, что это мгновение может изменить всю его жизнь. Он был успешным бизнесменом, мог продать снег эскимосам и потому сейчас призывал на помощь свой дар. Он должен был так себя преподнести, чтобы она согласилась его принять. Это была главная сделка его жизни.

— Я люблю вас, Эми. Я люблю вас и Макса, и я хочу, чтобы вы вышли за меня замуж. Вот почему так разозлился Дэвид. Он хотел вас для себя, поэтому уговорил меня, буквально заставил, поселиться у вас, но Макс... Макс с самого начала выбрал меня. Он был нашим благословением. Он полюбил меня, и вы знаете, как я его обожаю, и я хочу...

— О, замолчите и поцелуйте меня, — сказала Эми, и когда Джейсон повернул голову и увидел, что она улыбается, он почувствовал себя рабом, которому дали свободу.

Джейсон быстро подхватил Эми на руки и понес в спальню. Уложив ее на кровать, он лег рядом.

— Я люблю тебя, Эми, — говорил Джейсон, лаская губами ее ухо. — Мне нравится то, что ты заставляешь меня чувствовать. Мне нравится то, что я тебе нужен.

Что-то в словах Джейсона смущало Эми, но она не могла понять, что именно. В этот момент она вообще с трудом могла соображать. Он целовал ее шею, постепенно спуская рубашку с ее плеч.

Очень, очень давно к ней не прикасался мужчина. И она скорее бы умерла, чем осквернила память о покойном муже, но в последние месяцы жизни Билли редко бывал трезвым. Однако Джейсон совсем не походил на него, он не пил, был очень аккуратным и, да поможет ей Бог, он был таким красивым. Его руки скользили по ее телу, ласкали ее так, как она могла только мечтать. Сначала он освободил ее от халата, потом от старенькой рубашки, и, раздевая, он не переставал ее целовать. Его теплые ладони коснулись ее груди. Господи, а ведь она совсем забыла, что грудь может служить не одним лишь источником питания для Макса!

— Как приятно! — сказала Эми, закрывая глаза и отдаваясь во власть ощущений. Руки Джейсона скользнули меж ее бедер. — Как хорошо... — словно во сне, пробормотала Эми.

— Тебе нравится? — спросил Джейсон, с улыбкой глядя в ее глаза.

— О да! Не останавливайся, пожалуйста...

— Я дам тебе все, что у меня есть, — сказал Джейсон, целуя ее грудь.

Когда он вошел в нее, Эми блаженно застонала, потому что едва ли не впервые в жизни оказалась готова к любви.

— О Боже, это так приятно! — сказала она, и то, как она это сказала, заставило Джейсона рассмеяться и перекатиться на спину, увлекая ее за собой, так что она оказалась сверху.

— А теперь работай ты.

Эта поза, очевидно, была Эми незнакома, и Джейсону было приятно смотреть на ее удивленно-восхищенное лицо.

— Мать-девственница, — пробормотал он, сжимая ладонями бедра Эми и направляя ее.

— Не останавливайся, — пробормотала Эми, поднимая и опуская бедра.

Достигнув вершины, она без сил опустилась на Джейсона. Она чувствовала себя невероятно счастливой.

— Господи... — только и смогла сказать она и, уютно устроившись на груди Джейсона, позволила ему себя обнять. Он накрыл их обоих одеялом, и они уснули в объятиях друг друга.

Эми проснулась от громкого глухого стука и быстро села в кровати. Испугавшись, что Макс упал, она подбежала к нему, но нет, он крепко спал в своей новой колыбельке. Он поджал под себя колени и выставил наружу попку в подгузнике. Голова его была повернута к ней, и с уголка рта стекала слюна.

Эми осторожно вытерла малышу рот, подоткнула одеяло и взяла ночную сорочку, которая валялась в изножье кровати.

Улыбаясь, Эми наклонилась и поцеловала Джейсона в лоб, затем надела сорочку и старенький халат, прошла в гостиную. Она на мгновение растерялась, не понимая, где находится, ибо рождественская елка горела всеми огнями, а гора подарков была размером с диван.

— «Санта-Клаус», — прочла она на карточке, прикрепленной к одному из завернутых в белую бумагу свертков. — Дэвид, — прошептала она и почувствовала себя немного виноватой из-за того, как вела себя с ним на балу

Она прошла на кухню, чтобы выпить чаю. Ей совсем не хотелось спать, и сейчас, в два часа ночи, когда Макс еще крепко спал, у нее наконец появилось время подумать. Эми стала вспоминать бал и свои ощущения. Она не сомневалась, что любая другая женщина осталась бы довольна балом, но Эми было там скучно. Да, конечно, все было красиво и все выглядели великолепно, но ей хотелось в тот момент оказаться дома с Джейсоном и Максом. На ней было платье от Диора и жемчуга, но она всерьез, без шуток мечтала о том, как бы поскорее попасть домой и надеть свой старый халат, и чтобы рядом были Макс и его «нянь».

Все на балу друг друга знали, и, конечно, все знали доктора Дэвида, так что Эми немало времени пришлось провести за столом в одиночестве, потягивая безалкогольный напиток. Она сидела и размышляла. За все свою жизнь она не помнила, чтобы чувствовала себя счастливее и увереннее, чем в эти последние несколько дней. Каждая минута жизни походила на веселое приключение. С того момента как на пороге дома появился Дэвид со своим кузеном-геем, вся жизнь ее перевернулась. Мистер Уилдинг, или, как она называла его про себя, Джейсон, словно владел волшебной палочкой, по мановению которой он мог устроить все, что угодно. Она бы не удивилась, если бы, проснувшись однажды утром, обнаружила, что крыша ее дома больше не протекает.

И вот сегодня, со вздохом подумала Эми, сегодня он сказал ей, что любит ее, сказал, что он не гей, сказал... О, она не могла припомнить всего, что услышала и почувствовала. Она лишь знала, что этот бал изменил ее жизнь.

Когда закипела вода, Эми залила пакетик с чаем кипятком и с чашкой пошла в гостиную, чтобы полюбоваться елкой. Сейчас она уже могла улыбаться, вспоминая, что почувствовала, когда, подняв глаза, увидела, как в зал вошел Джейсон под руку со своей роскошной рыжеволосой дамой. В тот момент, если бы кто-то дал Эми в руки ружье, она бы не задумываясь выстрелила в нее. В эту мисс Шерри Паркер.

Когда Джейсон и его спутница подошли и сели за их с Дэвидом столик, Эми нисколько не удивилась. Что удивило Эми, так это внезапная враждебность со стороны всегда такого воспитанного и дружелюбного Дэвида. Мужчины тут же едва слышно сказали друг другу что-то такое, чего Эми не расслышала.

И тогда, набрав в грудь побольше воздуха, Эми наклонилась к высокой, божественно красивой мисс Паркер и спросила:

— Что теперь будет с «Миром малыша»?

— С «Миром малыша»? — переспросила мисс Паркер, отстранившись от Джейсона.

— Ну да, с тем магазином, в котором вы работаете, — громко сказала Эми. — Ведь это вас я там видела, не так ли?

— Ах да, конечно.

Джейсон и Дэвид на мгновение прекратили обмен репликами.

Эми прочистила горло.

— Что будет с «Миром малыша» сейчас, когда весь товар распродан? У вас будет работа?

— О да! — Паркер кивнула. — Конечно, будет. У хозяина много компаний, и «Мир малыша» — лишь одна из них. — Она оглянулась на Дэвида с Джейсоном, которые опять начали выяснять отношения.

— Понимаю, — еще громче сказала Эми. — И где вы будете работать? В Абернети или в другом месте?

— В Нью-Йорке, — ответила Паркер.

— А, так вы тут благотворительностью занимаетесь? Я так и подумала. По вам видно, что вы из большого города.

Паркер повернулась к Эми:

— Миссис Томпкинс, я выросла на ферме в Айове. В двенадцать лет я уже управляла комбайном, потому что уже тогда росту во мне было почти шесть футов и я могла дотянуться до педалей. К тому времени как мне исполнилось шестнадцать, я готовила еду на двадцать пять рабочих фермы. А теперь скажите мне, миссис Томпкинс, чем занимались вы? Что вы умеете делать?

Эми ответила подобием улыбки, затем быстро поднялась из-за стола и поспешила удалиться в дамскую комнату. Это была неудачная попытка вести себя как стерва.

— Держись того, что умеешь делать, — сказала она себе. Хорошо бы еще узнать, что же это за дело.

Именно тогда, в дамской комнате, и произошла та странная стычка. Женщина в облегающем красном атласном платье и с длинными темными волосами, умело уложенными в высокую прическу, подкрашивала губы. Увидев Эми, она едва не подскочила, и Эми решила, что они, должно быть, знакомы. «Это все платье, — напомнила она себе. — Не так много в Кентукки платьев от Диора». Но когда Эми вышла из кабинки, женщина все еще стояла перед зеркалом и даже не скрывала, что поджидает ее.

По какой-то причине Эми захотелось сбежать. Она уже взялась за ручку двери, когда женщина заговорила.

— Вы здесь с Джейсоном Уилдингом?

Эми сделала глубокий вдох, расправила плечи и оглянулась на женщину.

— Вообще-то нет. Я здесь с его кузеном, доктором Дэвидом Уилдингом. А с Джейсоном здесь мисс Паркер.

— Да? А я слышала другое, — заметила незнакомка в красном. — И из того, что я слышала, следует, что Дэвид и Джейсон готовы за вас драться.

— Кто это сказал? — не удержавшись, спросила Эми.

— Неужели они оба в вас влюблены? — спросила женщина, окинув Эми придирчивым взглядом.

Эми улыбнулась.

— О да, — сказала она. — Они решили устроить из-за меня дуэль. Пистолеты на рассвете. А вообще, я точно не знаю, возможно, они захотят драться на шпагах.

Женщина отвернулась к зеркалу.

— Скорее, на скальпелях и сотовых телефонах.

Эми засмеялась и решила, что эта женщина не такая уж хищница, как ей показалось вначале.

— На вас интересное платье. Здесь купили?

— Нет. Я выиграла его в лотерею. Это платье от Диора. Оно из Нью-Йорка.

— А, понимаю. Выигрыш в лотерею.

И снова Эми решила, что надо уйти, однако отчего-то ноги не слушались ее.

— Вы знаете мистера Уилдинга? — осторожно спросила она.

— Доктора Дэвида?

У Эми было такое чувство, словно женщина ее дразнит.

— Джейсона.

— А, этого мистера Уилдинга. Я с ним знакома. А вы откуда его знаете?

— Он живет у меня, — жизнерадостно сообщила Эми и самодовольно улыбнулась при виде потрясенного выражения на лице женщины. Но она быстро оправилась от потрясения.

— Живет у вас? Вы любовники?

Эми засмеялась.

— Вы, верно, не слишком хорошо его знаете? — Она бы с удовольствием сказала женщине, что Джейсон — голубой, но, с другой стороны, пусть себе думает, что Эми отхватила такого классного парня.

Женщина не ответила на вопрос.

— Я думаю, что мне следует спросить вас, насколько вы его хорошо знаете. И что он делает в такой дыре?

Ее снобистский тон не понравился Эми.

— Джейсон здесь, — сквозь зубы сказала она, — потому что ему тут нравится, потому что тут он счастлив.

При этих словах женщина убрала помаду в сумочку и с веселым удивлением посмотрела на Эми:

— Я не знаю, что происходит, но бизнесмены масштаба мистера Уилдинга не посещают дешевые мероприятия в глуши, в Кентукки, только потому, что это делает их счастливыми. Джейсон Уилдинг и шагу не сделает, прежде не просчитав, какая ему из этого будет прибыль. Он делает только то, что приносит ему деньги. Он единственный человек на планете, у которого на самом деле сердце из золота.

— Я не знаю, о чем вы говорите... — растерянно пролепетала Эми. — Джейсон, мистер Уилдинг, живет с нами, то есть с моим сыном и со мной, потому что ему негде больше остановиться и не с кем провести Рождество.

И тогда женщина рассмеялась.

— Моя сестра когда-то думала так же, как вы сейчас Она тоже пожалела мистера Уилдинга и приняла его, и он отплатил ей... Теперь я понимаю, что вы не поверите ни одному моему слову, поэтому я лучше вам кое-что отправлю.

— Спасибо, не надо, — надменно ответила Эми, но женщина ее уже не слушала. Она достала мобильный телефон и набрала чей-то номер.

Не желая подслушивать чужой разговор, Эми поспешила вернуться за стол с намерением рассказать либо Джейсону, либо Дэвиду о той женщине, но за столом никого не оказалось.

— Чего я ждала? — спросила Эми, обращая вопрос в никуда. — Что они будут переживать из-за того, что меня так долго нет?

. — Я переживал, хотя я вас даже не знаю, — сказал интересный мужчина, стоявший в двух шагах от нее. — Какое красивое... ожерелье, — заметил он, но взгляд его при этом был обращен не к ожерелью, а к груди Эми. — Жемчуг настоящий?

— Разумеется, — ответила Эми, улыбаясь ему, и мужчина рассмеялся.

— Не хотите потанцевать? Или ваш эскорт умрет от того, что вас нет рядом?

— Да, ее эскорт умрет, — раздался рядом голос Джейсона. Эми испытала почти восторг, переводя взгляд с одного негодующего красавца на другого.

— На счет три вытаскивайте свои мобильники и звоните! — сказала она.

Мужчина озадаченно посмотрел на Эми, но Джейсон взял ее за руку и потащил на танцевальную площадку.

— Где вы были? С Максом все в порядке?

— Разве не я должна была вас об этом спросить? Я оставила Макса с вами!

— С ним сидит Милдред, — сквозь зубы процедил Джейсон. — Кто тот мужчина и что он вам говорил?

— Он сказал, что у меня красивый жемчуг, — сказала она, взглянув на свою грудь.

— Вы пили что-нибудь?

— Нет, у меня были другие развлечения. Две стычки с хищными пираньями в женском обличье, так что, возможно, лучше бы я напилась. Но я пережила оба нападения, и кожу с меня так и не сняли.

— Эми, — с ноткой угрозы сказал Джейсон, — что происходит?

— Ничего, помимо того, что мой спутник, похоже, меня кинул, а мой нянь нетрадиционной ориентации сбыл моего ребенка с рук и приехал на бал с ослепительной женщиной... Почему вы здесь?

— Хотел на вас посмотреть. — Джейсон держал Эми за талию, и она вынуждена была признать, что ощущение было чудесным.

— Как вам удалось достать сюда билеты? — пробормотала она.

— Долгая история, — пробормотал Джейсон в ответ. Эми положила голову ему на плечо, а он прижался щекой к ее макушке. — Расскажу в другой раз.

Они танцевали один медленный танец за другим. Никаких быстрых танцев, никакого рок-н-ролла. Вернувшись с танцевальной площадки за столик, они обнаружили записку от Дэвида, в которой он сообщал, что увез мисс Паркер домой и просит Джейсона проводить Эми. Тон записки говорил о многом, и Эми слегка мучила совесть из-за того, что она не уделяла своему партнеру должного внимания.

— Поехали домой? — сказал Джейсон, беря ее за руку. И от того, как он сказал «домой», Эми захотелось заплакать...

И вот сейчас она сидела на диване, уставившись на горящую огнями рождественскую елку, и спрашивала себя, кто же — Дэвид или Джейсон — взял на себя роль Санта-Клауса и положил все эти белые свертки под елку?

В комнате было прохладно, и Эми поджала под себя ноги. Ее постоялец не был геем, и они занимались любовью, и это утро было первым рождественским утром в жизни ее сына. Эми встала, сделала глубокий вдох, потянулась и подумала о том, что могла бы, пожалуй, вернуться в постель, разбудить Джейсона и... Ну...

Улыбаясь, она направилась в свою спальню, но остановилась, увидев толстый коричневый конверт на полу у входной двери. В тяжелой дубовой двери была обитая медным листом щель для почты, и кто-то просунул в нее толстый конверт. Видимо, подумала Эми, она проснулась как раз тогда, когда этот пухлый конверт упал на пол. Но кто мог подбросить ей конверт в два часа ночи, тем более в Рождество?

Эми, не ожидая подвоха, подняла с пола конверт, сладко зевнула и хотела было положить его на колченогий стол в крохотной прихожей, но любопытство оказалось сильнее.

— Возможно, это от какого-то рекламного агента, — пробормотала она и надорвала конверт.

Когда она вытащила бумаги из конверта, вначале она даже не поняла, что перед ней. Эти листы, похоже, были фотокопиями газетных статей.

«Новая сделка века», «Уилдинг скупает все» — прочла Эми названия статей, что первыми бросились ей в глаза.

— Уилдинг? — вслух произнесла Эми и подумала о Дэвиде. Но разве он совершил что-то, о чем стали бы писать газеты? Он спас столько жизней, что стал национальным героем? Но, пробегая глазами строчки, Эми то и дело натыкалась на знакомое имя. И это имя, напечатанное черным типографским шрифтом, выпрыгивало на нее со страниц, покрытых мелкими черными буквами.

Захватив с собой стопку листов из конверта, Эми отправилась на кухню. Она поставила чайник, чтобы заварить себе еще чаю, но вся вода из чайника выкипела, и Эми отключила газ.

Пробило четыре утра, когда она закончила читать. Эми нисколько не удивилась, когда, подняв глаза, увидела в дверях Джейсона в одних брюках.

— Возвращайся в постель, — сказал он с сексуальной хрипотцой в голосе, однако Эми не шевельнулась. — Что случилось? — спросил он, но слишком озабоченным он не выглядел.

— Ты очень богат, да? — тихо спросила она.

Джейсон направился к плите, чтобы поставить чайник, но остановился у стола, заметив разложенные на нем статьи. Эти статьи были направлены по факсу, следовательно, кто-то очень захотел, чтобы они попали к Эми под Рождество.

— Да, — сказал он.

Взяв чайник и обнаружив, что он пуст, Джейсон налил в него воды и поставил на плиту. Когда он обернулся, то увидел на лице Эми выражение, которого никогда раньше не видел.

— Послушай, Эми, насчет прошлой ночи...

Она перебила его:

— Прошлая ночь ничего не значит. Секс не имеет значения, но та ложь, что привела к сексу, очень важна

— Я и не думал лгать, — тихо сказал Джейсон. — Все началось вполне невинно, но...

— Продолжай, — велела Эми. — Я бы хотела послушать, что ты скажешь в свое оправдание Мне представили тебя как гея, и это оказалось ложью. Однако это я простила. Конечно, я должна признать, что прощение было в моих интересах. Мне было также сказано, что ты отчаянно нуждаешься в доме на Рождество, и это, похоже, тоже ложь. Из того, что я только что прочла, следует, что это очень большая ложь. И ты обычно встречаешься сразу с несколькими ошеломляюще красивыми женщинами.

— Эми... — Джейсон протянул к ней руку, но она выставила перед собой ладони, давая ему понять, чтобы он к ней не прикасался.

Он выключил чайник и сел напротив Эми.

— Ладно, я лгал. Но когда я сказал тебе, что люблю тебя и Макса, я не лгал. — Джейсон сделал глубокий вдох.

— Теперь, как я понимаю, я должна упасть в твои объятия, и мы будем жить долго и счастливо.

— Именно этого я и хочу, — улыбнувшись, сказал Джейсон.

Но Эми не улыбалась.

— Кто такая мисс Паркер?

— Моя секретарша.

— О, теперь я понимаю. И, как я догадываюсь, это она организовала мебель за двести пятьдесят долларов?

— Да, — прожигая Эми взглядом, сказал Джейсон.

— И лотерея с платьем в виде приза? Это тоже она организовала?

— Да.

— Ах, ах! Да вы трудились не покладая рук. Санта-Клаусу есть чему у вас поучиться.

— Послушай, Эми, я хотел помочь брату, и...

Эми подняла голову.

— Брату? Дэвиду? Ах да, конечно. Как глупо с моей стороны. Вы оба неплохо посмеялись над нищей вдовой и ее наполовину осиротевшим ребенком, верно?

— Нет, Эми, поверь, все было совсем не так. Я думаю, тебе стоит меня выслушать, я все объясню.

Эми откинулась на спинку стула и сложила руки на груди.

— Давай, рассказывай.

Джейсон заработал столько денег потому, что ему всегда было наплевать на исход сделки. Если он выиграет — хорошо, если проиграет — ладно, так тому и быть. Ему нравилась игра ради самой игры. Но об исходе этого «совещания» он не мог не думать, потому что он был ему очень важен.

— Дэвид считал, что влюблен в тебя. Я сказал «считал», потому что вчера вечером я прочистил ему мозги по этому вопросу. В любом случае, отправляя меня сюда, он сказал, что Макс — настоящий тиран, который...

— Макс — тиран?

— Ну, я хочу сказать, что я не знал, какого Макс возраста, до тех пор, пока не принял пари Дэвида и...

— Пари? Ты хочешь сказать, что поспорил на меня? — Эми повысила голос. — Ты хочешь сказать, что поставил на меня, как картежник ставит на кон свою плантацию?

— Нет, вовсе нет, — сказал Джейсон. — Пожалуйста, Эми, дай мне объяснить.

Она взмахнула рукой и откинулась на спинку стула.

— Дэвид хотел, чтобы я поработал у Макса няней, так сказать, чтобы он мог побыть с тобой наедине. Он побился об заклад, что я не справлюсь с работой, не справлюсь с Максом. Вот как все это было. И он сказал тебе, что я гей, чтобы ты пустила меня к себе. Все очень просто.

— Понимаю. И в каком месте этого фарса в игру вступили мебель и платье?

— Ты нуждалась в них, поэтому я все... хм... и организовал... — Джейсон замолчал и поднял на нее глаза.

— Понимаю, — сказала Эми. Лицо ее было напряжено, и в глазах стоял холод.

— Нет, Эми. Я думаю, ты не понимаешь. Я в тебя влюбился.

— Конечно. Тут написано, что вы довольно много жертвуете на благотворительность. Какое, должно быть, чувствуешь удовлетворение, когда пожертвование делается непосредственно нуждающемуся.

— Все не так. Ну, вначале, возможно, все так и было, однако потом все изменилось. Я полюбил тебя и Макса.

— И что ты планируешь делать с нами теперь?

Джейсон выглядел совершенно сбитым с толку.

— Я хочу жениться на тебе.

— Неужели? А о чем я думаю, тебя не интересует? Ты, случайно, не купил мне обручальное кольцо с большим бриллиантом?

Тон ее был таков, что Джейсон решил соврать, но потом передумал.

— Купил, — просто сказал он. — Кольцо с бриллиантом.

— Это разумно. Это на тебя похоже. Я думаю, ты и будущее для нас распланировал, верно?

Джейсон ничего не ответил. Он смотрел на Эми через стол, заваленный копиями всего того, что когда-либо было о нем напечатано, и лихорадочно соображал, кто бы мог послать Эми эти статьи. Кое-какие подозрения у него имелись. На балу он увидел сестру своей давней подружки. С той женщиной они вполне мирно расстались после нескольких недель тесного общения. Через пару месяцев после расставания она позвонила ему и сказала, что хотела бы начать все сначала. Джейсон отказал ей мягко, насколько умел, но она разозлилась и поклялась, что отомстит. И сейчас Джейсон спрашивал себя, не ее ли сестра, которая смотрела на него весь вечер таким холодным и злым взглядом, постаралась, чтобы Эми получила эти статьи?

Не дождавшись от Джейсона ответа на свой вопрос, Эми продолжила:

— Я попробую угадать. Ты планируешь купить нам с Максом дом на приемлемом расстоянии от Нью-Йорка, чтобы навещать нас по выходным дням. Может, у тебя и вертолет есть? И ты откроешь для нас счета во всех банках, чтобы я могла покупать себе вещи от Диора, когда только захочу. А у Макса будут самые лучшие игрушки и одежда. Ведь твоя семья заслуживает только лучшего, не правда ли?

Джейсон, как ни старался, не мог увидеть ничего плохого в той картине, которую она нарисовала.

Лицо Эми медленно расплылось в улыбке.

— Звучит неплохо, — сказала она наконец. — Как насчет того, чтобы отпраздновать чаем?

— Да, пожалуйста. Я выпил бы чаю.

Эми медленно встала из-за стола, наполнила чайник и открыла несколько жестянок в поисках пакетиков с чаем.

Джейсон чувствовал такое облегчение, что не обращал никакого внимания на то, что она делает.

— Как насчет летнего домика в Вермонте? — говорил он. — Мы купим каменный дом с садом.

— Замечательно, — равнодушно сказала Эми. Но она знала, что он ее не слушает. Он уже с головой погрузился в свою мечту о семейной идиллии, о тихом счастье, в котором присутствует жена и ребенок и дом, где тебя ждут. Куда можно приезжать, когда найдешь для этого время, конечно.

— Вот, — сказала она улыбаясь.

Джейсон попытался поймать ее руку и поцеловать, но она отстранилась и села на противоположном конце стола.

— Ты видел фильм «Красотка»?

— Не помню. — Он ласково ей улыбался.

— Это фильм о бизнесмене, о миллиардере, который влюбился в шлюху.

— Эми, ты намекаешь, что я считаю тебя...

— Нет, позволь мне закончить. Фильм имел большой успех, и всем, кого я знаю, он очень понравился, но...

— Тебе он не понравился.

— Нет, мне он тоже понравился, но я все спрашивала себя, что будет дальше. Что случится через пять лет, когда они поссорятся и он напомнит ей грубо, без обиняков, с какого дна ее вытащил? И как насчет разницы в образовании? И как насчет его денег против их полного отсутствия у нее?

— Продолжай, — осторожно сказал Джейсон. — К чему ты клонишь?

— Пей чай, пока не остыл. Мы с тобой как та пара в фильме. Ты всего добился, все себе доказал.

— Я не думаю...

— Нет, это так. Ты действительно всего добился.

— Эми, ты красивая женщина и...

— И раз я женщина, то мне ничего не надо себе доказывать, верно?

— Я не имел это в виду.

— Послушай, — сказала Эми, наклонившись к нему через стол, — если мы уедем отсюда с тобой, ты меня проглотишь, как тот персонаж, которого играл Ричард Гир. Не сомневаюсь, что в конце концов он бы ее проглотил.

— Что? — спросил Джейсон и потер глаза. Теперь, когда кризис миновал, он обнаружил, что очень хочет спать. Почему женщины так любят выяснять отношения среди ночи? — Мы не могли бы поговорить утром?

Но Эми его не слышала.

— Как ты думаешь, почему я отказываюсь принимать подачки? — спросила она. — Все знают меня как вдову пьяницы, но мне нужно доказать, что я стою большего. Я не хочу, чтобы за Максом закрепилось клеймо сына пьяницы. — Она наклонилась к Джейсону. — И чего я точно не хочу, так чтобы на нем стояло клеймо сыночка миллиардера.

— Я не миллиардер. — У Джейсона слипались глаза. Часы над плитой показывали пять утра. — Эми, милая, давай обсудим это утром.

Он встал, взял ее за руку и повел в спальню, где снял с нее халат и откинул одеяло. Когда она легла под одеяло, он лег рядом с ней и крепко обнял.

— Завтра мы обо всем поговорим, обещаю. Я все объясню, и мы сможем поговорить обо всех фильмах, каких захочешь. Но сейчас я... — Он зевнул. — Сейчас я... люблю тебя...

Он уснул, а Эми, лежа рядом, смотрела в потолок.

— Я тоже тебя люблю, — прошептала она. — По крайней мере я так думаю. Но сейчас у меня есть обязательства, которые важнее, чем любовь к мужчине. Я мать Макса, и я должна в первую очередь думать о нем, а потом уже обо всем прочем.

Но Джейсон ничего не ответил. Он спал...

Эми сердито откинула одеяло и встала, сурово глядя на него сверху вниз.

— Чтобы быть отцом, мало иметь частный вертолет, — тихо сказала она и, отвернувшись от Джейсона, пошла в кладовку в прихожей. Из этой кладовки она вытащила старую дорожную сумку и, даже не осознав до конца, что делает, принялась бросать туда одежду. — Чтобы быть отцом, Джейсон Уилдинг, надо учить, а не только снабжать деньгами, — бормотала она себе под нос. —

А чему ты научишь моего сына? Покупать все, что он захочет? Ложью прокладывать путь к женскому сердцу? Ты внушишь моему сыну, что можно пользоваться самыми низкими, самыми грязными приемами, быть сколь угодно коварным по отношению к женщине, а потом достаточно сказать: «Я тебя люблю», и эти слова сотрут любую ложь? — Эми низко склонилась над лицом спящего Джейсона. — Джейсон Уилдинг, ты мне не нравишься. Мне не нравится, как ты используешь свои деньги, чтобы обманывать людей, чтобы интриговать за их спинами. Ведь ты относишься ко мне, к Максу и, по сути, ко всему этому городу с презрением.

Но Джейсон в ответ лишь повернулся на другой бок и продолжал спать.

Эми отступила, окинула его взглядом, и вдруг решение пришло к ней. Она знала, что делать.

— Макс и я не продаемся. Если только в качестве валюты не выступают добрые дела, — сказала она. Она почти готова была улыбнуться. — Сейчас я уеду, но, пожалуйста, не ищи меня, потому что, даже если ты меня найдешь, ты все равно не сможешь меня купить.

С этими словами она отправилась в комнату сына.

Глава 14

Год спустя

— К вам мистер Эванс, сэр, — сказала миссис Хакнел Джейсону.

Джейсон даже не потрудился обернуться, он лишь кивнул, продолжая смотреть в окно. Внизу, тридцатью этажами ниже, раскинулся Манхэттен. Люди и машины были как игрушечные. Джейсон не знал, почему все еще продолжает нанимать частных детективов. Двенадцать месяцев назад вся жизнь его вращалась вокруг отчетов того первого нанятого им детектива. Он отчитывался ежедневно, и Джейсон принимал звонки, где бы он ни находился. Но когда тот детектив так и не смог напасть на след миссис Эми Томпкинс и ее маленького сына, Джейсон уволил его и нанял другого.

За последний год он нанял и уволил детективов больше, чем мог сосчитать. Он пробовал поручать работу и скользким, пронырливым типам, чьи рекламы обещали поймать любого неверного мужа, и бывшим труженикам Скотленд-Ярда, но ни один из них так и не смог отыскать ту единственную женщину и того единственного малыша, которые были ему нужны.

— У вас нет ничего, за что можно было бы зацепиться, — снова и снова говорили ему.

И это было правдой. Прежде всего не существовало ни одной фотографии Эми, на которой бы она была старше двенадцати лет. Милдред, свекровь Эми, фотографировала внука, но Эми на фотографиях не было. Люди того городка, откуда Эми была родом, сказали, что дом, в котором она выросла, сгорел через неделю после смерти ее матери, так что, возможно, все фотографии пропали в огне. По какому-то безумному стечению обстоятельств Эми, похоже, пропускала школу всякий раз, как делались групповые снимки класса.

Детективы говорили, что все, что ей требовалось сделать, чтобы затеряться навсегда, — это обратиться к какому-нибудь ловкому юристу в каком-нибудь крохотном городишке и сменить имя. Адвокат бы поместил объявление в какой-нибудь местной газетенке, и «даже сам Господь не прочел бы ее», как сказал один из сыщиков

Джейсона. А с новым именем Эми могла быть где угодно. В Америке полно одиноких женщин с детьми.

Джейсон увольнял детективов одного за другим. Правда была слишком болезненной, и он не хотел ее слышать. Итак, сегодня исполнялся ровно год с того момента, как исчезла Эми. Джейсон провел целый год как на иголках, оплачивая поиски женщины и ее ребенка, но так и остался ни с чем.

Он слышал, как кто-то вошел в кабинет, но даже не обернулся. Скорее всего это был очередной детектив. И только когда мужчина деликатно покашлял, Джейсон повернул голову.

— Что ты тут делаешь? — рявкнул он, ибо перед ним стоял Дэвид.

— Подожди, — сказал тот, потому что Джейсон уже собирался нажать на кнопку вызова секретаря. — Пожалуйста, дай мне пять минут — вот все, о чем я прошу.

Джейсон убрал палец с кнопки, но, судя по его позе, не смягчился.

— Пять минут и не больше. Говори, что тебе надо, и убирайся.

Но Дэвид, вместо того чтобы открыть рот и начать говорить, сунул руки в карманы брюк и прошелся по комнате.

— Я всегда терпеть не мог твои кабинеты, — сказал он тоном, каким ведут непринужденную беседу. — Они такие холодные, так много стекла... А эти картины! Кто их для тебя выбирает? — Посмотрев на брата, Дэвид встретил его угрюмый взгляд, не предвещавший ничего хорошего.

— Четыре минуты, — сказал Джейсон.

— Хочешь посмотреть мои свадебные фотографии?

Джейсон ничего не ответил, продолжая смотреть на Дэвида тяжелым взглядом. Год назад тем жутким утром,

176

когда, проснувшись, Джейсон обнаружил, что Эми и Макс исчезли, они с Дэвидом подрались, да так, что едва не поубивали друг друга. Дэвид винил Джейсона во всем, что случилось, кричал, что это он, Джейсон, прогнал Эми и Макса из дому, на холод, среди зимы, без всяких средств, без поддержки друзей и семьи, без всякой надежды на помощь.

А Джейсон винил Дэвида в том, что тот все это начал. Но как бы там ни было, Джейсон тут же организовал поисковую партию. Но к тому времени Эми и след простыл. Женщина, путешествующая с ребенком одна, без спутника — обычное дело в наши дни, слишком заурядное и обыденное, чтобы кто-то обратил внимание на нее или на ребенка.

Но настоящая пропасть легла между братьями спустя некоторое время после исчезновения Эми, и это потому, что Паркер приняла сторону Дэвида. Преданная Джейсону секретарша, женщина, которая была его правой рукой многие годы, внезапно превратилась в его врага. Впервые за все то время, что он ее знал, она выступила против своего нанимателя и сказала ему в лицо, что она о нем думает.

— Неудивительно, что она вас оставила, — сказала Паркер тихо, но потом голос ее словно поднялся из глубин и достиг мощи пожарной сирены. — У вас нет сердца, Джейсон Уилдинг. Вы смотрите на людей как на товар. Для вас все покупается и продается. Вы думаете, что из-за того, что платите мне высокое жалованье, можете обращаться со мной так, словно я не человек. Вы думаете, что из-за того, что купили ребенку Эми полную комнату мебели, она должна пасть к вашим ногам в вечной признательности. Но единственное, что такие люди, как вы, могут воспитать в других, — это жадность. Вы заставляли меня хотеть от вас все больше денег, и так до тех пор, пока я не начала сама себя презирать. Но я должна вернуть себе самоуважение, и поэтому я прекращаю на вас работать.

Ничто в мире не могло потрясти Джейсона больше, чем отступничество Паркер. После такого предательства он считал, что навсегда вычеркнет ее имя из памяти, но судьба распорядилась иначе. Три месяца спустя он получил приглашение на свадьбу доктора Дэвида Уилдинга и мисс Шерри Паркер.

Для Джейсона, который продолжал прилагать все силы к тому, чтобы найти Эми, этот брак явился фактом беспрецедентного предательства. И сейчас он едва выносил присутствие брата в своем кабинете. Если бы Дэвид не позвонил ему тогда и не сказал, что их отец умирает... Если бы Дэвид не решил, что любит вдову с ребенком... Если бы Джейсон не купился на жалостливую историю Дэвида...

— Чего ты хочешь? — Джейсон угрюмо смотрел на брата.

— Семью, вот что. Брак остепеняет мужчину, меняет его. Я хочу, чтобы ты приехал на рождественский обед. Шерри прекрасно готовит.

— У нее есть неплохая кухня, чтобы практиковаться, — сказал Джейсон, припомнив счет, который получил за пристройку сказочной кухни к дому отца. И кстати, еще одно несчастье: повар Джейсона покинул его ради попытки начать собственное дело, производство изысканной еды для младенцев. Джейсон полагал, что должен был бы порадоваться, узнав из достоверных источников о том, что у Чарлза дела шли не очень. Но злорадство не было ему свойственно. Чарлз, как ни странно, продолжал вызывать у него симпатию. Надменность и заносчивость его гениального повара не слишком способствовали налаживанию сотрудничества с банкирами, у которых надо было брать кредит. Так что из-за своего характера Чарлз так и не смог найти финансовые средства для обеспечения бизнеса.

— Ты все еще не можешь успокоиться? — огрызнулся Дэвид. — Черт, да я выплачу тебе деньги за эту проклятую кухню. Не знаю как, но я это сделаю.

Внезапно Дэвид опустился на стул напротив Джейсона.

— Чего ты хочешь от нас всех? От жизни? Неужели думаешь, что, если найдешь Эми, она вернется к тебе и будет жить в твоей золоченой клетке? Она не хотела быть пленницей, какой бы красивой ни была ее тюрьма. Неужели ты не можешь этого понять? Не можешь простить ее? Простить меня?

Джейсон не шелохнулся. Он в упор смотрел на брата. Как мог он объяснить, что в течение нескольких коротких дней он был счастлив? Заурядно, старомодно счастлив. Тогда, в течение того недолгого времени, которое он провел с Эми и Максом, он получал удовольствие от того, что покупал вещи для других людей, получал удовольствие от того, что делал. Он слушал, он смеялся. Эми умела...

Он должен заставить себя перестать думать о ней, иначе сойдет с ума. Не прошло и дня с того Рождества, когда бы он не вспоминал ее и Макса, не прикидывал, сколько сейчас ему и какой он стал. Сейчас он уже ходит, может, даже говорит.

А может, и нет. А вдруг Эми и Макс мертвы? В мире немало случается страшного и...

— Я понимаю, почему ты не сдаешься, — сказал Дэвид и встал. — Но эта черта и делает тебя сильным. И слабым тоже. Послушай, сегодня рождественский сочельник. Мне надо лететь домой. Я хочу, чтобы ты полетел со мной и...

— У меня другие планы, — с тем же мрачным выражением лица сказал Джейсон. Сегодня в его квартире будет полно людей, ибо сегодня прошел год с того момента, как он в последний раз видел Эми и Макса. Сегодня он будет отмечать годовщину. Он будет пить шампанское, пока не напьется, а завтра проснется в одиночестве.

— Ладно. Я пытался, — сказал Дэвид и направился к двери. — Если мы тебе понадобимся, ты знаешь, где нас найти. — Он хотел сказать еще что-то, но, взглянув на брата, лишь пожал плечами и взялся за ручку. — Я знаю, что ты еще скорбишь об Эми и Максе, но в этом мире есть еще люди. И дети тоже. Другие дети. — Не дождавшись ни слова от брата, Дэвид вздохнул и вышел из офиса.

Джейсон по селекторной связи передал секретарше:

— Позвоните Гарри Уинстону и велите ему послать мне подборку обручальных колец.

— Обручальных? — переспросила миссис Хакнел.

— Да! — рявкнул Джейсон и отключил связь.

Глава 15

— О, Джейсон, милый, — промурлыкала Доуни, обнимая Джейсона. — Эта вечеринка великолепна. — Даже слово «великолепна» она умудрялась выговаривать так, что оно звучало как мурлыканье ласковой кошечки. — Я никогда не видела, чтобы столько выдающихся людей одновременно собрались в одном месте.

Джейсон молча сидел в кресле, потягивая, кажется, уже пятый бокал шампанского. Он обвел взглядом комнату. Да, действительно, собравшиеся здесь люди были богаты и известны, подумал он, и красивы тоже. Женщины обладали тем особым лоском, который можно приобрести, только если много часов в день проводить в спа-салонах. Кожа и волосы их излучали здоровье, а на косметику они тратили столько, сколько стоит весь золотовалютный запас нескольких маленьких стран, вместе взятых.

— Что с тобой? — спросила Доуни, и легкая морщинка пролегла на ее безукоризненном лбу, который отнюдь не был безукоризненным, когда Доуни родилась. Он был «подтянут», как и большая часть ее тела «подтянута» и «наращена». Доуни выглядела на двадцать семь, но Джейсон не удивился бы, если б узнал, что ей все семьдесят пять. — Почему ты так на меня смотришь? — спросила она. Доуни примостилась на ручке его кресла, ее стройное, мускулистое бедро было вполне в пределах его досягаемости.

— Я просто гадал, сколько тебе лет.

Доуни едва не подавилась шампанским. Джейсон заметил красные пятна — свидетельство гнева — на ее безупречно отштукатуренных щеках.

— Ты сегодня в мрачном настроении? — спросила она, поджав губы. — Почему бы тебе не подняться с кресла и не пообщаться со своими гостями? — И вдруг лицо ее прояснилось, словно она не могла позволить себе на него злиться. — Я знаю, как тебя развеселить. Я преподнесу тебе рождественский подарок, прямо сейчас!

— У меня достаточно галстуков, — сказал Джейсон.

— Нет, глупенький, это не галстук, это... — Наклонившись к нему так, чтобы грудь ее почти касалась его плеча, она стала нашептывать Джейсону на ухо, как собирается его соблазнить.

Джейсон отстранился и едва заметно улыбнулся.

— Тебе не кажется, что я должен остаться здесь, со своими гостями?

Он увидел в глазах Доуни обиду. Она встала и ушла, оставив его одного.

Когда Доуни ушла, Джейсон не знал, радоваться ему или выть от одиночества. «Черт бы побрал моего младшего братца!» — в который раз подумал Джейсон. У него все шло прекрасно, пока не появился Дэвид со своими разговорами о браке и семье. Его визит да еще тот факт, что сегодня был канун Рождества и годовщина исчезновения Эми, окончательно выбили Джейсона из колеи.

Он знал наперед, что сегодняшний день будет для него трудным, и поэтому нанял известного дизайнера по интерьерам, чтобы тот подготовил его квартиру к рождественской вечеринке и Джейсону ни о чем не пришлось бы беспокоиться. Джейсон должен был признать, что дизайнер превзошел самого себя и все было устроено по высшему разряду: изысканно и со вкусом. Хрусталь ловил свет, отражая и преломляя пламя свечей. Никакой пестроты — все было решено в серебристо-белой гамме.

Еда была великолепной, каждое блюдо — шедевр. По крайней мере так ему говорили. Сам Джейсон не притронулся к пище. Он только пил. Шампанское, самое лучшее.

Если все в его жизни великолепно, то почему же у него так паршиво на душе? Ну конечно, он потерял женщину, которую, как он думал, любил, но разве каждый день люди вокруг него не расстаются с любимыми? Впадают ли они после этого в депрессию, из которой не могут выбраться в течение года?

Джейсон понимал, что, если бы у него была хоть толика здравого смысла, он бы давно последовал совету, который давали ему все — от родного брата до наемных сыщиков. Как сказал один из детективов, «если бы у меня было столько денег, сколько у вас, я бы не стал переживать из-за одной женщины, а купил бы себе всех». Джейсон тогда сразу уволил хама, а слова его постарался забыть как можно скорее.

Однако сейчас, глядя на гостей в своей квартире, Джейсон вспоминал его слова. «Купи их всех», — сказал тот сыщик. И разве не то же, пусть иными словами, говорила ему Эми? Что Джейсон пытается купить себе семью.

Он подозвал официанта, чтобы тот наполнил ему бокал, и, потягивая игристый напиток, продолжил разглядывать гостей. За год Джейсон сделал все, что мог, чтобы забыть ту последнюю ночь с Эми. Целых двенадцать месяцев он запрещал себе думать об этом, вспоминать об этом. Двенадцать долгих месяцев он крепко держался за свою злость, за обиду. Если бы только она его выслушала... Если бы попробовала посмотреть на все с его точки зрения... Если бы она захотела дождаться утра и поговорить...

Джейсон осушил бокал и протянул его официанту, чтобы тот наполнил его еще раз. Но сегодня, несмотря на то что он находился в совсем ином окружении и гигантская елка в углу ничем не напоминала ту, которую они с Эми украшали в ее доме, у него было ощущение, что он снова там, с ней.

Картины из прошлого вставали перед его мысленным взором с такой ясностью и точностью, что он едва замечал то, что его окружало. Ни этой квартиры, ни толпы народа... Он вспоминал Эми: как она смеялась, как она дразнила его, шутила. Он вспоминал, как возбужденно блестели у нее глаза, как она радовалась тому, что смогла купить своему сыну набор мебели.

183

Официант собрался наполнить бокал Джейсона еще раз, но он махнул ему рукой, чтобы тот уходил. И тогда Джейсон на мгновение прикрыл глаза рукой. Впервые с того момента, как ушла Эми, он подумал: «Почему я тогда не слушал ее?»

Он поднял голову и огляделся. Никто на него не смотрел. Нет, все были заняты тем, что разглядывали друг друга и наслаждались закуской и напитками, и им не было дела до хозяина дома, который тихо сидел в углу и сходил с ума.

«Я схожу с ума», — подумал Джейсон. Целый год он не знал ни минуты покоя. Старался жить как ни в чем не бывало, но не мог. Он встречался с женщинами, красивыми женщинами, и сегодня подумал, не попросить ли последнюю из них, Доуни, выйти за него замуж. Возможно, брак — как раз то, что ему нужно, чтобы забыть. Возможно, у него будет собственный ребенок...

И вдруг Джейсон почувствовал, словно ему не хватает воздуха. Что там сказал Дэвид? Есть и «другие дети». Но для Джейсона всегда существовал только один ребенок — Макс.

Только он потерял этого ребенка, потому что он...

И снова Джейсон потер ладонью глаза. Может, из-за алкоголя, а может, из-за того, что сегодня была годовщина, но почему-то он не мог злиться ни на себя, ни на Дэвида, ни на город Абернети, ни на своего отца — ни на кого.

— Она ушла из-за меня, — сказал Джейсон.

— Джейс, иди к нам, — позвал его мужчина от празднично накрытого стола.

Джейсон узнал исполнительного директора одной из крупнейших корпораций мира. Он пришел на эту вечеринку, потому что опасался, что его уволят, и потому пытался получить работу у Джейсона. По правде говоря, у каждого из присутствовавших здесь был свой резон прийти сюда — все они чего-то хотели от Джейсона.

Покачав головой, Джейсон отвернулся. Эми уехала, потому что он хотел посадить ее в купленный для нее дом и оставить там. Он хотел отнять у нее свободу, ее свободную волю, при этом не причиняя себе никаких неудобств, ничем не поступившись.

Такова была горькая правда, смотреть в глаза которой тяжело, подумал Джейсон, очень, очень тяжело. Если бы ему удалось тогда убедить Эми выйти за него замуж, где бы он был сегодня?

Он был бы здесь, подумал Джейсон, так же как и сейчас, потому что он продолжал бы считать, что исполнительные директора корпораций — нужные ему люди.

«И где была бы сейчас Эми?» — спросил себя Джейсон. Но он знал ответ и на этот вопрос. Она тоже была бы здесь, с ним. Она бы не хотела быть здесь, но он сумел бы ее убедить в необходимости ее присутствия. Он бы сказал ей, что, как его жена, она имеет определенные обязательства и должна посещать все полуофициальные вечеринки, которые устраиваются в их доме, и помогать ему зарабатывать деньги.

Деньги, подумал Джейсон, обводя взглядом собравшихся гостей. От блеска бриллиантов слепило глаза. «Ты проглотишь меня», — сказала тогда Эми. В ту ночь он не понимал, о чем она говорит, но сейчас понял. Он представил ее в этой комнате из стекла и хрома, с дизайнерской елкой и людьми, над которыми тоже немало поработали лучшие дизайнеры, и почти физически ощутил, как было бы ей плохо тут.

— Другие дети, — сказал Дэвид. — Другие дети.

Возможно, Макс и Эми уже никогда не будут с ним, но, с другой стороны, возможно, он мог бы делать в этой жизни что-то помимо денег.

— Другие дети, — вслух повторил он.

И Доуни тут же оказалась рядом, и Джейсон посмотрел на нее так, словно никогда раньше не видел. Он полез в карман, достал кольцо с огромным сапфиром и протянул ей.

— О, Джейсон, милый, я принимаю твой подарок, с радостью. — Демонстративно, чтобы все присутствующие заметили, она обняла его за шею, но Джейсон мягко, однако решительно взял ее за запястья и убрал ее руки со своей шеи.

— Прости, что я такой ублюдок. Я думаю, что ты уже поняла, что я тебя не стою, — сказал он. — Но я хочу, чтобы ты оставила это кольцо у себя. Носи на здоровье. — Джейсон отвел глаза, затем снова посмотрел на Доуни. — К сожалению, я должен покинуть этот праздник. Я вспомнил, что меня ждут в другом месте. — С этими словами он повернулся к ней и пошел через комнату к двери. Роберт, его дворецкий, вышел следом.

— Уходите, сэр?

— Да, — сказал Джейсон.

Дворецкий подал ему пальто.

— И что мне следует сказать, когда вы вернетесь?

Джейсон бросил взгляд на гостей.

— Я не думаю, что вернусь. Проследи, чтобы все остались довольны.

— Хорошо, сэр. — Роберт протянул Джейсону мобильный телефон — вещь, без которой он никогда-никогда не выходил из дома. Джейсон взял телефон и посмотрел на него так, словно впервые видел.

В следующую секунду он бросил его в мусорную корзину и пошел к двери.

— Сэр! — окликнул его Роберт, впервые потеряв самообладание. — Что, если возникнет нечто непредвиденное? Где вас искать?

Джейсон задержался на минуту.

— Мне надо поговорить с кем-то, кто знает, каково это — потерять ребенка. Вы знаете ту маленькую церковь на Шестьдесят шестой улице? Найдете меня там.

Оставив дворецкого с открытым от удивления ртом, Джейсон вышел из квартиры.

Глава 16

Еще один год спустя

«Президент Соединенных Штатов Америки хотел бы посетить торжественное мероприятие, посвященное «второму рождению» города Абернети, штат Кентукки. Он попросил меня передать, что его особый интерес вызывают фрески по мотивам сказок «Тысячи и одной ночи» в общественной библиотеке города, поскольку эти сказки являются его любимыми».

Джейсон еще раз прочел письмо и хотел было издать победный клич, но тут он добрался до второго абзаца, в котором секретарь президента просила подтвердить дату проведения мероприятия.

— Но это же... — Джейсон в ужасе посмотрел на часы, чтобы проверить, какое сегодня число, затем уставился на календарь на столе лишь затем, чтобы утвердиться в своих подозрениях. — Дорин! — крикнул он, и примерно минуты через три его секретарша неторопливо вошла в кабинет.

— Да? — сказала она, глядя на него своими большими скучающими глазами.

Джейсон уже давно успел убедиться в том, что ничем, никакими угрозами, никаким запугиванием, не нарушить безмятежного состояния Дорин. «Успокойся», — приказал он себе. Но тут он еще раз бросил взгляд на письмо на фирменном бланке, украшенном президентской печатью. К черту спокойствие!

Он молча протянул ей письмо.

— Чем вы недовольны? — спросила Дорин. — Я говорила вам, что смогу затащить его сюда. У нас есть кое-какие связи: у меня и у Шерри.

Джейсон опустил голову на руки и стал считать до десяти. Он сумел досчитать до восьми, тем самым поставив личный рекорд.

— Дорин, — с нарочитым спокойствием сказал он, — посмотрите на даты. Через какое время, считая от сегодняшнего дня, должен приехать президент?

— Вам нужен новый календарь? — озадаченно переспросила Дорин. — Потому что если вам нужен календарь, я могу его купить в магазине и принести вам.

Поскольку Дорин тратила шестьсот долларов в месяц на канцелярские товары, Джейсону пришлось урезать ее расходы, и он не желал отступать от своего решения.

— Нет, мне вполне хватает тех десяти календарей, что лежат у меня на столе. Дорин, почему президент приезжает через шесть недель, когда праздник города планируется провести через шесть месяцев? И почему он считает, что фрески в библиотеке будут выполнены по мотивам сказок «Тысячи и одной ночи», тогда как художнику дали заказ на «Сказки на ночь»?

— «Сказки на ночь»? — Дорин в недоумении моргала.

Джейсон сделал глубокий вдох, чтобы успокоиться, но вместо этого подумал о том, как стал бы убивать своего брата. Дэвид в очередной раз заманил его в ловушку, и теперь он с ума сходил от отчаяния. Дорин приходилась Шерри Паркер родной сестрой, и Дэвид молил и упрашивал Джейсона взять ее на работу, чтобы та помогла ему в организации перестройки Абернети. В тот момент Джейсон с готовностью согласился, потому что ему сильно недоставало Паркер и он так и не смог найти ей адекватную замену.

Но Дорин была настолько же беспомощна и бесполезна в работе, насколько Паркер была эффективна и компетентна. Дорин не умела собраться, не умела организовать работу и была патологически рассеянной. Через три часа после того, как она стала на него работать, Джейсон решил ее уволить, но Паркер, которая была на втором месяце беременности, принялась плакать, и это привело Джейсона в полное замешательство, ибо он и понятия не имел, что его бывшая секретарша умеет плакать.

— Ты не мог бы подержать Дорин у себя хотя бы пару месяцев? — взмолился Дэвид. — Шерри тяжело переносит беременность, а Дорин ее единственная сестра, и мы оба будем тебе очень признательны. В конце концов, ты так хорошо знаешь дело, что вполне можешь справиться и без секретаря.

Джейсон почувствовал себя польщенным и, как следствие, дал себя убедить.

С тех пор прошло полгода. Паркер все еще была беременна и все еще плакала по поводу и без повода, а Джейсон пытался работать с Дорин, которая номинально оставалась его секретаршей. Если она не путала все на свете, интерпретируя на свой лад то, что он говорил, то покупала кучи ненужных канцелярских вещей, как, скажем, шесть коробок красных скрепок или двенадцать дюжин отрывных блокнотов. «Это на случай, если у нас кончатся карточки», — говорила она, объясняя свои действия. И что самое ужасное, она считала своим личным долгом помочь Джейсону забыть Эми.

— «Сказки на ночь», — устало сказал Джейсон. — Это всякие стишки для детей, песенки. «Нянюшкины рифмы», «Матушка Гусыня». Вы должны знать. Шалтай-Болтай, помните? Твидлдум и Твидлди? Так вот, мы наняли художника, чтобы он расписал библиотеку, используя мотивы этих детских сказок, и он должен начать работу в понедельник. И ему понадобится три месяца, чтобы разрисовать всю библиотеку, а президент приезжает через шесть недель, чтобы на эти рисунки посмотреть! Но только президент рассчитывает увидеть сказки «Тысячи и одной ночи», а не «Сказки на ночь»!

Дорин смотрела на него пустым взглядом. Возможно, стоит еще раз позвонить Дэвиду и узнать, не родила ли его жена, потому что как только Паркер разрешится от бремени, Дорин сразу же будет уволена.

— Так что насчет ночных сказок? — спросила она наконец.

— Ночных сказок? Вы о сказках «Тысяча и одна ночь»? Вы хотите узнать, кто будет делать для них эскизы, или спрашиваете, будет ли художник работать по ночам? — С Дорин никогда не знаешь, чего ждать.

— Да нет же, я имела в виду такие сказки про рыцарей, как в «Робин Гуде».

Джейсону хотелось завыть.

— В «Балладе о Робин Гуде» нет рыцарей. — Да поможет ему Бог, но ему никогда ее не понять!

— О! — сказала Дорин и заморгала.

Она была красива как кукла. Огромные голубые глаза, которые она подводила черным, казались еще больше, и пятьдесят фунтов белокурых локонов. Мужчины в Абернети при виде ее начинали ворковать как влюбленные голуби.

— Дорин, — произнес Джейсон, на этот раз с большим нажимом в голосе. — Кто внушил президенту Соединенных Штатов мысль о том, что мы делаем фрески «Тысячи и одной ночи»?

— Тот человек, что открывал новые земли и путешествовал с рыцарями Робин Гуда, — сказала она.

К несчастью для него, Джейсон иногда получал извращенное удовольствие от попыток, особенно успешных, проследить за логикой Дорин. Итак, дано: человек, который открывал новые земли, Робин Гуд и рыцари. Колумб, подумал он, — вот ключевое слово.

— «Рыцари Колумба», — прошептал он, и Дорин закатила глаза, словно его замедленное мышление действовало ей на нервы. И тогда он понял, что догадка верна.

«Рыцари Колумба» были в числе спонсоров перестройки старой библиотеки Абернети, и, по какой-то только ей известной причине, Дорин сделала их отправной точкой своих логических построений. Но как от «Рыцарей Колумба» она пришла к сказкам «Тысячи и одной ночи», для него оставалось загадкой. И эта тайна его интриговала, как всегда интриговала логика Дорин.

— Что заставило вас решить, что стены в библиотеке будут расписаны сценами из «Тысячи и одной ночи»? — тихо повторил Джейсон.

Дорин вздохнула.

— Мистеру Гейблсу очень нравится принцесса Каролина, а раз она там, конечно, ей понравится именно это.

Джейсону потребовалась пара секунд на то, чтобы осмыслить доводы секретарши. Мистер Гейблс был хозяином местного зоомагазина, который находился в доме, соседнем с тем, где заседали «Рыцари Колумба», а принцесса Каролина жила в Монако, что напоминало по звучанию Марокко, а Марокко — часть арабского мира.

«Сказки тысячи и одной ночи» ассоциируются с Востоком, а где Восток, там и арабы.

— Понятно, — протянул Джейсон. — Значит, интерес мистера Гейблса к принцессе навел вас на мысль, что библиотеку должны украшать сцены из арабских сказок, а не сказок для детей.

— Они все равно будут выглядеть лучше, чем ваш Шалтай-Болтай. И президент не поедет смотреть на Робина-Бобина.

Бросив беглый взгляд на письмо, Джейсон вынужден был признать, что в доводах Дорин был резон.

— Видите ли, Дорин, — терпеливо начал он, — проблема состоит в том, что художник сегодня вылетает из Сиэтла, чтобы делать фрески, и будет тут уже завтра. Этот человек потратил год, делая эскизы для фресок, и...

— А, так вы из-за этого беспокоитесь? — сказала Дорин и вышла из комнаты. — Вот, — заявила она, вернувшись через минуту. — Это пришло две недели назад.

Вначале Джейсон хотел устроить ей примерную встряску за то, что письмо провалялось у нее две недели и он до сих пор его не видел, однако решил поберечь силы и вместо этого просто прочел письмо. Из письма следовало, что художник сломал правую руку и не сможет приступить к работе как минимум четыре месяца.

— Вы ведь не будете снова кричать? — спросила Дорин. — Я хочу сказать, что он всего лишь руку сломал. Он ведь поправится.

— Дорин, — сказал Джейсон, грозно поднимаясь из-за стола. Хорошо еще, что стол между ними был достаточно широкий, а то он мог бы и не справиться с искушением, схватил бы ее за горло и придушил. — Через шесть недель президент Соединенных Штатов приезжает сюда, чтобы увидеть город, когда работы тут еще на несколько месяцев, и он хочет увидеть в библиотеке настенные росписи, которые еще предстоит выполнить. А у меня нет художника! — К концу тирады он повысил голос почти до крика.

— Не кричите на меня, — спокойно заявила Дорин. — Не моя работа — нанимать художников. — При этом она развернулась и вышла из кабинета.

Джейсон так тяжело опустился на стул, что тот едва не рухнул под ним.

— Зачем я оставил бизнес? — пробормотал он и вновь, в который раз оглядываясь на свою прежнюю жизнь, с грустью вынужден был признать, что та, прежняя, жизнь его была отлажена до винтика и предельно продуктивна. Когда он перевел штаб-квартиру в Абернети, он пригласил с собой и обслуживающий персонал, но люди, которым, как считал Джейсон, он оказывал честь, приглашая продолжить сотрудничество, по большей части просто посмеялись над ним. Дворецкий от души хохотал. «Променять Нью-Йорк на Кентукки? Нет уж, спасибо, увольте».

И точно так же к его предложению отнеслись практически все, кто на него работал. Так что он вернулся в свой родной город в одиночестве. И чувствовал себя в то время покинутым абсолютно всеми.

Джейсон взглянул на снимки Макса, которыми был уставлен его рабочий стол. Два года, подумал он, и никаких вестей. Словно чрево земли разверзлось и поглотило их. Все, что у него осталось, — это снимки, которые он выпросил у Милдред, свекрови Эми, и оправил в серебряные рамки. Для Макса — все только самое лучшее.

Джейсон продолжал думать о ребенке Эми как о своем собственном. Он нес бремя своей скорби в одиночестве, ибо никто не проявлял к нему ни капли сочувствия, когда он изнемогал от тоски по Эми и ее маленькому сыну, по женщине и ребенку, с которыми был знаком всего несколько дней.

— Свыкнись с этим и забудь! — сказал ему как-то отец. — Моя жена умерла. У нее не было выбора: остаться со мной или уйти, так решила за нее судьба. Но та девушка, по которой ты сохнешь, оставила тебя по собственной воле и ни разу даже не позвонила. Так пойми же наконец и вбей в свою упрямую башку, что она тебя не хочет: ни тебя, ни твоих денег, поэтому и пустилась в бега.

— Мои деньги не имеют к этому отношения, — тихо сказал Джейсон.

— Не имеют? Тогда зачем ты тратишь целое состояние на сыщиков, чтобы ее отыскать? Если она не продавалась, когда жила здесь, что заставляет тебя считать, что ты сможешь ее купить, когда она покинула город?

Джейсону нечего было ответить на эти слова отца, но ведь он был единственным человеком на земле, кто имел власть низвести его до состояния маленького мальчишки.

Дэвид проявлял к Джейсону еще меньше сочувствия, чем отец. Он решил излечить брата от затяжной болезни, знакомя его с другими женщинами. «Обработка по-кентуккски» — так называл этот метод лечения Дэвид. Джейсон не представлял, что имел в виду его брат, пока в дом не начала поступать еда. Одинокие женщины, разведенные женщины, женщины, собирающиеся разводиться, с завидной регулярностью стали заглядывать к Джейсону с перевязанными ленточкой банками и мисочками.

— Просто подумала, вдруг вы захотите попробовать что-нибудь остренькое, и занесла вам домашние соленья. Сама готовила. В прошлом году на главной ярмарке штата я получила приз.

194

За три недели, прошедшие с момента приезда Джейсона в город, кухня его оказалась забита всевозможными соленьями, вареньями и прочими фруктово-овощными консервами на любой вкус. Холодильник отказывался вмещать пирожные, печенья и салаты.

— Они считают меня мужчиной или боровом, которого надо как следует откормить, прежде чем заколоть? — спросил Джейсон у брата как-то раз, когда они сидели в местном баре и пили пиво.

— Понемногу от того и другого. Ты же в Кентукки. Послушай, брат, ты должен выбрать кого-то из них. Пора возвращаться к жизни. Хватит чахнуть и сохнуть по тому, кто все равно к тебе не вернется.

— Да, я понимаю, но... Тебе не кажется, что они пытаются меня замариновать, прежде чем заколоть и отправить на ярмарку?

Дэвид засмеялся:

— Возможно. Тогда на всякий случай тебе стоит попытать счастья для начала с Дорис Миллет. Она специалист по изготовлению джина из тутовой ягоды.

Джейсон вяло улыбнулся:

— Ладно, я попробую. Но...

— Я знаю, — тихо сказал Дэвид. — Ты скучаешь по Эми и Максу. Но жить дальше все равно надо. Эми не единственная женщина на свете. Посмотри на меня. Я с ума сходил по ней, но потом встретил Шерри и... — Дэвид осекся. Это была больная тема. Из-за Дэвида Джейсон лишился своей великолепной секретарши и теперь маялся с Дорин.

Джейсон последовал совету брата и стал ходить на свидания. То с одной дамой, то с другой, и все без исключения эти женщины влюблялись в его деньги.

— А ты чего ждал? — в резких тонах выговаривала Джейсону Паркер. — Ты богат, красив, традиционной ориентации и к тому же холост. Конечно, они все хотят за тебя замуж.

Шерри нравилась Джейсону куда больше в качестве секретарши, чем в роли беременной родственницы. Он и без нее знал, что главное его достоинство — это банковский счет.

— Ты ее идеализируешь, — говорила Шерри раздраженным тоном, который стал для нее привычным. Она плохо переносила беременность, и тело ее так опухло, что даже нос казался толстым. И врач прописал ей постельный режим. — Эми Томпкинс — очень хорошая женщина, но в ней нет ничего особенного. Таких, как она, полно, надо просто поискать.

— Но она-то как раз не хотела выходить за меня, — со вздохом ответил Джейсон.

Шерри всплеснула руками, словно отчаялась донести до него то, что и так было ясно как день.

— Тебя что, интересуют только те женщины, которые не хотят за тебя выходить? Если следовать твоей логике, то ты должен был бы безумно влюбиться в меня.

— Ах! — с улыбкой сказал Джейсон. — Я могу гарантировать тебе, что это не тот случай.

Шерри швырнула в него подушкой.

— Принеси мне что-нибудь попить. И брось в стакан немного льда. Нет, побольше льда. А когда вернешься, найди мне пульт. О Господи! Когда этот ребенок уже родится?

Джейсон помчался выполнять ее указания.

Итак, прошел уже почти год с тех пор, как он вернулся в Абернети, и, похоже, успел сходить на свидание чуть ли не с каждой жаждущей его общества женщиной во всем Кентукки, и даже с несколькими дамами из Теннесси и парочкой дам из Миссисипи, но ни одна из этих женщин так его и не заинтересовала. Он продолжал думать об Эми, он все еще думал о Максе. Мысль о Максе посещала его примерно дважды в час. Где они? Как сейчас выглядит Макс?

— У Эми сейчас, должно быть, не меньше шести ухажеров, и все они борются друг с другом за ее благосклонность, — примерно месяц назад сказала Милдред Томпкинс. — Эми обладает такой подкупающей особенностью, которая заставляет мужчин стремиться для нее что-то делать. Взять, скажем, к примеру. Вы от всего отказались, лишь бы только помочь ей.

— Я ни от чего не отказывался, я... — В глазах подавляющего числа людей усилия Джейсона, направленные на спасение родного города, были актом великого благородства, но для его родственников все было не более чем «страданием по девчонке».

Правда это или нет, но такой имидж даже сам Джейсон не находил привлекательным, и много раз он обещал себе, что уберет снимки Макса со стола и приложит все усилия к тому, чтобы развить в себе серьезное чувство к одной из тех многочисленных женщин, с кем ходил на свидания. Как верно заметил Дэвид, год от года он не становился моложе, и если ему хотелось завести семью, то тянуть с этим уже было нельзя.

Однако сейчас у Джейсона имелись иные проблемы. Очень скоро президент США приедет в Аберенти, чтобы увидеть библиотеку, расписанную фресками по мотивам из сказок «Тысячи и одной ночи», а у Джейсона еще даже художника не было. По привычке он снял трубку, чтобы позвонить Дорин и попросить соединить его с Милдред, но он знал, чем это кончится. Дорин захочет знать, зачем ему понадобилась Милдред, и так далее, и тому подобное, а в итоге наберет не тот номер. Зачем ему Дорин? Как будто он сам не звонил бабушке Макса по три раза в неделю!

Джейсон набрал номер, который знал наизусть, и когда Милдред ответила, он даже не стал называть себя.

— Вы знаете какого-нибудь местного художника, который мог бы разрисовать стены библиотеки сценами из «Тысячи и одной ночи» и сделать это по-настоящему быстро?

— О! Ты спрашиваешь меня? Провинциалку из старенького, маленького Аберненти? Что стряслось с твоим модным нью-йоркским художником?

Джейсон тяжко вздохнул.

Весь мир считал его святым, но люди из его родного города считали, что он делает то, что ему давно пора было сделать, и хотели от него все больше и больше.

— Вы знаете, что этот художник считается одним из лучших в стране и даже мире. Вы знаете, что я хочу для нашего города только лучшее, и... — Джейсон сделал паузу и посчитал до пяти. — Послушайте, я не хочу начинать утро со скандала.

— Так что на этот раз сделала Дорин?

— Пригласила президента на шесть месяцев раньше срока и перепутала фрески со «Сказок на ночь» на сказки «Тысячи и одной ночи».

Милдред присвистнула.

— Это ее лучшее достижение?

— Нет, каждый день она сама себя превосходит. Когда триста гостей должны приехать сегодня, еду для них она заказывает почему-то на следующий день. Когда нужно оформить заказ на мебель, чтобы ее привезли в Аберненти, она умудряется отправить ее в Южную Америку. И когда она...

— Шерри еще не родила?

— Нет, — процедил Джейсон. — Она уже одиннадцать дней как перехаживает, но Дэвид говорит, что, возможно, срок определили неточно, и...

198

— Так что там насчет фресок? — перебила Джейсона Милдред.

Джейсон вкратце изложил суть проблемы. За последний год его жизни в Абернети Милдред стала ему незаменимой помощницей. Она знала все и всех. Никто в городе и глазом не мог моргнуть, чтобы об этом тут же не стало известно Милдред.

— Не назначай этих двух мужчин на одно задание, — говорила она. — Их жены спят друг с другом, и эти мужчины друг друга ненавидят.

— Их жены?.. — не веря своим ушам, переспросил Джейсон. — Но в Кентукки?

Милдред приподняла брови.

— Не разыгрывай передо мной блюстителя нравов, хлыщ городской.

— Но жены? — Джейсон почувствовал себя так, словно только что лишился невинности.

— Ты что думаешь, раз мы тут слова растягиваем, то и жизнь у нас осталась как во времена старины Буна* ? Но даже старина Бун успел сменить имидж.

— Так вы кого-нибудь знаете или нет?

— Возможно, — помолчав, сказала Милдред. — Может, и знаю. Но я не знаю, будет ли этот человек... свободен.

— Я заплачу вдвойне, — быстро сказал Джейсон.

— Джейсон, милый, когда же жизнь тебя научит тому, что деньги не могут решить всех проблем?

— Тогда чего он хочет? Престижа? Президент увидит его работу. Учитывая, как быстро в Абернети все меняется, фрески и через двести лет будут все там же. Так что его творения останутся потомкам. Что бы он ни потребовал — я плачу за все.

---

* Даниэль Бун (1734—1820) — американский первопроходец, основал Кентукки

— Я попробую, — тихо сказала Милдред. — Я приложу все силы и дам тебе знать, как только мне будет что тебе сказать.

Повесив трубку, Милдред несколько минут молча смотрела в одну точку. Она думала. Несмотря на только что прочтенную Джейсону нотацию о деньгах, Милдред в глубине души знала, что тот Джейсон, который приехал сюда, в Абернети, год назад, не был тем человеком, каким он был сегодня. Тогда он вернулся в родной город в полной уверенности, что начнет разыгрывать из себя Санта-Клауса, а все вокруг будут благодарно кланяться ему в ноги. Но получилось иначе. На пути его одна за другой вставали проблемы, и в результате он оказался вовлеченным в процесс по самые уши. На всех уровнях, в том числе и на личном. Он начал с того, что предпочел позицию стороннего наблюдателя, держал жесткую дистанцию, но ему не удалось удержаться на этих позициях, и теперь, как казалось Милдред, он понимал, что иначе и быть не могло.

Она улыбалась, глядя на телефон. Улыбалась, вспоминая, как все женщины Абернети из кожи вон лезли, чтобы заполучить Джейсона в мужья. Или просто и старомодно затащить его в постель. Но, насколько было известно Милдред, Джейсон не спал ни с одной местной девушкой. Что он делал во время своих частых отлучек в Нью-Йорк, Милдред не знала, но здесь, в Абернети, он вел себя с дамами исключительно как джентльмен.

Чем злил их всех еще больше, подумала Милдред. Все это здорово ее забавляло. Не было в трех округах ни одного кружка кройки и шитья, ни одного общества любителей чтения, ни одной церковной общины, в которых бы не обсуждалось, каков будет исход возвращения мистера Джейсона Уилдинга в Абернети, штат Кентукки.

Но, подумала Милдред с улыбкой, которая становилась шире с каждой минутой, Джейсон все еще держал у себя на столе фотографии маленького Макса и все еще продолжал говорить об Эми так, словно видел ее в последний раз не далее как на прошлой неделе.

Милдред положила руку на телефон. Ну разве не совпадение, что Джейсону отчаянно потребовался художник-оформитель и что она знает как раз такого человека?

— Хм! — сказала Милдред и взяла трубку. Совпадение, не иначе! Она мысленно проследила всю длинную цепочку «совпадений», которые отнюдь не были спонтанными. Считать ли совпадением то, что ей легко удалось уговорить Дорин дать ей адрес художника, которого ей велел нанять для оформления библиотеки Джейсон? Завладев нужным адресом, Милдред написала ему письмо от имени Джейсона Уилдинга с уведомлением о том, что в его услугах более не нуждаются. Затем Милдред от имени того художника написала Джейсону письмо, в котором говорилось, что художник сломал руку. И то, что Дорин продержала это письмо у себя лишние две недели (вот оно — совпадение), только способствовало успешному воплощению в жизнь столь виртуозно разыгранной Милдред комбинации.

Милдред набрала номер, который каленым железом был выжжен в ее мозгу. Она затаила дыхание, ожидая ответа. Она далеко не была уверена в том, что план ее осуществится. Что, если сейчас Эми как раз завалена работой? Что, если она откажется? Что, если она все еще злится на Джейсона, Дэвида и вообще на все население Абернети за то, что ее разыграли? Что, если у нее появился мужчина?

Услышав ответ, Милдред сделала глубокий вдох и сказала:

— Эми...

Глава 17

Эми откинулась на спинку высокого кресла самолета, поплотнее запахнула полы кашемирового пальто и закрыла глаза. Макс наконец задремал, и она могла отдохнуть. Нечасто ей выпадали такие минуты тишины.

Но несмотря на относительную тишину (гул самолета не в счет), уснуть она не могла из-за сильного внутреннего напряжения. Она была возбуждена, и нервы ее были взвинчены до предела. Скоро она снова увидит Джейсона.

Лежа в кресле с закрытыми глазами, Эми вспоминала ту ужасную ночь своего побега. Сколько было в ней тогда праведного гнева! С каким высокомерием она говорила, что не нуждается в его деньгах! Словно героиня дешевой мелодрамы. Но тогда она действительно была такой — наивно-романтичной и глупой, если могла решать свою судьбу, основываясь на том, как бы мог закончиться фильм или как закончился бы, если бы все происходило не в фильме, а в реальной жизни.

Эми прикрыла Макса одеялом, которое он скинул, ворочаясь с боку на бок в детской люльке. Они с Максом летели бизнес-классом, так что ей не нужно было держать тяжелого и непоседливого двухлетку на коленях весь полет.

Эми откинула спинку кресла и вновь закрыла глаза, пытаясь уснуть, но перед глазами всплывало лицо Джейсона. Она протянула руку вниз и достала из сумки толстую папку. Открыв ее, она вновь пробежалась глазами по заголовкам статей. Все эти два года она собирала все, что писали о Джейсоне Уилдинге.

Он распродал большую часть своей бизнес-империи и превратился в «самого молодого филантропа Америки», как назвал его журнал «Форбс». И главным объектом его благотворительной деятельности стал город Аберенети, штат Кентукки.

Эми в который раз перечитывала статью о том, как Джейсон Уилдинг превращал маленький, бедный, даже нищий, умирающий городок Абернети в нечто здоровое и процветающее. И первое, что он сделал, — это инвестировал весьма крупную сумму в едва держащуюся на ногах компанию по производству детского питания «Чарлз и компания».

Автор статьи тоном веселого изумления сообщал о том, что Уилдинг вложил четыре миллиона долларов в крошечную рекламную компанию в Абернети, заставив их развернуть рекламную акцию по продвижению детского питания на общенациональном уровне. Пока не появился Джейсон Уилдинг, компания занималась исключительно тем, что составляла рекламные объявления для местных предпринимателей, которые потом помещали в местную же газету. Но к немалому удивлению и безусловному восторгу всех и каждого, крохотная компания проделала отличную работу. «Кто теперь сможет забыть телевизионную рекламу с участием младенца, на физиономии которого написано: «Какая гадость!»? — говорилось в статье. — Или рекламу, в которой популярная ведущая опустошает банки с этикеткой «Чарлз и компания», намазывая содержимое на крекеры, чтобы подать как канапе?»

«Чарлз и компания» превратилась в одну из наиболее стремительно развивающихся компаний в стране. «А теперь они выходят на международный уровень как по продажам, так и по производству продукции. Кто раньше мог подумать о том, чтобы подавать младенцу беф-строганов?»

И вся продукция производилась и упаковывалась в Абернети, штат Кентукки, что дало возможность создать тысячи рабочих мест в городе, в котором до Уилдинга безработица достигала пятидесяти процентов. «Да и те, кому повезло найти работу, находили ее вне города», — говорилось в статье «Джейсон Уилдинг все изменил».

Были и другие статьи, в которых меньше приводилось фактов, зато большее внимание уделялось вопросам философии. Почему Уилдинг так поступает — ключевой вопрос. Что подвигло его на такой беспрецедентный шаг — вот тот вопрос, на который многие хотели бы получить ответ. Зачем человеку так много отдавать, чтобы получить так мало? Ходили слухи, что Джейсон Уилдинг не владеет ни одной акцией компании «Чарлз и компания», но никто в это не верил.

Эми убрала папку в сумку и закрыла глаза. Как она отреагирует, когда увидит его вновь? Изменили ли его два последних года? О его личной жизни почти ничего не писали, так что она знала лишь о том, что он со многими встречается, но до сих пор не женился.

— Спи, — прошептала она, словно могла приказать себе успокоиться, но, когда и это не помогло, вытащила блокнот и начала рисовать. На борту было холодно. Эми где-то прочитала, что авиакомпании специально поддерживают такую низкую температуру во время полета, чтобы пассажиры вели себя тихо и не вставали с мест. Сделай на борту тепло, и пассажиры не захотят спать, а будут общаться и бродить по салону. «Словно мы ящерицы», — подумала тогда Эми.

Милдред сообщила ей, что Джейсон хочет что-то на тему «Тысячи и одной ночи», так что Эми потратила немало времени на то, чтобы изучить иллюстрации к сказкам, выполненные другими художниками, и набросать свои идеи. Поскольку все сказки Шехерезады имели либо сексуальный подтекст, либо в них присутствовало насилие, Эми никак не могла решить, каким образом трансформировать их в нечто приличное, чтобы можно было украсить стены общественной библиотеки.

— Ты справишься, — сказала ей тогда Милдред. — И встретиться с Джейсоном вновь тебе тоже по силам. Он все еще любит тебя и Макса.

— Ну конечно, — ответила ей Эми. — Именно поэтому он ходит на свидания чуть ли не со всеми женщинами Абернети. По крайней мере в одной газете именно так и писали. И он не слишком старался меня разыскать, верно?

— Эми, он... — начала было Милдред, но Эми ее перебила:

— Послушай, между нами ничего не было, если не считать того, что он избрал меня объектом благотворительности. Ему так понравилось разыгрывать передо мной Санта-Клауса, что он решил повторить опыт со всем городом. Ему еще не поставили памятник?

— Эми, все не так. Ему тут нелегко. Ты еще не видела Дорин.

— Верно. Но запомни, я планирую пробыть в Абернети только шесть недель. Возможно, я не смогу познакомиться со всеми женщинами Джейсона за это время.

— Ладно, — сказала Милдред. — Думай что хочешь. Все, о чем я прошу, — это чтобы ты приехала сюда с моим внуком и дала бы мне возможность повидаться с ним. Прошу тебя, умоляю. Ты не можешь быть настолько жестокой, чтобы лишить бабушку...

— Ладно! — смилостивилась Эми. — Я согласна. Он знает, что приеду я?

— Нет. Он понятия не имеет, что кто-то знает, где ты находишься. Нельзя сказать, чтобы мне самой было это давно известно.

— Милдред, я знаю, что виновата. Ты можешь не культивировать во мне чувство вины?

— Нет, не могу. Тем более что у меня это неплохо получается, верно?

Эми улыбнулась против воли.

— Лучше всех, — тихо сказала она. — Ты самая лучшая.

И сейчас Эми летела в самолете, а Макс спал рядом с ней. Она возвращалась в Абернети и собиралась увидеться с человеком, о котором не могла забыть два долгих года. Он стал для нее наваждением. Но что бы она там ни думала о нем и как бы ни мучилась, судя по тому, что она читала о нем, и по тому, что узнала от Милдред, тогда, два года назад, она поступила правильно, сбежав от Джейсона. Возможно, он не изменился. Возможно, он все еще пытался добиться желаемого путем подкупа, но она точно изменилась. Теперь она не была той наивной маленькой Эми, которая ждала принца, чтобы он пришел к ней и обо всем позаботился. Сейчас, оглядываясь назад, она думала, что, встретив Джейсона, подсознательно ждала от него именно этого. Но как-то так случилось, что тем ранним рождественским утром она набралась смелости уйти. И теперь, два года спустя, она продолжала удивляться тому, как у нее хватило мужества на такой поступок. Наверное, эта храбрость была рождена страхом, потому что в то раннее утро она ясно увидела свое будущее — будущее пленницы. Она увидела будущее, в котором ее, Макса и других детей, которые могли бы у них родиться, — всех их поглотила машина, имя которой Джейсон Уилдинг.

Итак, она уехала из Абернети на автобусе и отправилась в Нью-Йорк, где она позвонила подруге, с которой вместе училась в школе. Они не теряли связи все эти годы, и подруга ей очень обрадовалась. И именно она, эта подруга, привела Эми в одно издательство и помогла устроить встречу с редактором, которой Эми смогла показать свои рисунки. Рисунки редактору понравились, и Эми взяли в штат. А когда Эми получила работу иллюстратора детских книжек, та же подруга помогла Эми найти квартиру и няню для Макса. Конечно, очень здорово выручили те жемчуга, что подарил ей Дэвид. Эми была поражена, когда узнала, что камни были настоящие, и денег, что она выручила от продажи колье, хватило на то, чтобы обставить квартиру и заплатить вперед за месяц.

И сейчас, находясь в салоне бизнес-класса и рассматривая альбом с набросками, Эми думала о том, что неплохо устроилась в жизни. Она не была богатой, не была знаменитой, но она сама содержала себя и ребенка. И Макс был счастлив. Три дня в неделю он посещал игровую группу, и каждую свободную от работы минуту Эми проводила с ним.

Что касается мужчин, то на них у Эми не было времени. Довольно часто по выходным они с Максом гуляли с ее редактором, мужем ее редактора по имени Алекс и их дочерью. Алекс подбрасывал Макса на руках, как это умеют делать только мужчины, и Эми считала, что пока и этого мужского участия в жизни сына хватает. Когда-нибудь в ближайшем будущем она снова начнет думать о мужчинах, но не сейчас.

Эми стала делать быстрые наброски того, что успела придумать для фресок, и она не особенно удивилась тому, что все мужчины на набросках походили на Джейсона.

Когда самолет приземлился, Эми была сама не своя от волнения и тревоги. Она осторожно разбудила Макса, который начал хныкать, потому что ему хотелось поспать еще, но, когда он увидел, что они оказались в новом для него месте, любопытство пересилило сонливость и недовольство. В аэропорту у Эми возникли определенные трудности с Максом, потому что ему очень хотелось покататься на круглой «карусели», с которой снимают багаж.

Милдред, как и обещала, заказала машину, которая должна была отвезти Эми и Макса сразу к ней.

Однако у Эми были свои соображения.

— Мы выйдем здесь, — сказала она водителю, когда тот свернул на главную улицу Абернети. — Пожалуйста, передайте моей свекрови, что мы появимся примерно через час. — Эми захотелось увидеть те изменения, о которых она читала. Держа Макса за руку, она медленно пошла по главной улице, глядя по сторонам.

Она думала, что имеет представление о том, что Джейсон сделал для города, но ошибалась. Она думала, что он превратил его в крохотную копию Нью-Йорка с бутиками от Версаче и несметным количеством картинных галерей. Но нет. Он просто отремонтировал и подкрасил то, что здесь было. И еще он вернул многим зданиям их первоначальный вид. Эта прогулка по городу была в некотором смысле сродни путешествию на машине времени, и при этом не возникало ощущения подделки, игры под старину. Этот город не был похож на павильон киностудии, где снимают вестерны, не был похож на декорацию под старину, аттракцион для зевак в парке развлечений.

Нет, Абернети выглядел таким, каким он стал: крепким, жизнеспособным и самодостаточным маленьким городом, в котором бурлила жизнь и процветал бизнес. Эми шла медленно, Макс вертел головой и дергал ее за руку. Ему все было интересно, на все надо было посмотреть. Ему нравилось смотреть на новых людей и вообще на все новое.

Внезапно Макс остановился у витрины магазина, и Эми от неожиданности споткнулась и едва не упала. В витрине весело вращались детские вертушки всевозможных расцветок, похожие на маленькие и большие цветы. Вначале Эми подумала: «Ну что тут такого? Подумаешь, вертушка», — но потом поняла, что для ребенка, привыкшего к сложным шумным игрушкам, эти вращающиеся вокруг своей оси «цветочки» и есть настоящее чудо.

— Зайдем? — предложила Эми, и лицо Макса осветилось улыбкой.

Через несколько минут они вышли из магазина, и Макс нес в одной руке сияющую вертушку, в другой — конфету на палочке и сосредоточенно слизывал шоколадную глазурь с вяленого персика. Эми улыбалась. Дом, подумала она, — это такое место, где хозяин магазина отдает конфету ясноглазому ребенку просто так — даром.

В конце улицы находилась библиотека. Парадная дверь была открыта, перед зданием стояло несколько маленьких грузовичков, и рабочие в комбинезонах сновали туда и обратно.

Эми сделала глубокий вдох. Сейчас она увидит Джейсона. Она это чувствовала. Несмотря на то что она провела с ним меньше недели, у нее было ощущение, что все в городе дышало им. Куда бы она ни бросила взгляд, все напоминало ей о Джейсоне. «Вот тут мы купили Максу пару ботинок, — подумала она. — А вот тут Джейсон меня рассмешил. А это — где...»

— Зайдем? — предложила она Максу, сосредоточенно сосавшему конфету. — Вот в этом доме твоя мама будет работать.

Макс кивнул и взглянул на волчок. Ветер заставлял его вращаться.

Сделав еще один глубокий вдох, Эми начала подниматься по лестнице. Макс шел рядом. Вначале, после улицы, в помещении ей показалось темно, и она почти ничего не видела, но, когда глаза привыкли к сумраку, ей стало понятно, что рабочие почти закончили ремонт. Они убирали козлы и леса, обнажая белые гипсовые стены, подготовленные для росписи. Эми увидела, что ей предстоит расписать стену над регистрационной стойкой, затем вверх по боковой стене, всю стену напротив и полосой сверху вниз вторую боковую стену. В читальном зале была огромная пустая стена, которую тоже предстояло расписать. Наверное, здесь и должна находиться главная фреска, решила Эми.

И когда она рассматривала стены, размышляя, насколько хорошо будет смотреться здесь то, что она собиралась изобразить, из служебного помещения в дальнем конце комнаты вышел мужчина, за ним — симпатичная блондинка. Как только Эми поняла, что этот мужчина — Джейсон, она отступила в тень и замерла. Он рассматривал чертежи, а женщина, похоже, довольствовалась тем, что просто присутствует рядом, и молчала.

С того места, где стояла Эми, можно было хорошо разглядеть Джейсона, понаблюдать за ним, не опасаясь быть замеченной раньше времени. Он на вид немного постарел. Складки у губ стали глубже. Хотя, возможно, то была лишь игра света. Волосы его остались все те же — густая грива седых волос, касавшихся воротника рубашки.

Проклятие! Он был еще красивее, еще мужественнее, чем раньше. Проклятие, проклятие, проклятие!

Когда фигуристая блондинка придвинулась к нему вплотную, Эми захотелось вырвать всю ее шевелюру до последнего волоска.

«Но я никаких прав на него не имею», — подумала Эми. Макс вопросительно посмотрел на мать. Погладив сына по голове, она отвернулась.

210

Она здесь для того, чтобы сделать работу, и все. Она здесь ради работы, которая ей очень нужна. Работы, которая...

«Ладно, — сказала она себе. — Пора с этим кончать. Преодолеть себя. Преодолеть свое чувство к Джейсону. Напомни себе, какую шутку он сыграл с тобой. Вспомни те фотографии в газетах, где он снят под руку со всевозможными дамами ослепительной красоты, которым ты совсем не чета».

Эми покрепче сжала руку Макса и выступила из тени.

— Джейсон, как приятно увидеть вас вновь, — сказала она ему в спину.

Когда он обернулся, она протянула ему руку для приветствия.

— Вы совсем не изменились, — сказала она, кивнув Дорин, которая стояла к нему вплотную. — Все такой же дамский угодник. — Она подмигнула Дорин так, словно они знали друг друга сто лет и имели немало общих секретов.

Эми боялась замолчать из страха, что если закроет рот, то ноги ее подкосятся и она свалится на пол. Этот взгляд Джейсона, буравящий ее... Есть предел человеческой стойкости. Больше всего на свете Эми хотелось раскинуть руки и броситься к нему на шею.

— Где ты была? — спросил он сердито и раздраженно, словно она ушла в магазин за покупками и пропала часов на пять.

— О, в разных местах. А вы где были? Хотя зачем спрашивать. — Она знала, что ведет себя как последняя дура, но в этой блондинке было все, чего недоставало Эми, и это ей чертовски досаждало. Конечно, дело не в ревности. Откуда в ней взяться ревности? Но Эми сейчас жалела о том, что у нее не было бойфренда, чье имя легко и словно невзначай слетело бы с языка.

— Похоже, ты неплохо живешь, — сказал Джейсон, окинув ее взглядом: кашемировое пальто, тонкий шарф из шотландской шерсти расцветки пейсли*, элегантно наброшенный на шею, кашемировый джемпер, брюки из хорошей шерсти и сапоги из мягкой кожи. Золото тепло поблескивало в ушах, на шее, на запястьях и на пряжке ремня.

— О, вполне прилично. Как... — Эми лихорадочно огляделась, ища подсказку, и тут на глаза ей попался большой пакет с чипсами «Картофельные чипсы от Арнольда», — как говорит Арни, я пристрастилась к красивым вещам.

Джейсон скривился, и Эми в душе торжествовала. Сердце ее учащенно забилось, протестуя против такой беззастенчивой лжи, но, взглянув на Дорин, Эми не могла удержаться от продолжения в том же духе:

— Макс, подойди и поздоровайся с моим давним другом. И твоим тоже.

Она подняла Макса на руки. Мальчик пристально смотрел Джейсону в глаза, словно пытался вспомнить, где он мог его видеть и когда. Джейсону захотелось взять малыша на руки, обнять, но гордость оказалась сильнее искушения. Чего он ожидал? Что однажды Эми вернется в его жизнь, несчастная, всхлипывающая, и скажет ему, что он ей нужен, что мир жесток и беспощаден, и что ей нужны его сильные руки, чтобы защитить ее от этого холодного, жуткого мира? Но все было именно так, как все и предсказывали: она спокойно жила себе своей жизнью, пока он, Джейсон, замер в ожидании чуда, которое никогда не случится.

Так стоило ли сейчас говорить ей, что она была для него всем? Что пока она крутила безумный роман с ка-

---

* Paisley — традиционный шотландский орнамент на однотонном фоне.

ким-то Арни, он не переставал думать о ней ни на час, ни на минуту? Черта с два он ей это сейчас скажет!

И внезапно, пока Джейсон пытался сформулировать адекватный ответ на приветственную тираду Эми, Дорин схватила его за талию и привлекла к себе, словно они были давними любовниками.

— О, дорогой, правда, Макс миленький? — проворковала Дорин. — Я дождаться не могу, когда мы себе заведем такого же.

— «Дорогой»? — сказала Эми, и Джейсон с ужасом обнаружил, что и Эми несколько шокирована таким поворотом.

Но всегда готовая прийти на помощь Дорин и тут не растерялась.

— Ах вы об этом. Джейсон вообще-то не любит, когда я называю его ласковыми прозвищами на людях, но я не устаю ему повторять, что это нормально. Это ведь обычное дело, когда жених и невеста говорят друг другу милые глупости, правда?

— Жених и невеста? — еле слышно прошептала Эми.

Джейсон попробовал убрать руку Дорин со своей талии, но секретарша переплела свои пальцы с его и прижалась к нему так, словно они были неразлучны, как сиамские близнецы.

— О да, — промурлыкала Дорин. — Мы собираемся пожениться через шесть недель, и нам еще столько всего надо купить в дом. Хотя у нас и дома-то пока нет.

Джейсон, онемев от ужаса, понимал, что должен перестать пялиться на Дорин. Он полагал, что Дорин считает, что помогает ему, разыгрывая спектакль, но на этот раз она зашла слишком далеко. Как потом он из всего этого выпутается? И поверит ли ему после всего Эми?

— Я уверена, что Джейсон может позволить себе любой дом, который вы захотите, — тихо сказала Эми.

— О да, и я знаю, какой именно дом хочу, но только он не соглашается. Вам не кажется, что это свинство с его стороны? — Она ущипнула Джейсона за плечо и сделала вид, что не замечает его гневного взгляда.

— Ужасное свинство, — еще тише сказала Эми.

— В то время, как ваш Арни купил бы вам самый лучший дом в городе, — сказала Дорин.

Эми расправила плечи.

— Конечно, купил бы. — Она поправила шарф. — Чем больше, тем лучше. Мне стоило бы только намекнуть, и он был бы моим. И я уверена, что Джейсон сделает то же для вас.

— Ну, когда я уговорю его, вы должны мне помочь выбрать мебель.

— Я? — в недоумении переспросила Эми.

— Вы же художница, верно?

Эми и Джейсон одновременно уставились на нее.

— Да, я действительно художница, но откуда вы знаете? — спросила Эми.

— Вы выглядите как художница. Все у вас сочетается. Что до меня, то у меня с этим большие проблемы. Правда, милый? Впрочем, Джейсон любит меня такой, какая я есть. Ведь это так, дорогой?

Джейсон сделал очередную попытку освободиться от цепкого захвата Дорин, но ее хватка была крепче, чем у гайки, которой крепится коленный вал. Он подумал, не огреть ли ее по голове коробкой с чипсами, что стояла неподалеку, но решил, что будет лучше, если все объяснит Эми позже, когда они останутся наедине.

— А, так это вы будете делать фрески? — спросил Джейсон и завел руку за спину, чтобы расцепить пальцы Дорин.

— Да, — с официальной серьезностью ответила Эми. — Милдред сказала, что произошла какая-то путаница с датами, со сроками окончания работ, и попросила меня прийти на выручку. Я привезла с собой несколько эскизов, которые вы, возможно, захотите... — Она замолчала, потому что Джейсон издал сдавленный стон. — С вами все в порядке?

— Конечно, — сказал он и потер бок, словно он у него болел, — я бы хотел посмотреть на эскизы. Может, мы могли бы встретиться сегодня вечером и...

— Но, дорогой, ты обещал мне, что сегодня вечером мы пойдем выбирать столовое серебро и фарфор. Мы возьмем «Норитейк»* и настоящее серебро, — сказала Дорин, обращаясь к Эми. — Джейсон, милый, ты у меня такой щедрый, правда? Во всем, за исключением дома на самом деле.

— Возможно, есть пределы любой щедрости, — с нажимом в голосе сказал Джейсон, глядя на Дорин уничтожающим взглядом.

— Фу, противный! Готова поспорить, что Арни гораздо щедрей, верно? Я имею в виду это пальто, что на вас надето. Он ведь щедрый, правда?

— Конечно, — сказала Эми, глядя Джейсону в глаза. В этот момент она от души пожалела о том, что придумала этого Арни, пожалела о том, что не сказала Джейсону правду. Пожалела о том, что... — Когда вы желаете посмотреть эскизы? — спросила она. — Я думаю, что прежде, чем я начну расписывать стены, эскизы необходимо согласовать с вами. Мне понадобятся помощники, люди, которые могли бы делать заливку.

— Конечно, все, что тебе потребуется, — сказал Джейсон, освободившись наконец от цепких объятий Дорин.

---

* На рынке с 1904 года производит высококачественную посуду и столовые приборы.

Но, едва он освободился, она встала между ним и Эми.

— Он тоже мне все время это говорит. «Все, что ни пожелаешь, Дорин. Все, что тебе угодно, в любое время». Странно, что он не хочет купить мне дом, вы не думаете? Может, вам удастся его убедить?

— Возможно, — сказала Эми и посмотрела на часы. — О, я должна идти. Моя свекровь будет...

— А, так вы замужем? — сказала Дорин.

— Я вдова.

— Ох, я сожалею. Неужели Арни умер?

— Он не умер. Он... Я действительно должна уходить. Джейсон, приятно было увидеться вновь. Я остановилась у Милдред, так что если вам понадобится поговорить со мной о... о работе, вы знаете, куда звонить. — С этими словами она схватила Макса за руку и буквально выбежала из библиотеки.

Водитель машины, который встречал Эми и Макса в аэропорту, уже ждал ее.

— Я надеюсь, вы не возражаете, мисс? — спросил водитель, когда Эми и Макс сели в машину. — Миссис Томпкинс послала меня за вами и мальчиком и просила доставить прямо к ней.

— Нет-нет, — быстро проговорила Эми, — я не возражаю. Давайте же, везите меня к ней. Поскорее!

«Не то я сейчас разрыдаюсь».

Эми смогла сдержать слезы лишь до того момента, как машина подъехала к дому Милдред. Оказалось, что свекровь Эми наняла профессиональную няню, чтобы та присмотрела за Максом. Максу она сразу понравилась, и они с няней пошли на кухню пить какао.

— Рассказывай все, — сказала Милдред. — Я хочу знать все, что с тобой случилось.

— Я сломала себе жизнь, — всхлипывая, заявила Эми, вытирая слезы бумажным носовым платком.

216

— И это не в первый раз.

— Что? — Эми подняла на Милдред красные от слез глаза.

— Эми, дорогая, ты вышла замуж за мужчину, который был алкоголиком и наркоманом, да упокоится с миром душа моего единственного сына, — это явилось с твоей стороны роковой ошибкой. Потом богатый, интересный мужчина влюбляется в тебя до беспамятства, и ты сбегаешь от него без гроша в кармане. Да еще и с ребенком, которого надо как-то содержать. Так что я бы сказала, что ты уже несколько раз ломала себе жизнь.

Эми заплакала еще безысходнее.

— Так что ты сделала на этот раз?

— Я сказала Джейсону, что люблю другого мужчину, потому что она была такая хорошенькая, и они стояли так близко друг к другу, и было так, словно я уехала только вчера, и я подумала, что все еще люблю его, но ничего не изменилось. Он остался тем же человеком, от которого я сбежала. Он все еще покупает и продает целые города, и все эти его женщины... Они такие красивые, и...

— Подожди минутку. Притормози. Ты ведешь себя так, словно я все знаю: почему ты уехала и где ты жила с моим внуком все эти два года. И если из-за этого ты чувствуешь себя виноватой, значит, так надо. А теперь, пожалуйста, медленно и внятно расскажи, почему ты согласилась вернуться, если не думала, что все еще любишь Джейсона.

— Моя редактор хочет, чтобы я взялась за эту работу, чтобы мы могли получить президентский заказ на мою следующую книгу.

— Как ты попала в книжный бизнес?

Эми вытерла глаза.

— В Нью-Йорке я получила работу оформителя детских книжек. На самом деле я неплохо освоилась, и даже маститые иллюстраторы...

Милдред махнула рукой.

— Об этом ты можешь рассказать мне и потом. Так что там у тебя получилось с Джейсоном сегодня утром?

— Он собрался жениться.

— Что?

— Он собрался жениться. Но чего я ждала? Что он будет сохнуть по мне все эти годы? За два года я всего два раза ходила на свидания, и то лишь потому, что эти свидания проходили днем и я могла взять с собой Макса. Но Максу ни один из моих ухажеров не понравился. На самом деле с одним из них Макс... ну, все это было очень смешно, хотя тот мужчина, очевидно, так не считает. Мы с Максом встретились с ним в Центральном парке и... — Эми замолчала, потому что Милдред выразительно на нее посмотрела. — Ладно, я постараюсь не отклоняться от темы.

— Да уж, сейчас наша главная тема — Джейсон. Так на ком он женится?

— Ее зовут Дорин, и ты меня насчет нее предупреждала.

У Милдред отвисла челюсть.

Эми, кажется, этого не заметила.

— Она красивая. Высокая, светловолосая, фигуристая. Я понимаю, почему он в нее влюбился. Почему ты смеешься? Тебя смешат мои страдания?

— Прости. Но, Дорин! Ты должна все мне рассказать. Каждое слово, что было сказано, каждый жест, все.

— Не знаю, стоит ли все это рассказывать, если ты собираешься надо мной смеяться. На самом деле я думаю, что нам с Максом стоило бы остановиться где-нибудь в другом месте.

— Джейсон не женится на Дорин. Она его секретарша, и, к несчастью, худшей секретарши невозможно даже выдумать.

— Для того, кто любит, не важно, насколько хорошо предмет его страсти выполняет свою работу. Я всегда была...

— Джейсон велел ей заказать утку с апельсинами на ужин для спонсоров нового муниципального бассейна. Дорин решила, что ему нужны оранжевые утки, поэтому велела засыпать в бассейн двести фунтов апельсинового «Джелло», затем сделала заказ у одного фермера, велев ему привезти в здание четыреста цыплят, потому что найти ферму, где выращивают уток, она не смогла.

Эми уставилась на Милдред:

— Ты все это выдумала?

— Джейсон, естественно, пришел в ярость, но Дорин до сих пор уверена, что он разозлился на нее за то, что она заказала цыплят вместо уток.

Милдред сделала паузу, давая Эми возможность переварить информацию.

— Дорин сортирует документы по тому, с каким цветом у нее ассоциируется ощущение, когда она прикасается к бумаге. Не по тому, какого цвета та бумага, на которой отпечатан документ, а именно «какого цвета она на ощупь». Проблема возникает тогда, когда возникает необходимость найти нужный документ, потому что только она одна знает, какой цвет приходит ей на ум, когда она прикасается к документу.

— Понятно, — сказала Эми. Глаза ее уже высохли. — А если она не может найти документ, как она может его пощупать, чтобы знать, где его искать?

— Не знаю. Дорин заказала новые вывески для всех предприятий в городе. И все они вернулись с орфографическими ошибками. Вместе «Абернети» — «Абернатти».

Эми засмеялась.

— Дорин коллекционирует красные скрепки для бумаг. Спроси ее о них, и она будет часами рассказывать о своей коллекции. У нее есть красные скрепки чуть ли не из всех магазинов канцелярских принадлежностей в окрестности, и она будет говорить тебе, что самое потрясающее в этом то, что они все поставляются одной компанией.

Эми рассмеялась от души.

— И Джейсон хочет на ней жениться?

— Джейсон убить ее хочет. Он звонит мне раз в три дня и сообщает, какие еще зверские способы убийства пришли ему на ум в промежутке между звонками. Он бывает весьма изобретательным. Мне понравилось, когда он предложил похоронить ее под горой красных скрепок, но отказался от этой мысли, потому что решил, что такая смерть была бы для нее слишком приятной.

— Если она такая беспомощная, то почему он ее не уволит? Зачем он за нее держится?

— Дорин, возможно, и не справляется с работой, но на самом деле она и не слишком рвалась работать у него секретарем, — сказала Милдред, многозначительно приподняв бровь. — Видишь ли, она сестра бывшей секретарши Джейсона. Ты ее знаешь, непревзойденная Паркер.

— Да, конечно. Паркер все для него делала. Она помогала ему проделывать со мной все те фокусы.

— Да, Джейсон омерзительно с тобой поступил. Он купил самую лучшую одежду для твоего ребенка, он устроил для тебя незабываемый вечер, сделал так, что рождественская сказка стала для тебя былью, и... Ладно. Я замолкаю. Как бы там ни было, Паркер вышла за Дэвида.

— За Дэвида? За доктора Дэвида, брата Джейсона?

— Да, за того самого. Паркер жила у Дэвида, пока Джейсон жил у тебя, и они узнали друг друга и, ну... В любом случае Джейсон так и не смог найти Паркер адекватную замену, так что, когда та попросила взять на работу ее сестру, Джейсон с радостью согласился. Он захотел уволить Дорин в первый же день, потому что она продала его машину за доллар — нет, погоди, это уже другая история, — но в тот день он узнал, что Паркер беременна, и Дэвид сказал, что, если он уволит Дорин, у Паркер случится выкидыш.

— Мой муж умер, когда я была беременна, однако у меня не случился выкидыш.

— Тсс. Пусть это будет нашей маленькой тайной, ладно? Я уверена, что Дэвиду просто хотелось мира в семье, и потому он в очередной раз надул своего брата. — Милдред засмеялась. — Джейсон постоянно говорит, что хочет вернуться в Нью-Йорк, где люди не такие мошенники, где нет такого коварства и хитрости, как в Абернети.

Как бы там ни было, Джейсон согласился продержать Дорин у себя до того момента, пока Паркер не родит, и сейчас ребенок уже на две недели как запаздывает с рождением. Однако, как я догадываюсь, едва только родится ребенок, Дэвид придумает очередную причину, по которой Джейсон должен держать при себе Дорин. Но если он не уволит ее в ближайшее время, то, боюсь, он ее в самом деле убьет.

— Или женится на ней, — с тяжелым вздохом заключила Эми.

— Я хочу, чтобы ты мне об этом рассказала, — внезапно став серьезной, сказала Милдред. — Что именно говорила Дорин?

— Что-то насчет домов и серебра... Я не знаю. Я чувствовала себя такой несчастной, и Максу он на самом деле нравится.

— Откуда ты знаешь?

— Потому что она сама так сказала. Она рассказала мне, что они собираются выбирать серебро и...

— Нет, я хотела спросить, откуда ты знаешь, что Джейсон нравится Максу?

— Потому что Макс во все глаза смотрел на Джейсона, вместо того чтобы сбрасывать книги с полок или заглядывать в банки с краской. И он стоял рядом со мной и никуда не лез. Но Максу он всегда нравился.

Милдред все это выслушала, не сказав ни слова. Но тут она испытующе посмотрела на Эми:

— Моему внуку нужен отец. А тебе — муж. Мне надоело, что мать моего единственного внука живет неизвестно где и я не могу видеть мальчика.

— Прошу тебя, Милдред, не надо. Мне это тоже все надоело.

— Из-за тебя я не видела Макса два года. Чем ты можешь возместить мне эту потерю? Ничем.

Эми встала.

— Мне пора.

— Да, — тихо сказала Милдред. — Тебе пора. Давай, убегай, прячься, как тогда, когда Джейсон хотел, чтобы ты стала его женой. — Она понизила голос. — И как тогда, когда ты вышла за Билли.

— Я не пряталась и не убегала! — возмутилась Эми, но все же снова села. — Билли всегда ко мне хорошо относился.

— Он дал тебе хорошее оправдание, чтобы прятаться. Он дал тебе повод держаться в стороне от того, что называется настоящей жизнью. Ты могла родить ребенка и жить, перебиваясь с хлеба на воду, в этом старом доме. Что еще можно ждать от жены первого пьяницы в городе? Ты думала, я не понимала, что происходит? Я любила Билли всем сердцем, но я знала, что он собой представляет, и понимала, что происходит. И после того как умер Билли, ты боялась выйти за порог своего старого дома. Так скажи мне, Эми, что ты делала, когда убегала от Джейсона? Пыталась спрятаться еще надежнее? Жила неизвестно где, рисовала свои маленькие картинки?

— Да, — сказала Эми, и по щекам ее потекли слезы. Она даже не пыталась их стереть.

— Ладно, Эми, я хочу сказать тебе жестокую правду. Ты обидела Джейсона Уилдинга так сильно, так глубоко, что я не знаю, сможет ли он когда-нибудь оправиться. Жизнь у него всегда была нелегкая, и эта жизнь научила его не раздаривать свою любовь всем подряд. Но он предложил свою любовь тебе и Максу, а ты плюнула ему в лицо и ушла от него. Ты очень, очень его обидела.

Эми судорожно вздохнула.

— Так как мне его вернуть? Сегодня утром я вела себя отвратительно. Я лгала, я говорила ужасные вещи. Так как мне поступить: пойти к нему и во всем признаться?

— Ты хочешь пойти к нему и сказать, что извлекла урок из всего, что случилось?

— Да. О да! Я и не представляла, как сильно его хочу, пока вновь его сегодня не увидела.

— Милая моя, если ты придешь к мужчине и скажешь ему, что ты была не права, то всю оставшуюся жизнь только и будешь перед ним оправдываться.

— Но ты же сама говорила, что я его обидела! Разве я не должна прийти к нему и сказать, что сожалею об этом?

— Если ты это сделаешь, будешь жалеть.

Эми зажала руками уши.

— Прости, но я ничего не понимаю.

— Послушай, если ты хочешь заполучить Джейсона, то должна сделать так, чтобы он к тебе пришел, а не ты к нему. Ты знаешь, что сожалеешь о том, что сбежала, но он об этом знать не должен. Понимаешь, для мужчины главное — это борьба. Он должен тебя завоевать.

— Но он уже меня завоевал. Он много сделал для Макса и меня раньше, приложив к тому немало усилий, но я вбила себе в голову дурацкую мысль о том, что...

— Зачем копаться в прошлом? — перебила ее Милдред.

— Но ты только что сказала, что я убегала и пряталась...

— Да, убегала и пряталась. А теперь слушай меня. У меня только что созрел план. План с большой буквы. Мы так все устроим с Джейсоном Уилдингом, что он и знать ни о чем не будет.

— Наверное, у меня все же заложило уши от перелета. Я что-то никак не возьму в толк, что ты говоришь. Я думала, что ты ему симпатизируешь. Я думала, что ты его считаешь пострадавшей стороной.

— Верно, ну и что? Послушай, невозможно завоевать мужчину, извинившись перед ним и сказав ему всю правду. Нет, мужчин завоевывают изворотливостью и хитростью. И еще помогает сексуальное белье.

Эми в недоумении моргала, глядя на Милдред. Она с виду совсем не была похожа на женщину, которая использует уловки и ухищрения для завоевания мужчин. Глядя на нее, скорее подумаешь, что она, выбрав жеребца из табуна, ловко закинет лассо... И никуда он от нее не денется.

— Нижнее белье? — слабым голосом переспросила Эми.

— Ты когда-нибудь занималась шейпингом?

— Я...

— Я так и подумала. Ну ладно, я поговорю с Ларс, чтобы она что-нибудь с тобой сделала. Перед Джейсоном, конечно. И возможно, мы даже устроим так, что Дорин получит свой дом. Почему нет? Джейсон может себе это позволить, а Дорин скорее всего выйдет замуж за какого-нибудь крепкого парня, который будет гонять ее как сидорову козу, так что дом ей явно не помешает. А тебе понадобится помощь, серьезная помощь с этими твоими фресками. И... Почему ты так на меня смотришь?

— Мне кажется, что такой я вижу тебя впервые в жизни.

— Сладкая моя, ты еще вообще ничего не видела. А теперь пошли к моему внуку.

Глава 18

Проснувшись утром через двое суток после приезда в Абернети, Эми, еще не открыв глаза, уже знала, где находится. Она проснулась в комнате, которая когда-то была ее спальней в том старом доме, что купил для своей семьи Билли Томпкинс. Ощущение было такое, будто она никогда и не покидала дом на Салма-плейс. Эми откинула одеяло и на цыпочках прошла в соседнюю комнату проверить, спит ли Макс. Макс крепко спал, лежа на животе. Похоже, он проспал всю ночь в одном положении, ни разу не шевельнувшись.

«Бедняжка, — подумала Эми. — Он еще часа два проспит, не меньше».

Подоткнув под ним одеяло и убрав упавшую на лоб прядь волос, Эми пошла на кухню. Но эта кухня ничем не напоминала ту старую кухню, в которой она когда-то пыталась готовить. Никакого ржавого старья и рваного линолеума.

Эми не удивилась, увидев свежеприготовленный кофе в автоматической кофеварке, а на кухонной стойке еще теплые кексы. Рядом с кофейником лежала карточка: «С любовью, Чарлз». Эми вдруг захотелось заглянуть в холодильник, и, открыв его, она не удивилась, обнаружив, что он забит продуктами. Там были уложенные стопкой на тарелку и обернутые пищевой пленкой тонкие блинчики и клубника для Макса в маленькой корзинке, перевязанной красной лентой с бантом. То, что Чарлз каким-то образом узнал, что Эми и Макс сейчас остановились в этом доме, где Макс провел первые семь месяцев своей жизни, тоже отчего-то не удивило Эми. В Абернети новости распространялись быстро.

Прихватив с собой кофе, два кекса и яйцо всмятку, Эми прошла в гостиную и улыбнулась, увидев огонь в камине. Камин больше не дымил. Какое блаженство, подумала она, иметь возможность с утра посидеть перед камином, попить кофе и поесть вкусной домашней еды и в спокойной обстановке пролистать в памяти все то, что произошло за последние сутки и то, каким образом она оказалась здесь, в своем старом доме!

Все началось с того, что Макс не захотел оставаться у Милдред с новой няней. Но разве всегда все самое главное в ее жизни не начиналось с Макса, подумала Эми и улыбнулась.

Вчера утром, когда Эми вошла в библиотеку, Макс был с ней. Он спал у нее на руках, положив голову ей на плечо. Так бывало всегда, когда Максу было больно или когда он, как сейчас, очень сильно утомлялся. Полдесятого, подумала Эми. К этому времени она планировала перенести на одну из стен два рисунка, а получилось так, что она только пришла на работу.

— Как вы рассчитываете такими темпами закончить работу за шесть недель? — вместо приветствия сказал ей Джейсон. В голосе его чувствовалось недовольство. — Вы что, не понимаете, что у нас мало времени? Библиотека открывается через шесть недель. К нам приезжает президент США. Может, вам это все равно, но для жителей Абернети приезд президента много значит.

— Вы не могли бы говорить потише? — сказала Эми Его тон нисколько ее не напугал. — И перестаньте на меня так смотреть. Если вы в плохом настроении, не надо портить его другим. Особенно с утра. Мне его уже и так испортили. Другие мужчины.

— Мужчины? — помрачнев, переспросил Джейсон. — Догадываюсь, что это ваш... ваш...

Эми знала, что он хотел сказать «жених», но у него не хватило духу произнести это слово вслух. Может, когда-нибудь она и сможет получить некоторое удовольствие от той игры, что затеяла Милдред, но не сейчас. Сейчас у нее не было ни сил, ни желания играть в игры.

И Джейсон, словно прочитав ее мысли, сказал:

— Макс. Макс, — тихо повторил он. — Вы имели в виду вашего сына.

— Да, конечно, я имела в виду Макса. Он не спал почти всю ночь. Я думаю, что пребывание в новом месте напугало его, и через пару часов знакомства с няней, которую наняла для него Милдред, он решил, что она ему не нравится. Он никогда не любил чужих. Он очень разборчив в своих предпочтениях. Я имею в виду людей.

Джейсон многозначительно приподнял бровь, словно хотел сказать: «С этого у нас все началось тогда», — но вслух ничего не сказал. Без лишних слов он с легкостью и сноровкой, словно всю жизнь только этим и занимался, забрал у Эми крупного и тяжелого малыша и пристроил у себя на руках, где Макс продолжил мирно спать.

— Он совсем без сил, — нахмурившись, сказал Джейсон.

— Он без сил, а я?

— Насколько мне известно, вы никогда не спите, и ничего, — тихо сказал Джейсон, едва заметно улыбнувшись.

— Верно, — сказала Эми и улыбнулась в ответ.

— Пошли, — сказал Джейсон, направляясь к двустворчатым дверям в дальнем конце помещения.

Открыв дверь, Эми затаила дыхание.

— Красиво, да? — тихо, чтобы не разбудить Макса, спросил Джейсон, посмотрев на нее через плечо. — Это комната, которую отцы-основатели из семейства Абернети оставили для членов своей семьи на случай, если кому-то из высокопоставленного семейства захочется сходить в библиотеку. Чтобы не сидеть в одном зале с простолюдинами.

Комната действительно была красивой, но не потому, что в ней было что-то необычное: никаких лепных потолков или заморских изразцов. Что делало комнату такой красивой, так это ее пропорции и окна вдоль одной из стен, выходящие на маленький сад с тыльной стороны здания. Подойдя к окну, Эми увидела, что сад был отгорожен от остальной принадлежащей библиотеке территории стеной.

— О Боже, — сказала она. — Это частный сад?

— Конечно. Вы же не думаете, что дети Абернети стали бы играть с городскими мальчишками и девчонками?

— Как им, должно быть, бывало одиноко, — сказала Эми и, обернувшись, протянула руки, чтобы забрать Макса. — Давайте его сюда. Он тяжелый.

228

Джейсон не потрудился ответить. Он просто опустил Макса на лежащие на полу диванные подушки и накрыл его одеялом.

— Похоже, вы хорошо подготовились, — сказала Эми и отвернулась, чтобы не смотреть, как Джейсон возится с ее сыном. Иногда Макс смотрел на мужчин так, словно они были существами с другой планеты, и потому Эми переживала из-за того, что ее сын растет без отца.

— Да, — сказал Джейсон и распахнул перед Эми дверь, пропуская ее вперед. Он оставил ее открытой на тот случай, чтобы, если Макс проснется, они могли его услышать. — Я хочу сделать из этой комнаты читальный зал для детей, — сказал он. — Мы пригласим на работу профессиональных чтецов, и здесь будет столько детских книжек, сколько сможет вместить комната. — Он не задавал вопросов, но глаза его умоляли ее сказать, что ей понравилась эта идея.

— Детям Абернети очень повезло, — сказала Эми.

— Да, пожалуй, — ответил он смущенно.

— Так с чего мне начинать?

— Что? — спросил он, глядя ей в глаза.

— Я о фресках. О тех самых, которые не могут ждать.

— Ах да, — сказал Джейсон. — Фрески. Я не знаю. Вы как думаете?

— Мне нужен мощный проектор, чтобы перенести рисунки на стену, и несколько помощников, и еще..

— В вашем распоряжении только я.

— Простите?

— Я. Я буду вашим помощником.

— Послушайте, я уверена, что вы отлично справляетесь с такими масштабными задачами, как перестройка всего города, но я не думаю, что вы умеете раскрашивать верблюдов. Кроме того, у вас, должно быть, масса других дел. В конце концов, вам же надо готовиться к свадьбе, не так ли?

— К свадьбе? Ах да, это. Послушайте, Эми, мне надо вам кое-что объяснить.

С Эми творилось что-то странное. Произошло раздвоение личности. С одной стороны, она готова была тут же замолчать и превратиться в слух, но, с другой стороны, она до смерти испугалась того, что может услышать. Ей нравилось утверждать, что она была счастлива замужем, но, по правде говоря, при мысли о браке и даже просто об устойчивых близких отношениях ее пробирала дрожь.

— С этим можно повременить? — нервно спросила она. — Нет, не то. Я не имею в виду вашу свадьбу. Я хотела спросить, не могли бы вы повременить с объяснениями? Ну, не могли бы вы рассказать мне то, что собирались, как-нибудь потом? Я должна... позвонить Арни. Он будет беспокоиться.

— Конечно, — кивнул Джейсон и повернулся к ней спиной. — Можете позвонить из кабинета.

— Это междугородний звонок.

— Думаю, что могу себе позволить оплатить ваш междугородний звонок, — сказал Джейсон и вышел в комнату, в которой спал Макс.

— Все просто ужасно. Я имею в виду себя и Джейсона, — сказала Эми Милдред по телефону. — Просто ужасно. И я не знаю, сколько еще смогу продолжать этот фарс.

Эми замолчала, слушая Милдред.

— Нет, он не просил меня выйти за него замуж. Он собирается жениться на Дорин, помнишь? Перестань надо мной смеяться! Это серьезно.

— Нет, с Максом все хорошо. Он спит в комнате Абернети. Джейсон собирается сделать из нее детский читальный зал.

— Нет! Я тебя не разыгрываю! Просто у меня никогда не получалось быть хитрой, подлой и коварной. — Она помолчала, слушая Милдред. — Ну, если туфли сидят по ноге... Подожди. Ты не представляешь, кто только что сюда зашел. Да, верно. Откуда ты знаешь? Ты ее сюда отправила? И ты купила ей это платье? Милдред, и после этого ты называешь меня своим другом? Алло! Алло!

Хмурясь из-за того, что Милдред прервала разговор, не дослушав ее, Эми положила трубку и повернулась к двери. Увидев Дорин в голубом, облегающем, коротком платье из ангорской шерсти, которое, как она только что выяснила, ей купила сама Милдред, Эми разозлилась еще сильнее. Так на чьей стороне все-таки Милдред?

— Вы очаровательны, — сказала Эми, выходя из кабинета, но, когда обнаружила, что Джейсон смотрит на нее, а не на Дорин, широко улыбнулась. — Так когда мы начнем выбирать для вас двоих дом и покупать мебель?

— Я думаю, что вначале нам надо сделать фрески, — сурово сказал Джейсон. — На счету каждая секунда.

— Нам ведь все равно надо есть, — лучезарно улыбаясь, сказала Эми. — Так почему бы не перекусить в машине по дороге в мебельный магазин? Или, еще лучше, в антикварный?

— Зачем нам подержанная мебель? — надув губы, спросила Дорин. — Я хочу все новое.

— Настоящий антиквариат с годами только повышается в цене, — заметила Эми, буравя Дорин взглядом. — Я не к тому, что вам придется когда-нибудь продавать вашу мебель, но если вы купите новую мебель, то через шесть недель она не будет стоить и половины того, что вы за нее заплатите. Однако с настоящим антиквариатом такого не случается. Вы можете в любой момент продать его, и получите прибыль.

Дорин кивнула с подкупающей серьезностью.

— Антиквариат, — тихо сказала она и снова кивнула.

И в этот момент Эми и Дорин стали союзницами. Эми не знала точно, как Дорин поняла, что происходит, Эми и сама не понимала, как она сама поняла, что происходит, но обе женщины поняли все. Они обменялись взглядами, словно сообщая друг другу: «Ты поможешь мне, а я помогу тебе». Дорин не была настолько глупа, чтобы не знать, что через несколько дней она потеряет работу ввиду полного несоответствия занимаемой должности, так почему бы ей не получить то, что она хочет, пока у нее еще была такая возможность?

— О, Джейсон и понятия не имеет, как много времени отнимают все эти свадебные хлопоты. Он даже не хочет посмотреть на все те милые вещицы, что я заказала по почте. — Дорин нахмурилась и неодобрительно покачала головой.

— Держу пари, вы выбрали хрусталь «Уотерфорд» и серебро высшей пробы, не так ли?

Дорин расплылась в улыбке:

— Я знала, что вы хороший человек. Правда, она замечательная, Джейсон?

— Послушайте, — сказал Джейсон, пытаясь отцепить Дорин от своего предплечья. — Я думаю, нам пора прояснить позиции прямо здесь и сейчас. Я не...

— О Боже, посмотрите, который час! — воскликнула Эми. — Не пора ли приниматься за работу? И, Джейсон, я очень хотела бы, чтобы вы помогли мне с заливкой. А тем временем я расскажу вам об Арни.

232

Джейсон насупился.

— Дайте мне список того, что вам нужно и кто вам нужен, и я позабочусь о том, чтобы вы получили все необходимое. — С этими словами он повернулся и вышел из библиотеки.

Пару секунд Эми и Дорин молча смотрели друг на друга. Затем Дорин сделала глубокий вдох.

— Сегодня вечером? — спросила она. — Вы пойдете со мной за покупками сегодня вечером?

Эми кивнула, и Дорин многозначительно ухмыльнулась.

И это, как сейчас вспоминала Эми, потягивая вкусный кофе и заедая его свежеиспеченным кексом, стало началом самого необычного периода ее жизни. Оглядываясь назад, она не могла решить, кто вел себя более странно: Макс, Дорин или Джейсон.

Улыбаясь, Эми откинулась на спинку дивана. Надо разложить все по порядку. Для начала странно повел себя Макс. Эми могла понять его истерику, когда она попыталась оставить его с бабушкой и няней. В конце концов, обе женщины были для него чужими. И кроме того, они с Максом не разлучались больше чем на три часа с самого его рождения, так что внезапно провести порознь целый день было бы болезненно для них обоих.

Но в конечном итоге Макс сильно задел ее чувства, когда продемонстрировал удивительную привязанность сразу к обоим: к Джейсону и Дорин. «Мне нравится, что он относится к другим людям с симпатией», — говорила она себе и при этом испытывала ревность.

Все началось в магазине художественных принадлежностей, куда привез их Джейсон для того, чтобы Эми могла купить все необходимое для работы. Как обычно,

Макс начал всюду лезть, и, больше по привычке, нежели надеясь на результат, Эми повторяла ему, чтобы он не трогал того-то, не забирался туда-то, слез оттуда и...

— Он говорит? — спросил Джейсон.

— Когда хочет, — ответила Эми, стаскивая Макса с мольберта, на который он решил усесться.

— Он понимает сложные предложения?

Эми убрала волосы с лица и посмотрела на Джейсона:

— Вы спрашиваете меня, не отстает ли мой сын в развитии? — Эми была готова к битве. Пусть только попробует намекнуть на то, что раз отец Макса был пьяница, то ребенок может быть не таким умным, каким надо бы.

— Я спрашиваю, что может и чего не может двухлетний ребенок, и я... Да черт с этим! Макс, иди сюда.

Последнее предложение было произнесено с властными интонациями, и Эми почувствовала раздражение, когда Макс немедленно ему повиновался. Даже когда она говорила со своим сыном самым строгим тоном, на какой была способна, Макс просто улыбался ей и продолжал делать то, что она ему велела не делать.

Джейсон присел на корточки, чтобы глаза его и Макса оказались на одном уровне.

— Макс, ты бы хотел рисовать как мама?

— Только не предлагайте ему рисовать! — воскликнула Эми. — Он все выпачкает в краске и развезет такую грязь, что... — Она осеклась на полуслове, потому что Джейсон так на нее посмотрел, что ей сразу расхотелось давать комментарии.

Джейсон поправил воротник рубашки Макса, и мальчик вроде бы даже вытянулся, выпрямил спину.

— Ты бы хотел что-нибудь нарисовать?

234

Макс кивнул, хотя по-прежнему держался настороженно. Обычно ему не разрешали трогать мамины краски.

— Хорошо. Макс, старина, что ты скажешь насчет того, чтобы разукрасить ту комнату, в которой ты спал сегодня утром?

При этих словах Макс округлил глаза и, повернув голову, посмотрел на мать.

— Не смотри на меня. Мне велели держать рот на замке, — сказала Эми и скрестила руки на груди.

Джейсон приложил ладонь к щеке Макса и повернул голову ребенка так, чтобы тот смотрел на него.

— Это между нами. Поговорим как мужчина с мужчиной. Никаких женщин.

При этих словах лицо Макса приняло такое восторженное выражение, что Эми захотелось закричать. Ее сокровище, ее малыш уже превратился в мужчину!

— Итак, Макс, — сказал Джейсон, — ты хочешь разрисовать ту комнату или нет?

На этот раз Макс уже не смотрел на мать, а энергично закивал.

— Ладно, тогда первым делом мы должны решить, что ты собираешься нарисовать, хорошо?

Макс снова кивнул с очень серьезным видом.

— Ты знаешь, что ты хочешь нарисовать?

Макс кивнул.

Джейсон подождал, но, поскольку Макс молчал, Джейсон посмотрел на Эми.

— Это была не моя идея, — сказала она. — Вы будете после этого его отмывать.

Джейсон снова посмотрел на Макса и улыбнулся:

— Скажи мне, что ты хочешь нарисовать.

Макс закричал:

— Обезьянок! — Да так громко, что Джейсон чуть не упал на спину.

— Ладно, — со смехом сказал Джейсон. — Обезьяны так обезьяны. Ты знаешь, как рисовать обезьян?

Макс так энергично закивал, что все его тело задрожало.

Джейсон взял мальчика за плечи и сказал:

— А теперь послушай меня. — Добившись безраздельного внимания Макса, он продолжил: — Я хочу, чтобы ты пошел с этой леди, ее зовут Дорин, и я хочу, чтобы ты выбрал все, что тебе понадобится, чтобы нарисовать обезьянок. Больших обезьян, маленьких обезьянок. Целая комната, полная обезьян. Понимаешь?

Макс кивнул.

— Есть вопросы?

Макс покачал головой.

— Хорошо. Мне нравятся мужчины, которые умеют выполнять приказы. А теперь иди с Дорин, а я пока поработаю с твоей мамой. Хорошо?

Макс снова кивнул. Тогда Джейсон выпрямился и посмотрел на Дорин. Та протянула Максу руку, и они исчезли в недрах магазина художественных принадлежностей.

— Вы не представляете, что сделали, — сказала Эми. — Нельзя давать двухлетнему ребенку карт-бланш в магазине. Один Бог знает, что он купит и...

Джейсон взял Эми под руку и потащил ее в сторону, противоположную той, куда отправились Дорин и Макс.

— Давайте поторопимся. Купим все, что вам нужно, и поедем отсюда. А то, боюсь, президент появится здесь раньше, чем вы приступите к фрескам.

— Тогда, возможно, вам бы следовало позаботиться об оборудовании и материалах до моего приезда. Перед тем как отправиться в Абернети, я прислала Милдред

236

список всего необходимого, и она заверила меня, что к моему приезду все будет готово.

— Все было закуплено, — едва слышно сказал Джейсон.

Эми остановилась.

— Ну, тогда зачем нам покупать еще?

Джейсон вздохнул.

— Вам нужна была акварель, и Дорин заказала наборы с такими крохотными брусочками акварельных красок разных цветов.

— Но я заказывала несколько галлонов краски... Боже, сколько таких наборов она заказала?

— Скажем так, теперь каждый ребенок в Кентукки имеет новенький набор акварельных красок.

— О! — воскликнула Эми и рассмеялась. — Я даже боюсь спрашивать про проекционный аппарат для перенесения изображения на стену.

— Вы знали, что, когда диапроектор перевернуть вверх тормашками, все слайды из него выпадают?

— Нет, я никогда не проделывала подобные эксперименты. А вы откуда знаете, что так бывает?

— Потому что Дорин купила тринадцать различных марок диапроекторов и не могла найти ни одного, который работал бы в перевернутом состоянии.

— Понятно, — с трудом удерживаясь от смеха, сказала Эми. — Хорошо, что вы на ней женитесь, а то еще через пару недель она бы вас разорила.

— Эми, нам надо по этому поводу поговорить.

— В самом деле? — сказала она. — Я надеюсь, что вы не собираетесь сообщать мне ничего плохого, потому что я не могу работать продуктивно, когда расстроена. И Арни... О! За что это вы меня так?

— Простите, не хотел сделать вам больно, — сказал Джейсон, отпуская ее руку. — Давайте выбирайте, что вам нужно, и пора ехать отсюда.

Следующие полтора часа Эми посвятила подбору необходимого инвентаря и материалов для грандиозного проекта, который ей предстояло осуществить. То и дело она ловила себя на мысли о том, как приятно работать, когда заказчик говорит тебе, что деньги для него значения не имеют. Какое восхитительное чувство — приобретать лучшие краски, самые лучшие кисти, самые лучшие...

— Все это встанет в круглую сумму, — предупредила она Джейсона, но тот только пожал плечами.

— Что вам еще нужно? — спросил он, поглядывая на часы. Очевидно, ему стало скучно и он хотел быстрее уйти из магазина.

— Мужчины, — сказала она, и Джейсон посмотрел на нее в недоумении. — Или женщины. — Эми одарила его самой невинной улыбкой. — Мне потребуется по крайней мере три человека в помощь.

— Об этом уже позаботились.

— Быстро.

— Возможно, вы слышали о том, что когда-то я был бизнесменом и привык делать дела быстро.

— Правда? Да, теперь припоминаю. Я что-то об этом слышала. Так почему вы?.. О нет, — сказала она, так и не закончив мысль.

По проходу к кассе шел Макс. Следом за ним — Дорин. Макс был похож на юного принца, который ведет слона на веревочке, ибо Дорин сейчас очень напоминала слона. Она была нагружена сверх всякой меры: три корзины с товаром в руках и кисточка во рту. Только она не несла кисточку, зажав ее зубами поперек, как это сделал бы всякий на ее месте. Нет, Дорин держала ее во рту так, что она торчала на добрых восемнадцать дюймов вперед.

Она прошла мимо Джейсона и Эми, выплюнула кисть на прилавок, после чего вывалила туда же содержимое всех трех корзин и лишь потом повернулась к Эми и сказала:

— Ребенок странный. — И с этим удалилась.

— Макс, что ты сделал? — спросила Эми, но Макс засунул руки в карманы и сжал губы. Эми это выражение не признала, хотя Макс точь-в-точь повторил то, чему научился у матери.

Однако Джейсон сразу узнал это выражение лица и рассмеялся.

— Так вы будете все это покупать или нет? — усталым голосом спросил кассир.

— Конечно, — сказал Джейсон как раз в тот момент, когда Эми решительно заявила:

— Нет!

— Так берете или нет?

— Берем, — ответил Джейсон и, вытащив бумажник, протянул молодому человеку платиновую карточку «Американ экспресс».

Но Эми, просматривая то, что выбрал ее ребенок, вынуждена была согласиться с Дорин, что если не сам ее сын, то его приобретения действительно выглядели странно.

— Макс, дорогой, ты купил каждую из кисточек, которые были в магазине, да?

Макс коротко кивнул.

— А как насчет красок? — спросила она. — В какой цвет ты собираешься раскрашивать своих обезьян? И как насчет джунглей? Твои обезьянки будут жить в джунглях?

Но, еще до того как Макс успел ответить, подошла Дорин с банкой краски на четыре галлона и со стремянкой.

— Не смотрите на меня, — сказала она. — Он хочет только черную краску.

Макс стоял, поджав губы, и вызывающе смотрел на взрослых. Джейсон не выдержал и рассмеялся.

— Не потакайте ему, — бросила в сторону Джейсона Эми. — Макс, детка, я думаю, тебе надо взять еще какой-нибудь цвет, не один только черный, ты так не думаешь?

— Нет, — сказал Джейсон. — Он хочет черный, и он его получит. А теперь пойдем отсюда. Нам нужно выбраться из этого магазина до того, как...

— Как приедет президент, — в один голос сказали Эми и Дорин и рассмеялись, увидев угрюмую мину Джейсона.

Через пятнадцать минут багажник «рейнджровера» Джейсона был забит до предела, и вся компания отправилась в обратный путь — в библиотеку.

И там Эми в первый раз увидела Рафаэля. Ему было примерно семнадцать лет, и в глазах его была — нет, не вселенская грусть, а вселенская ярость. И еще на лице его виднелся свежий шрам, не иначе как от ножа.

Эми искоса взглянула на молодого человека, после чего схватила сына за руку и рванула к двери, но Джейсон встал у нее на пути.

— Не смотрите на меня так, — сказал он. — Этот парень — все, что я смог раздобыть за такое короткое время. Тот художник из Сиэтла должен был привезти помощников с собой, а этот парень на принудительных общественных работах.

— Принудительных? — Эми едва не завизжала. — Вы хотите сказать, что он здесь отбывает наказание?

Джейсон виновато пожал плечами, и Эми прижала к себе Макса.

— Вы не можете взять и все бросить лишь потому, что парень немного похож на разбойника...

240

— На разбойника? Да он так и выглядит, словно сошел с плаката «Их разыскивает полиция». Как вам пришло в голову привести сюда этого типа, когда здесь ребенок?

— Я вас с ним наедине не оставлю. Я не буду отходить от вас ни на минуту. И при мне будет пистолет.

— А, ну это совсем другое дело, — с сарказмом сказала Эми.

Она больше ничего не сказала, потому что Рафаэль, подвинув ее плечом, пошел к лестнице. Когда Джейсон перехватил его за руку, парень сказал ему что-то на языке, который Эми не понимала, и Джейсон, к ее удивлению, ответил ему на том же языке.

— Послушайте, Эми, вы его обидели, и теперь он хочет уйти. Но если он уйдет, ему придется несколько месяцев провести в тюрьме. Вы хотите взять это на свою совесть?

Эми готова была разрыдаться, потому что знала, что ее совесть такого груза не выдержит.

— Конечно, я не хочу, чтобы его отправили в тюрьму.

К немалому удивлению Эми, парень широко улыбнулся и вернулся в библиотеку.

— Он и не собирался уходить, — пробормотала себе под нос Эми. — Он просто решил меня напугать.

Джейсон засмеялся, поднял Макса на руки и понес его наверх, в библиотеку.

И это было только начало, думала Эми, глядя на огонь в камине и доедая последний кусочек кекса. После этого началась такая суета, что думать о ком-то или о чем-то, кроме работы, стало просто некогда. Как только Эми начала переносить свои рисунки на стены, она совершенно перестала бояться Рафаэля. Девицы в нарядах, едва прикрывавших тело, шли в библиотеку непрерывным потоком, откровенно рисуясь перед Рафаэлем. Но Эми вынуждена была отдать ему должное: парень оказался на высоте и все свои силы отдавал работе, а на девиц не обращал ровным счетом никакого внимания.

И Эми тоже не отвлекалась от дела. Макс в одночасье стал совсем другим. Таким она его просто не знала. Он уверенным шагом зашел в комнату, которая, как сказал Джейсон, теперь была его комнатой, и Дорин, словно верный оруженосец, проследовала за ним, нагруженная пакетами с кисточками и прочим художественным скарбом. Дверь закрылась за ними, и Эми не видела своего сына до конца дня.

Как же она ошибалась в собственном сыне! Она всерьез боялась, что, если Макса разлучат с ней больше чем на три часа, у него случится истерика, а вышло так, что Макс забыл о ее существовании, словно не мог дождаться того момента, когда сможет отделаться от своей матери на всю оставшуюся жизнь.

— Не ревнуйте, — вдруг произнес у нее за спиной Джейсон. — Макс, вероятно, признал в Дорин человека, равного себе по интеллекту.

— Я не ревную! — огрызнулась Эми. — И перестаньте говорить гадости о женщине, которую любите.

К немалой досаде Эми, Джейсон не сделал привычной попытки опровергнуть ее утверждение насчет Дорин. Вместо этого он сказал:

— В ней есть другие достоинства. — Причем сказал нарочито громко, чтобы Эми наверняка его расслышала. И едва он произнес эти слова, Дорин вошла в комнату, и все мужчины разом повернули головы в ее сторону.

— Идите к черту! — сказала Эми и, задрав нос, вышла из комнаты. За спиной она услышала негромкий смех Джейсона.

Да, Макс, судя по всему, нисколько не скучал по своей мамочке. Если ему что-то было нужно от Эми, он отправлял к ней Дорин в роли своего эмиссара.

— Он хочет знать, что едят обезьяны, — сказала Дорин во время своего первого путешествия из «Запретной зоны», как Эми про себя стала называть владения Макса.

— Откуда мне знать? — бросила Эми через плечо. — Я всего лишь его мать.

— Растительную пищу, — сказал Джейсон. — Листья с деревьев.

Дорин вернулась в студию Макса, но через минуту пришла опять.

— Он хочет, чтобы ему показали на картинках то, что едят обезьяны.

Когда Эми открыла рот, чтобы что-то сказать, вмешался Джейсон.

— Позвольте мне, — сказал он и ушел. Вернулся он с книгами, в которых рассказывалось об обезьянах и их рационе. Некоторые книги были на японском языке.

Дорин отнесла книги в комнату Макса, но вскоре снова вышла оттуда с одной из них.

— Он говорит, что хочет, чтобы ему еще принесли таких книжек. Я не знаю, что он имел в виду, но он сказал: «Потому что она кажется мне такой же, как все остальные».

— Японское искусство, — сказал Джейсон и удалился. Вернулся он с громадной стопкой книг.

Дорин, забирая у него груз, сказала:

— Он очень странный ребенок.

В четыре часа появилась Милдред с тремя корзинами еды и сказала, что забирает Эми на ленч.

— Время ленча давно прошло, — заметила Эми, придирчиво разглядывая лошадиную морду, которую только что нарисовала. Цвет ей не очень нравился.

— Время прошло, а ленч-то был? Ты ела? — спросила Милдред.

Эми не ответила, и Милдред без лишних слов взяла ее под руку и потащила к выходу.

— Но я...

— Они мужчины. Они не будут работать, когда у них перед глазами еда, поэтому у нас есть примерно тридцать семь минут, чтобы спокойно пообщаться.

— Но Макс...

— Похоже, он прекрасно поладил с Дорин. Насколько я вижу.

Эми поморщилась:

— И давно ты за нами наблюдаешь?

Милдред ничего не сказала до тех пор, пока они не уселись за столиком в кафе через дорогу и пока им не принесли их заказ.

— Я пробыла там всего несколько минут, но Лиза Холдинг заходила в библиотеку чуть пораньше, чтобы взять книгу по патологической психологии, с которой ей постоянно приходится иметь дело, потому что она обручена с сыном банкира, но она питает симпатию к Рафаэлю, поэтому она зашла, чтобы на него посмотреть, и она рассказала своей двоюродной сестре, которая рассказала моей парикмахерше, которая рассказала мне, что...

— Рассказала тебе обо всем, что происходит, — закончила за нее Эми.

— Конечно. Мы все горим желанием узнать, что происходит между тобой и Джейсоном.

— Ничего не происходит. Нет, честное слово, абсолютно ничего. Все мужчины тут так запали на Дорин, что работа останавливается всякий раз, как она выходит из той комнаты и заходит в нее. Даже мой сын. — Эми остановилась, чтобы перевести дух.

— Ревнуешь, — сказала Милдред, кивнув. — Мне знакомо это чувство.

— Я не ревную. Может, хватит мне говорить, что я ревную? Что вы все заладили одно и то же?

— Джейсон сказал тебе, что ты ревнуешь?

Эми взяла стакан с колой и начала пить, чтобы только не отвечать на вопрос свекрови.

— Когда Билли был маленьким, мы в первый год его жизни никогда не разлучались, а потом моя сестра взяла его на полдня, и после этого Билли наотрез отказал мне в праве укладывать его в постель.

Эми ничего на это не сказала, и Милдред спросила:

— Так как у тебя дела с Джейсоном? Он уже сделал тебе предложение?

Эми ничего не сказала. Она опустила глаза на сандвич у себя на тарелке.

— Я знаю, что для тебя это игра, но я не хочу повторить ту же ошибку, что совершила в последний раз.

— Ты хочешь со мной поговорить? — тихо спросила Милдред. — Я умею слушать.

— Я хочу узнать Джейсона. Я хочу проводить с ним больше времени. Я допустила большую ошибку, когда вышла замуж в первый раз, и не хочу допускать ее вновь. — Эми подняла на Милдред умоляющий взгляд. Ей хотелось с кем-то поговорить, но она прекрасно понимала, что эта женщина приходилась Билли матерью. — Я не хочу думать о том, на что была бы похожа моя жизнь, если бы я все еще была замужем за Билли. И если я и успела что-то узнать о Джейсоне за это время, так это то, что он умеет лгать. Врет на пять с плюсом. Он лгал мне, когда говорил, что он гей, когда объяснял, почему хочет пожить у меня и почему ему так нужен дом. На самом деле все, что я о нем узнала от него самого, было ложью. — Эми перевела дыхание. — И вот сейчас мне говорят, что он искал меня два года, но что он на самом деле знает обо мне, о моем сыне? И что он за человек? Разыгрывать других он умеет, это верно, но как он отреагирует, если разыграть его самого?

Милдред улыбалась, глядя на Эми.

— Для человека с такими деньгами так ли важно иметь чувство юмора? Кому есть дело до того, как у него обстоят дела с юмором?

— Мне. Мне есть до этого дело, и твоему внуку тоже.

— Тебе не угодишь.

— Дело не в том, что мне трудно угодить. Дело в том, что на этот раз я хочу все сделать правильно. На этот раз я должна думать о мужчине, который будет хорошим отцом для моего ребенка. Я не хочу, чтобы Макс привязался к человеку, который потом исчезнет из его жизни.

— Или чтобы он вколол себе что-нибудь и ушел от проблем таким способом, — тихо сказала Милдред.

— Именно.

Милдред улыбнулась:

— А ты взрослеешь.

— Возможно. За два последних года, как мне кажется, я смогла понять, кто я и на что способна. Я могу позаботиться о себе и своем сыне, если придется. На самом деле я могу устроить для нас двоих вполне приличную жизнь. И я горжусь собой и счастлива тем, что смогла это выяснить.

Милдред накрыла руку Эми своей ладонью и легонько пожала ее.

— И я рада, что ты ищешь мужчину не ради его денег. Так расскажи мне, что там у Джейсона с Дорин. Расскажи мне все.

Когда Эми вернулась в библиотеку, часы показывали шесть. Джейсон был в ярости.

— Вы каждый день собираетесь обедать по два часа? — спросил он.

— Захочу — и буду, — не моргнув глазом ответила Эми.

— Она звонила своему жениху, — сказала Милдред. — Влюбленные не могли наговориться. Я думаю, на следующей неделе он приедет навестить ее.

Джейсона всего перекосило от злости.

— Отныне и впредь я требую, чтобы вы свои личные дела решали в свое личное время. А сейчас мы могли бы вернуться к работе?

Эми посмотрела на свекровь, не зная, то ли ей радоваться находчивости Милдред, то ли злиться на нее за чудовищную ложь.

Милдред подобной двойственности не ощущала.

— Не беспокойся, — сказала она. — Ты можешь отблагодарить меня позже. — С этими словами Милдред повернулась и вышла из библиотеки.

Эми вернулась к работе и продолжала работать до вечера, до того самого момента, когда Чарлз принес им всем изысканный ужин.

— Я в огромном долгу перед вашим сыном, прирожденным гурманом, — сказал Чарлз, склонившись к ее плечу.

Эми обвела взглядом комнату. Все были заняты едой. Макс сидел в центре, склонившись над полной тарелкой. Он даже не взглянул на мать.

В девять вечера Эми решила, что Максу пора спать, хочет он того или нет, и тогда она обнаружила, что доступ в комнату Абернети действительно закрыт для всех, включая и ее. Закрыт не фигурально, а буквально — комната была заперта изнутри. Раздраженная, Эми постучала, и ей открыла Дорин.

— Ему пора домой, спать, — сказала Эми.

— Ладно, я спрошу его, — сказала Дорин и, к немалой досаде Эми, закрыла дверь перед самым ее носом.

Через пару секунд вышел Макс. Он сонно тер глаза, и Эми почувствовала себя виноватой из-за того, что не уложила его спать пораньше. Пристегнув Макса к детскому сиденью в машине, которую ей одолжила Милдред, Эми повезла ребенка домой.

И тогда начались проблемы. Макс ни за что не хотел засыпать. Обычно он был сговорчивым ребенком, редко капризничал, но в этот раз превратился в настоящего демона. Он визжал во весь голос, и когда Эми взяла его на руки, он изо всех сил упирался и извивался, однако не давал уложить себя в постель.

В одиннадцать борьба все еще продолжалась, и Эми никак не могла понять, в чем дело. Макс только кричал «Нет!» во все горло.

— Я позвоню Джейсону, — перекрикивая Макса, сообщила Милдред и взяла трубку.

— И что это даст? — спросила Эми. — Макс, детка, пожалуйста, скажи своей мамочке, что с тобой, — в тысячный раз повторяла она, но Макс вопил и проливал слезы, и лицо его покраснело, а нос распух. — Хоть что-нибудь скажи! — умоляла Эми. Между тем Милдред уже набрала знакомый номер.

Через несколько минут Джейсон уже был на месте, и, судя по его виду, когда ему позвонили, он продолжал работать. Он не успел принять душ, и одежда его была в краске.

Однако и появление Джейсона, вопреки ожиданиям, не произвело на Макса никакого впечатления.

— Бедняга, — сказал Джейсон, пытаясь забрать Макса у обессиленной Эми, но Макс не желал идти к нему на руки.

— У меня есть мысль, — сказал Джейсон. — Давай отвезем его домой.

— Домой? — переспросила Эми. — Вы хотите сказать, что сейчас, среди ночи, мы должны ехать в аэропорт?

— Нет, я имею в виду его настоящий дом. — Джейсон не удостоил ее больше и словом, он просто забрал у нее упирающегося Макса, вынес его на улицу и, усадив в машину, пристегнул ремнем. К этому моменту ребенок окончательно выбился из сил и уже не мог сопротивляться. Он только тихо всхлипывал.

Эми села в машину и с удивлением обнаружила, что Джейсон везет их... Вначале она не поверила своим глазам. Джейсон свернул к дому, который когда-то принадлежал им с Билли. Уезжая из Абернети, Эми отдавала себе отчет в том, что раз Милдред также участвовала в покупке дома и продолжала выплачивать за него ссуду, этот дом будет отписан ей, так что Эми беспокоиться о судьбе этой развалюхи не приходилось. Эми полагала, что Милдред его продала. Возможно, его разобрали и снесли, потому что сам по себе дом фактически ничего не стоил.

Но сейчас перед ней был тот самый старый дом. Тот, да не совсем. Развалюха на Салма-плейс сказочно преобразилась. Ухоженный, чистенький и удивительно красивый. Ясно было, что Джейсон сделал этот дом своим пристанищем. Своим домом.

У Эми не было времени все как следует рассмотреть внутри, пока Джейсон нес хнычущего Макса через прихожую с мраморным полом, через гостиную и по коридору в комнату, которая когда-то служила Максу детской. Она была сохранена в том виде, в котором Эми оставила ее два года назад. Там было чисто прибрано, так, словно ее специально готовили к появлению того ребенка, который должен в ней жить. Так, словно Макса ждали с минуты на минуту.

В целом, подумала Эми, ощущение было довольно жуткое.

Джейсон опустил Макса на кровать, и Макс, оглядевшись, вдруг расслабился, успокоился и наконец уснул.

— Он не может помнить это место, — сказала Эми. — Он был еще совсем маленьким.

— Никто никогда не забывает то, что любит, а он любил этот дом, — сказал Джейсон.

«И тебя он тоже любил», — хотела сказать Эми, но промолчала.

Джейсон испытующе смотрел на нее несколько секунд, словно ожидал каких-то слов. Напрасно.

— Вы знаете, где ваша комната, — сказал он и направился в ту самую комнату, в которой жил, когда этот дом был ее домом.

Оставшись одна, Эми постояла немного, глядя вслед Джейсону, и, вздохнув, отправилась в свою спальню. Эта комната и близко не напоминала ту, в которой она жила два года назад. Над помещением поработали профессиональные декораторы, потому что только высококлассный специалист мог сделать ее такой красивой. Все здесь радовало глаз, каждая мелочь — все, вплоть до свежесрезанных цветов в вазе на тумбочке возле кровати.

Только сейчас Эми поняла, как сильно устала. У нее хватило сил лишь на то, чтобы раздеться и забежать в ванную. Она уснула, едва голова ее коснулась подушки.

И сейчас настало утро, Макс все еще спал, и, как догадывалась Эми, Джейсон тоже все еще спал в своей комнате.

— И мы забыли про мебель для Дорин, — сказала она, допивая чай и потягиваясь. Пора одеваться и отправляться на работу. «Фрески должны быть закончены до приезда президента», — с улыбкой подумала она.

В спальне в шкафу она обнаружила чистую одежду как раз ее размера и не удивилась. И когда проснулся Макс, она не удивилась тому, что Джейсон уже уехал из дома.

Глава 19

— Проклятие! — процедил Джейсон и ударил кулаком по рулю. Она что, думает, он каменный? Разве мог он уснуть, зная о том, что Эми находится в соседней комнате? Он глаз не сомкнул всю ночь. Но его близкое присутствие, похоже, нисколько не обеспокоило Эми, потому что она спала как убитая. Ни разу не проснулась. Тихо, чтобы ее не разбудить, он четыре раза заходил в ее комнату и комнату Макса проверить, как они спят, но она даже не шелохнулась.

И вот сейчас он ехал в библиотеку. Еще не рассвело, и впереди у него был целый день, нет, бесконечная вереница дней, которые они должны провести вместе, работая бок о бок. Всякий раз, когда он пытался объяснить ей, что ни с кем не помолвлен, что все еще ее любит, она затыкала ему рот. Но почему, черт возьми, он не приложил больше усилий, чтобы все ей объяснить?!

«Хватит бередить раны», — приказал он себе. Иначе он сойдет с ума. Иногда Джейсону казалось, что с тех пор, как он встретил Эми, он только и делал, что сожалел о своих поступках. Он уже пожалел о том, что пригласил в качестве подмастерья малолетнего преступника. Когда Эми увидела Рафаэля и Джейсон заметил ее страх, он тут же пожалел о том, что сделал. Но затем Рафаэль словчил, перехитрил ее, и...

— О, да черт с этим со всем! — сказал он, сворачивая на стоянку перед библиотекой. Возможно, ему следует сделать то, что советовал Дэвид. Наверное, он должен забыть об Эми. Может, и правда ему стоит найти другую женщину, которая ответит ему любовью. Женщину, которая не станет убегать от него. Женщину, которая захочет быть рядом с ним, проводить с ним как можно больше времени.

В библиотеку Джейсон вошел, исполненный решимости держаться подальше от Эми и ее сына. Может, было бы лучше поехать на Багамы и вернуться оттуда как раз к открытию библиотеки?

«Нет, — сказал он себе, — ты останешься и станешь бороться до конца как мужчина».

Может, все то, что ему говорили, правда и он совсем не знает Эми? Она определенно сейчас выглядела не так, как тогда, два года назад. Два года назад она была болезненно худой, изможденной и производила впечатление беспомощного человека. Может, эта беспомощность и привлекала его к ней?

Но теперешняя Эми была совершенно другой. Сейчас в ней чувствовалась уверенность. Вчера, выбирая необходимые материалы для фресок, она не металась. Она точно знала, что ей нужно и кто ей нужен, как знала, что и как она должна делать, чтобы выполнить порученную ей работу.

— Вероятно, Милдред права и мне нравятся только никчемные люди, — пробормотал Джейсон. — Уверен, что после того, как проведу с ней шесть недель, я осознаю, что никогда ее по-настоящему не знал и что женщина, с которой познакомился два года назад, существует только в моем воображении.

Джейсон улыбнулся и почувствовал себя лучше. Да, именно так. Тогда он провел с ней и Максом всего несколько дней и решил, что они ему нравятся. Как верно заметил Дэвид, они нуждались в «отладке», как одна из тех мелких компаний, которые Джейсон покупал и затем реорганизовывал, чтобы потом продать за большие деньги. Эми и Макс были для него очередным проектом. Как Абернети. И бизнесмен в нем, наделенный врожденными организаторскими способностями, захотел разобраться в причинах их проблем, отладить все, настроить, кое-что подрихтовать и в итоге сделать из них нечто стоящее.

Теперь, когда он понял, в чем состоит его проблема, Джейсон почувствовал себя значительно лучше. Но тут он посмотрел на часы, задаваясь вопросом, когда же наконец появится Эми, потому что, черт возьми, он по ней соскучился.

«Нет, — сказал он себе. — Дисциплина прежде всего». Дисциплина и самоконтроль — вот в чем ключ к успеху. Железная дисциплина — вот что ему нужно. Больше он не станет выставлять себя перед Эми дураком. Он не станет преследовать ее, не станет лгать ей, вводить в заблуждение. Иначе говоря, он не станет делать ничего, чтобы ей понравиться. Только дело и ничего, кроме дела. У них есть работа, и ее необходимо выполнить. И это все.

— Верно, — сказал он себе и снова посмотрел на часы. — Что она там делает, черт возьми?!

Когда Джейсон услышал, как ее машина заехала на стоянку, он улыбнулся и пошел в кабинет. Не хватало, чтобы она подумала, будто он ее ждал.

— Дорин, дорогая, — сказала Эми, протягивая Максу половину сандвича, — мы вчера напрочь забыли о вашей мебели.

— Да, я знаю, — кивнула Дорин и посмотрела на свой сандвич так, словно он был сделан из папье-маше. — Не думаю, что этому суждено случиться.

— Почему нет, моя медовая булочка? — спросил Джейсон.

Обе женщины испуганно на него уставились.

— Ты уже потеряла в меня веру? — продолжал Джейсон. — Еще до того, как мы поженились?

Дорин и Эми одновременно открыли рты от удивления.

— Я подумал, дорогая, что, поскольку времени у меня немного... — Джейсон развернул газету, которую кто-то оставил у него на столе. — Тебе нравится? — Он ткнул пальцем в снимок большого усадебного дома с широкой верандой вдоль всего фасада. Дом был двухэтажный, с просторным чердаком и тремя мансардными окнами, выходящими на лужайку перед домом. Даже по этой зернистой черно-белой фотографии чувствовалось, что от дома веет безмятежностью и покоем. Как, должно быть, приятно жарким летним днем растянуться в тени раскидистых деревьев, которые росли по трем сторонам дома! — Тебе нравится? — повторил свой вопрос Джейсон, откусывая сандвич.

— Мне? — спросила Дорин.

— Конечно. Я же на тебе женюсь, не так ли? Если ты, конечно, не передумала. — При этих словах он подмигнул Эми, которая все еще продолжала сидеть с открытым ртом. — Тебе нравится дом или нет?

— Он красивый, — прошептала Дорин. Глаза у нее округлились и стали размером с большие круглые печенья, что принес им Чарлз.

— Не слишком маленький? Не слишком большой? Может, ты хотела что-то посовременнее?

Дорин смотрела на Эми так, словно просила у нее совета.

Эми откашлялась.

— Если этот дом в хорошем состоянии, то со временем он не упадет в цене, как это случается с новыми домами, — тихо сказала она.

— Так каково твое решение, любовь моя? — спросил Джейсон.

На этот раз Дорин сделала судорожное глотательное движение, словно у нее сдавило горло.

— Я... Это... Я... — И вдруг она резко зажмурилась и открыла глаза, очевидно, приняв решение. — Я возьму его, — с энтузиазмом заявила она.

В следующую секунду Джейсон достал мобильный и позвонил своему агенту по недвижимости. Эми и Дорин в молчании слушали, как Джейсон сообщает своему риелтору о том, что хотел бы купить дом, который увидел в сегодняшней газете.

— Нет, у меня нет времени на него смотреть. Нет, мне все равно, сколько он стоит. Вы сами все это сделаете, просто принесите документы, а я выпишу чек.

Наконец Джейсон прекратил разговор и отключил телефон.

— Вы не можете купить дом вот так, — сказала Эми.

— Почему нет? Могу. Я только что его купил. А сейчас, не пора ли нам приниматься за работу? Какого цвета должны быть эти седла?

— Лилового, — сказала Эми. Она не знала, что ее так раздражало, но она была ужасно раздосадована.

Через двадцать минут в библиотеку вошел запыхавшийся, вспотевший мужчина с документами и сообщил, что необходимо провести именной поиск и что все это займет некоторое время.

— Кто-нибудь сейчас живет в доме? — спросил Джейсон.

— Нет...

— Сколько времени он находился во владении последних хозяев?

— Четыре года. Владельца дома перевели работать в Калифорнию, и он...

— Тогда я уверен, что с юридической стороны там все в порядке. — Джейсон взял бумагу и ручку и, написав некое число, протянул листок агенту. — Как насчет того, чтобы продать мне его за эту сумму и забыть об именном поиске?

— Позвольте мне сделать звонок, — сказал агент и, вернувшись через пять минут, сообщил: — Дом ваш. — Он вытащил из кармана ключи: — Я думаю, что при данных обстоятельствах они вам понадобятся прямо сейчас.

Джейсон протянул ключи Дорин.

— Так, что тебе еще нужно?

Дорин прижала ключи к груди. Она выглядела так, словно вот-вот упадет в обморок.

Естественно, во время этой сцены никто не работал. И даже Эми не удержалась от улыбки.

«Наконец я сделал хоть что-то, что ей понравилось, — подумал Джейсон, — и плевать, что это встало мне в сумму с шестью нулями». Получается, чтобы добиться улыбки Эми, он должен сделать подарок Дорин. Раз так, он готов подарить Дорин даже весь штат Кентукки.

— Я ненавижу его, — сказала Эми свекрови.

— Успокойся и расскажи, что он делает.

Они находились в библиотеке, было поздно, и Макс спал на маленькой кровати, которую Джейсон приобрел для него, чтобы он мог спать, когда мать работает допоздна.

Эми тяжело вздохнула.

— Я здесь уже целую неделю, мы живем в одном доме, работаем вместе целыми днями, а он не обращает на меня ровно никакого внимания. Вообще никакого.

— Я уверена, что он просто следует принципу «тише едешь — дальше будешь». Он, вероятно...

— Нет, — жалобно захныкала Эми. — Я ему просто не нравлюсь. Если бы ты знала, что я сделала за эти последние несколько дней...

— Довольно. Расскажи мне все. — Милдред взглянула на внука и заподозрила, что тот только притворяется спящим. — Я хочу знать все, что Джейсон тебе сказал.

— В этом-то все и дело. Он ничего мне не говорит и ничего не делает.

Эми схватила тряпку и принялась тереть фреску, на которой был изображен слон в золотой попоне. Потом она смешала красный с серым и нанесла еще один слой краски.

— Этот слон будет очень-очень темным. — Сделав глубокий вдох, она попыталась успокоиться. — Я думала, он хочет... Ну, что он... Ты сказала...

— Я сказала, что он тебя любит и хочет на тебе жениться, — тихо проговорила Милдред. — Да, это так. Держу пари. Могу поставить на это свою парикмахершу.

Эми засмеялась.

— Ладно, я просто слишком расчувствовалась. Ну, он действительно очень привлекательный мужчина, и я... — Она посмотрела на Макса. Глаза у него были подозрительно плотно закрыты. — Ты видела тот комплект, что выставлен в витрине «Чемберс»?

— Такой крохотный из сплошных кружев?

— Да. Я его купила и позаботилась о том, чтобы Джейсон меня в нем увидел. Я разыграла смущение, но с тем же успехом я могла бы напялить свой старый банный халат, он бы все равно не заметил.

Милдред приподняла бровь.

— И что он сделал?

— Ничего. Попил молока, пожелал мне спокойной ночи и отправился спать. Он даже на меня не взглянул. Но я ведь не Дорин. Это у нее фигура такая, что...

— Что через три года она превратится в толстуху, — сказала Милдред, небрежно махнув рукой.

— Не говори ничего плохого о Дорин, — огрызнулась Эми — Она мне нравится. И Макс ее обожает.

И снова Милдред посмотрела на ребенка и подумала, что ресницы у него задрожали. И, кажется, между бровей у него появилась складка.

— Так расскажи мне, что мой внук рисует в той комнате

Эми закатила глаза.

— Я понятия не имею, что там происходит, поскольку он не разрешает мне смотреть. Строжайшая тайна! Секреты от собственной матери! И он отказывается спать дома, даже если Дорин с ним остается, потому что боится, что если я останусь в библиотеке одна, я не удержусь и подсмотрю.

— А ты бы подсмотрела?

— Конечно, — сказала Эми, словно это нечто само собой разумеющееся. — Я его родила, так почему бы мне не увидеть его картины?

Милдред рассмеялась. Особенно ее порадовало то, что складка между бровями Макса разгладилась, а уголки губ поползли вверх. Очевидно, ребенок очень неплохо знал свою мать.

— Так что же происходит между тобой и Джейсоном?

— Ничего. Когда все это закончится, мы с Максом поедем домой и...

— И? — спросила Милдред.

— Ничего... — тихо сказала Эми. — Ничего хорошего нас там, в Нью-Йорке, не ждет, мне ли не знать.

— Тогда оставайся здесь, — сказала Милдред, и голос ее чуть дрогнул. Ей показалось, или она действительно услышала в этом голосе жалобные нотки?

— Чтобы каждый день видеть Джейсона?

— Чтобы видеть меня, а мне видеть моего внука! — воскликнула Милдред.

— Тише, ты разбудишь Макса.

— Ты не думаешь, что, увозя ребенка от бабушки, ты причиняешь ему вред? Эми, прошу тебя...

— Подай мне вон ту банку с зеленой краской, пожалуйста, и давай поговорим о чем-нибудь другом. На этот раз я никуда не убегаю. Я просто поеду домой.

Но отчего-то та квартира в Нью-Йорке больше не ассоциировалась у Эми с понятием дома. С каждым днем ей вспоминалось все больше мелочей, связанных с Абернети. В полдень Эми заставляла Макса прервать работу, и они шли через город к роще, где они могли съесть свои сандвичи, сидя под раскидистым дубом. И когда они шли по улице, люди окликали их и расспрашивали, как идут дела в библиотеке, и подшучивали над Максом, расспрашивая его о секретной комнате.

Слово «дом» приобрело для Эми новое значение

Глава 20

Эми не разговаривала с Милдред довольно долго, потому что следующие десять дней были до предела заполнены работой и не то что говорить, а думать о чем-то постороннем не получалось. Эми спала по четыре часа в сутки и была рада тому, что постепенно Дорин взяла на себя всю заботу о Максе. Вначале Эми не знала, радоваться ей или переживать из-за того, что Макс вполне позитивно отнесся к тому, что купает его и укладывает спать не мать, а совсем другая женщина. Что его одевает не мать, и сказки на ночь тоже читает не она. У Эми не было времени на то, чтобы посидеть с сыном и поговорить об этом.

Все случилось как-то само собой, и Эми даже не заметила, когда именно Макс успел привязаться к Дорин.

Спустя два дня после приезда Эми Шерри Паркер родила девочку, и буквально в течение двух недель Шерри так ловко организовала свою жизнь и жизнь домочадцев, что ночью все нормально спали, и сама она просыпалась всего один раз за ночь, чтобы покормить ребенка. При такой образцовой организации быта Шерри смогла помочь Джейсону решить практически все проблемы, связанные с подготовкой города Абернети к визиту президента США.

— Я обожаю тебя, — как-то сказал Джейсон после того, как Шерри одним духом выпалила ему весь список задач, которые она уже успела выполнить и которые сейчас выполняются.

— Хм! — сказала Шерри, но она была явно польщена признанием своего босса и родственника. На Шерри был элегантный белый костюм от Шанель, но через плечо у нее был переброшен громадный, широкий, цветастый платок, сделанный, должно быть, где-то в Африке, и в нем, как в люльке, мирно спала ее новорожденная дочь.

После того как Шерри вернулась к работе, Дорин перебралась жить в дом, где уже жили Джейсон, Эми и Макс, и стала присматривать за Максом. К тому времени Эми успела преодолеть ревность и не испытывала к Дорин ничего, кроме благодарности. Каждое утро Дорин следила за тем, чтобы Макс съедал то, что специально для него готовил Чарлз, а затем отвозила Макса в библиотеку. И каждое утро Макс доставал из кармана ключ и церемонно открывал дверь в комнату Абернети, а затем исчезал за этой дверью на весь день.

Однажды, правда, самолюбию Эми был нанесен серьезный удар. И кем? Собственным сыном! В тот день Чарлз зашел в библиотеку, и Макс, сделав для Чарлза исключение, пригласил его в свою секретную комнату Тридцать минут спустя Чарлз вышел из комнаты с широко открытыми от удивления глазами, но губы его были плотно сжаты.

— Отец ребенка тоже был художником?

— Нет, — пожала плечами Эми. — А почему вы спрашиваете?

— Этот мальчик получил двойную порцию таланта, и мне просто интересно, от кого он этот талант унаследовал. Можно мне присутствовать, когда президент увидит ту комнату?

— Ты забыл, что готовишь угощение для президента! — крикнул Джейсон с помоста. Он лежал на спине и расписывал потолок.

— Верно, — сказал Чарлз и, наклонившись к Эми, шепнул: — Давно он в таком мерзком настроении?

— С семьдесят второго года, — без колебаний ответила Эми.

Чарлз многозначительно кивнул и вышел из библиотеки.

И только к концу третьей недели Эми начала понимать, что происходит между ней и Джейсоном. Столько времени ей потребовалось, чтобы справиться с раздражением и досадой, вызванными отсутствием внимания с его стороны. К тому же она была слишком занята работой, чтобы подумать, посмотреть и послушать.

Но к концу третьей недели работа стала привычной рутиной, и она перестала мешать Эми размышлять о своем, о личном. И раздумья принесли плоды. Она начала кое-что понимать. Не она одна изменилась за эти два года. Джейсон тоже изменился, только она не знала, догадывается ли он сам о той перемене, что произошла в нем. И день за днем неприязнь, которую она испытывала к нему изначально, понемногу начала испаряться.

Однажды в библиотеку на цыпочках вошел мальчик лет восьми и молча протянул Джейсону листок бумаги. Джейсон сделал кое-какие пометки на листе, сказал мальчику пару слов, и ребенок ушел от него с широкой улыбкой на лице.

На следующий день произошло примерно то же самое. А потом еще раз, и еще. Дети были каждый раз разные. Иногда они заходили по двое, по трое, отвлекая Джейсона от работы.

Однажды после полудня в библиотеку вошел парень примерно лет шестнадцати. Он сунул Джейсону под нос листок бумаги и с дерзким видом уставился на него. Джейсон вытер кисть, затем прошел с мальчиком к себе в кабинет и вышел оттуда не раньше чем через час.

Если бы Эми не была завалена работой, то поинтересовалась бы, что происходит, даже просто так, из чистого любопытства. Но тогда она могла думать только о том, как побыстрее перенести все рисунки на стену.

Но однажды настал день, когда все рисунки были успешно перенесены и осталось только выполнить заливку. Эми, решив устроить себе маленький перерыв, уселась на пол рядом с Дорин и Максом, которые уже вовсю уплетали приготовленный Чарлзом салат и пирог. Как раз в тот момент в комнату вошли две маленькие девочки с листами бумаги и протянули эти листы Джейсону.

— Что он делает? — спросила Эми.

— Домашнее задание, — сказала Дорин.

— Какое домашнее задание?

Дорин прожевала и сказала:

— Он помогает ребятам выполнять домашнюю работу. То, что задают в школе.

— Дорин, не заставляй меня клещами из тебя тянуть..

— Я думаю, что все это начиналось как шутка. В зоомагазине. Нет, вру, в парикмахерской. Точно, в парикмахерской. Мужчинам нечего было делать в субботу, вот они и стали жаловаться на то, что учителя задают их детям такие задания, в которых родители ничего не понимают, и помочь им некому. А потом дети получают двойки в школе. Тогда кто-то сказал, что, если Джейсон действительно хочет помочь жителям Абернети, пусть он сделает так, чтобы дети в этом городе лучше соображали.

— И что дальше? — спросила Эми, взглянув на Дорин. — Каким образом Джейсон может сделать местных детей умнее?

— Я не знаю, но комиссия по образованию утверждает, что у наших детей сейчас намного повысилась успеваемость в школе.

У Эми было много вопросов, потому что она ничего не поняла из того, что сказала Дорин. Эми решила поднять эту тему в другой раз, а сейчас, пользуясь случаем, решила кое-что выпытать у своего сына.

— Как у тебя дела? Можно мне посмотреть, что ты рисуешь?

У Макса был набит рот, поэтому он лишь улыбнулся ей и покачал головой.

— Ну пожалуйста, — взмолилась Эми. — Можно мне только одним глазком посмотреть?

Макс решительно мотнул головой.

Эми уже сбилась со счету, сколько раз она пыталась упросить Макса показать ей плоды своего творчества. Она не знала, чем его подкупить, какие слова найти, чтобы упросить пустить ее хоть одним глазком взглянуть на его работу. Макс был непреклонен. Нет, и все.

На следующий день, когда Дэвид зашел в библиотеку, чтобы посмотреть, как продвигаются дела с фресками, Эми отвела его в угол и спросила:

— Что это за история с мистером Домашнее Задание?

— Это ты о Джейсоне? А Милдред тебе ничего не рассказала? — спросил Дэвид. — Я думал, она обсуждает с тобой все события в Абернети.

— На самом деле я начинаю думать, что мне никто ничего не рассказывает.

— Мне знакомо это чувство. Моему брату открыта дверь в каждый дом нашего городка. Тем более в дом, где растет ребенок, которому требуется помощь в выполнении домашних заданий.

Эми молча ждала продолжения, и Дэвид не обманул ее ожиданий.

— Все началось как шутка. Жители Абернети с подозрением отнеслись к мотивам Джейсона, когда он решил перестроить город, и...

— Но почему? Он здесь вырос.

Дэвид ответил не сразу.

— Я думаю, тебе стоит самой расспросить об этом Джейсона. Скажем так, местные жители решили, что у Джейсона есть какие-то свои скрытые мотивы. Иначе зачем бы он все это затевал? Одним словом, его подозревали в коварстве и хитрости. Так что однажды кое-кто поболтал кое с кем, и...

— Сплетни в парикмахерской.

Дэвид улыбнулся:

— Именно. Кто-то сказал, что если Джейсон на самом деле хочет сделать что-то хорошее, так пусть для начала поможет ребятам с домашней работой.

— И?

— И он помог.

Эми испытующе смотрела на Дэвида.

— Ты мне что-то недоговариваешь. Что вы все скрываете от меня?

— Свою любовь к брату, если ты способна в это поверить. Джейсон велел Шерри просмотреть оценки школьников Абернети за контрольные работы, и, должен вам сказать, картина получилась удручающая. В городе с таким уровнем безработицы, как в Абернети, чуть ли не в каждой второй семье страдают депрессией. Джейсон понимал, что бесполезно объяснять родителям этого города, что им следует заниматься со своими детьми, поэтому он просто нанял детям наставников.

Дэвид оглянулся и посмотрел на спину брата. Джейсон помогал Рафаэлю делать заливку.

— Брат не стал нанимать унылых и скучных школьных учителей. Нет, он нанял безработных актеров и танцоров, и еще писателей, и бывших капитанов дальнего плавания, и врачей, и... — Дэвид сделал паузу и победно улыбнулся Эми: — Он нанял много разных людей, специалистов в разных областях знаний. Они приехали сюда и работали в школе три месяца. А потом многие из этих людей захотели здесь остаться.

Эми немного помолчала, обдумывая информацию.

— И он помогает детям выполнять домашнее задание?

— Да, помогает. Кстати, Джейсон сказал, что это я подал ему мысль заниматься детьми. Я как-то сказал, что есть и другие дети. — Дэвид понизил голос до шепота: — Я говорил ему, что есть другие дети, помимо Макса.

— Понятно, — кивнула Эми, однако она не была так уж уверена в том, что ей все понятно.

И после этого разговора она стала приглядываться к Джейсону внимательнее. За те два года, что она провела в Нью-Йорке, пытаясь жить своей жизнью, у нее сложилось свое представление о Джейсоне, и этот образ она создала, основываясь на том, что читала о нем в прессе. Но его благотворительность она рассматривала под собственным углом зрения, соизмеряя его нынешние поступки с тем, как он действовал в ее случае. Ведь тогда, два года назад, он потратил огромную сумму на нее и на ее ребенка. И у нее получалось, что Джейсон и его деньги — по сути, одно и то же.

Но отдавать свои деньги или отдавать себя, чтобы помочь отстающим школьникам, — вещи совершенно разные.

И после этого разговора с Дэвидом Эми оставила попытки соблазнить Джейсона. Вместо этого она попыталась рассмотреть в нем человека, увидеть его таким, каким он был на самом деле. а не таким, каким она его себе придумала, основываясь на нескольких печатных статьях и собственном предвзятом мнении. И по возможности исподволь она стала за ним наблюдать.

Во-первых, он постоянно жаловался на то, что эта затея с Абернети его разорит, ворчал и ахал, просматривая счета, но при этом исправно перечислял деньги, никому ни в чем не отказывая. Как-то она втайне порылась в бумагах, что он оставил на столе, и обнаружила, что он владеет местной компанией по предоставлению ссуд и что он дает ссуды под весьма низкий процент большинству местных предпринимателей и фермеров.

Эми также заметила, что великая и ужасная Шерри Паркер тоже изменила к нему свое отношение.

Как-то, словно невзначай, Эми спросила у Шерри:

— Он действительно изменился, или просто мне так кажется?

— Кардинально, — сказала Шерри и ушла.

Однажды в субботу утром Эми не увидела Джейсона в библиотеке и обнаружила его на школьной спортивной площадке, где он играл в баскетбол с полудюжиной парней, на вид настоящих бандитов. По сравнению с ними Рафаэль казался образцом законопослушности.

— Сколько таких, как ты, ребят Джейсон взял на поруки? — спросила она у Рафаэля в тот же день, только позже.

Рафаэль ответил ей с задорной улыбкой:

— Много. У нас была банда, но... — Он не стал ничего рассказывать, он просто продолжил работу. — Он думает, что может поручить мне еще такую работу, как эта. Он думает, что у меня есть талант.

— У тебя действительно есть талант, — сказала Эми и подумала, не собирается ли Джейсон расписывать все дома в городе, чтобы только занять гангстеров полезным трудом?

Когда Джейсон вернулся с баскетбольной площадки, на нем была старая футболка и серые тренировочные штаны: грязные, пропитанные потом и рваные. И при этом Эми готова была поклясться, что ни разу в жизни не видела мужчину более сексуального, чем он в эту минуту.

Их взгляды встретились, и несколько долгих секунд они молча смотрели друг другу в глаза, но потом Эми смущенно отвернулась, однако лишь после того, как Джейсон ей многозначительно усмехнулся и подмигнул.

— Эй! — крикнул Рафаэль, потому что Эми только что нарисовала морду верблюда там, где должно было быть тело принцессы.

267

— Извини, — пробормотала Эми. Она решила проявить волю и не крутить головой, когда ей так хотелось хоть украдкой взглянуть на Джейсона.

«Еще несколько дней», — подумала она, и по ее телу прокатилась дрожь возбуждения.

Глава 21

Накануне открытия библиотеки все они, кроме Дорин и Макса, работали до трех часов ночи.

— Ну вот, — сказал Джейсон, когда все было закончено, и обвел взглядом присутствующих. — Скажите мне, я выгляжу так же плохо, как и вы? — спросил он. У Джейсона сел голос — сегодня он говорил не переставая. Как обычно, в последний день пришлось решать тысячу проблем.

Библиотека была готова к представлению президенту США в назначенный срок.

— Вы выглядите хуже нас, — безучастно сказала Эми. — А ты как думаешь, Рафаэль? — Шесть недель постоянного контакта помогли им хорошо узнать друг друга, и Эми не могла взять в толк, почему когда-то испугалась этого славного парня. И Рафаэль действительно оказался отличным помощником: талантливым оформителем и талантливым организатором.

— Хуже меня, — сказал Рафаэль, — но старики всегда плохо выглядят.

— Старики? — сказал Джейсон. — Я тебе покажу, «старики»! — пригрозил он и бросился на парня, но Рафаэль ловко увернулся, и Джейсон поскользнулся и упал.

Все разом подбежали к нему, растерянные и испуганные.

— Джейсон, Джейсон! — воскликнула Эми, и, опустившись рядом с ним на колени, сжала в ладонях его голову.

Джейсон лежал с закрытыми глазами и слабо стонал.

— Скорее вызовите врача, — чуть не плача, приказала Эми, но в следующую секунду Джейсон схватил Эми за затылок и, прижав ее губы к своим губам, замер в долгом и крепком поцелуе.

Эми не сразу отстранилась. Вообще-то отстраняться ей не хотелось. И, едва она прервала контакт, Джейсон был уже на ногах и наступал на Рафаэля. После недолгой шутливой борьбы Джейсон повалил своего более молодого соперника, который, кстати, значительно уступал Джейсону в росте и весе, на пол.

— Я не хотел делать вам больно, — сказал Рафаэль, когда Джейсон его отпустил.

Эми стояла в тени, спиной ко всем. Ее все еще трясло после поцелуя Джейсона, поцелуя, который для него, очевидно, ровно ничего не значил.

Как обычно, Джейсон отвез Эми домой, стараясь не думать о том, каким пустым и одиноким будет его дом после того, как уедут Эми и Макс.

— Еще один день, — сказал Джейсон, — и все кончится. Вы будете рады, да?

— О да, очень!

Джейсон ничего не сказал, но ее слова причинили ему боль.

— Макс будет счастлив вернуться домой, — сказал Джейсон. — Должно быть, он соскучился по своей комнате, которая не такая младенческая, как та, что у него здесь.

— Да, конечно, — сказала Эми.

— И тот мужчина...

— Арни, — подсказала Эми.

— Да. Вне сомнений, он будет рад увидеть вас вновь.

— Безумно, — сказала она, стараясь придать своему голосу жизнерадостное звучание.

— Эми...

— О Боже, посмотрите, который час! — сказала она, когда Джейсон подъехал к дому. — Готова поспорить, что Дорин нас ждет.

— Конечно, — сказал он. — Послушайте, по поводу сегодняшнего...

— Ах это, — сказала Эми, понимая, что он говорит о поцелуе. — Я не стану ничего говорить Арни, если вы ему ничего не скажете. Ну что же, хочу прямо здесь пожелать вам спокойной ночи. Встретимся утром, — сказала она, торопливо поднимаясь на крыльцо.

Несколько минут спустя она на цыпочках прошла в комнату Макса, чтобы убедиться, что с ним все в порядке. Он спал так крепко, что даже не шевельнулся.

— Я думаю, что твоя бабушка сошла с ума, — прошептала она спящему ребенку. Эми пообещала Милдред, что даст Джейсону возможность самому сделать первый шаг.

«До тех пор пока он не скажет тебе, что не собирается жениться на Дорин, ты должна продолжать говорить ему о Варни».

«Арни», — поправила ее Эми.

Макс перевернулся на бок во сне, на мгновение открыл глаза, увидел маму и сладко улыбнулся, закрывая глаза.

«Сердце тает, — думала Эми, глядя на своего сыночка. — У него улыбка, от которой сердце тает».

— Я самая счастливая женщина, потому что у меня есть ты, — прошептала она и, поцеловав кончик пальца, приложила его к губам Макса. Выпрямившись, Эми зевнула. Пора спать, потому что завтра сюда приедет президент Соединенных Штатов.

— Вот первое сообщение, — сказала Эми, положив руку на лист, который с жужжанием выкатывался из факса. Когда она прочла то, что там было напечатано, глаза ее сделались квадратными: вначале от ужаса, потом от удивления.

— Что там? — крикнул Рафаэль. — Что такое?

Эми боязливо протянула факс своему помощнику. За последнюю неделю шрам на лице его успел зарубцеваться, и теперь Рафаэль производил впечатление не убийцы, а жертвы.

Рафаэль пробежал глазами документ и с громким смехом передал факс Джейсону.

Все, кто работал над фресками, собрались вокруг факса, словно замерзшие странники — вокруг костра. Сегодня утром президент посетил Абернети, и сейчас они ждали сообщений о впечатлениях президента.

— «Сплав японского искусства и яванского театра теней, чуть приправленный ар-деко*, — вслух читал Джейсон. — Потрясающий, полный индивидуальности стиль». — Он в недоумении посмотрел на Эми.

— Читайте дальше, — сказала она. — Читайте до конца.

Джейсон молчал, и Эми забрала у него факс.

— По сути, в статье мои фрески обошли вниманием, сдержанно назвав их «профессионально выполненными» и «уместными в данном интерьере», но работа Макса... — Эми поискала глазами нужные строчки, чтобы процитировать дословно. — «Искусство с большой буквы». —

---

* Ар-деко — декоративный стиль, популярный в 1930-е годы; отличается яркими красками и геометрическими формами.

Эми посмотрела на сына, сидящего на красном стуле с мягкой подбивкой, и улыбнулась ему. — Так оно и есть, — сказала она. — Его картины великолепны.

Они все успели утром побывать в комнате Макса, той самой, вход в которую для Эми был закрыт на протяжении всех шести недель, пока ее сын работал там в уединении. Оглядываясь назад, Эми вспоминала, как волновалась, готовясь поддержать Макса и, возможно, утешить, если те черные тени, которые двухлетний ребенок назвал обезьянами, не произведут должного впечатления на зрителей. Но когда она наконец увидела комнату, когда вошла туда следом за президентом, то была настолько ошеломлена увиденным, что забыла обо всем на свете. Забыла даже о том, что находится в присутствии президента.

— Пресвятая Мадонна! — прошептала она, обведя комнату взглядом, и, похоже, она произнесла то, что было у всех на уме, но только никто, кроме нее, не издал ни звука. Все стены, потолок и даже часть пола превратились в теневые джунгли. Огромные стволы бамбука, казалось, колыхались на ветру, который дул не из окон, а с картин. Обезьяны выглядывали из-за веток и стволов, некоторые из них ели бананы, некоторые просто смотрели со стен, впивались в тебя глазами так, что хотелось отступить, держаться подальше от этих непредсказуемых и таинственных тварей.

— Я никогда ничего подобного не видел, — прошептал критик из «Вашингтон пост». — Волшебно, — сказал он, затаив дыхание, вертя головой на короткой шее. — Это вы их нарисовали? — У него как-то получалось смотреть на Эми сверху вниз, хотя они были одного роста.

— Нет, это мой сын, — тихо сказала Эми.

272

Маленький человечек удивленно уставился на Рафаэля, который стоял у Эми за спиной.

— Ваш сын?

— Мой сын, — сказала Эми и показала туда, где стоял Макс рядом с Джейсоном.

На какое-то мгновение и критик, и сам президент пришли в замешательство. Она ведь не могла иметь в виду, что Джейсон — ее сын, верно?

— Макс, детка, подойди сюда, — сказала Эми, протянув Максу руку. — Я хочу, чтобы ты познакомился с президентом.

И после этого разверзлись врата ада. Визит президента был многоцелевым: отчасти для повышения рейтинга, чтобы произвести хорошее впечатление на избирателей в преддверии нового срока и на мировое сообщество заодно, в частности, на политиков арабского мира, поскольку далее президент отправлялся на Ближний Восток, отчасти чтобы вручить награды школьникам из Абернети, победителям общенациональных олимпиад. И, поскольку конечным пунктом его маршрута был все-таки Ближний Восток, президент путешествовал с толпой журналистов. И сейчас, когда журналисты увидели, что эта необыкновенная комната была создана очень маленьким мальчиком, они стали засыпать его вопросами:

— Молодой человек, что вас вдохновило на создание именно такой картины?

— Брось, малыш, скажи правду, это твоя мама разрисовала комнату за тебя, верно?

— Я думаю, что тебе лучше сказать правду об этих обезьянках, верно?

— Просто скажи нам правду: кто нарисовал эти картинки?

Джейсон взял Макса на руки и окинул репортеров хмурым взглядом.

— Прошу нас извинить, но для художника настало время дневного сна. Если вам так надо травить кого-то своими вопросами, выберите одного из взрослых. — При этом он кивнул в сторону Эми и Дорин.

Рискуя прослыть невежей, Джейсон, бережно прижимая Макса к груди, вышел из здания и уехал, более не дав никаких комментариев.

Журналисты стали засыпать Эми вопросами, поскольку им было известно, что она работала над фресками в соседней комнате, но Эми перенаправила их к Дорин.

— Она все знает. Мне не позволено было заходить в эту комнату, и я, как и вы, вижу все это впервые. А вот Дорин постоянно была рядом с художником.

Эми обернулась. Она ожидала, что бывшая секретарша Джейсона смутится, что будет немногословна по крайней мере, но Дорин ее удивила. Она с удовольствием отвечала на вопросы и позировала перед камерой, словно всю жизнь провела под светом софитов.

И сейчас, спустя несколько часов после окончания визита, они читали о триумфальном успехе «Обезьян в тени», о том, что художественные критики признали Макса самым юным гением эпохи.

— Я всегда знала, что он самородок. Приятно получить тому подтверждение, — гордо заявила Эми, и все засмеялись.

— Вот, — сказал Джейсон, когда открылась дверь и вошел Чарлз с тремя бутылками шампанского. Следом за ним вошли четыре юных поваренка с огромными подносами, уставленными едой.

— Это все для кого? — пробормотала Эми, и Джейсон обернулся к ней с широкой улыбкой.

— Я пригласил несколько человек отметить наш успех, — сказал он. — Я знал, что триумф неизбежен, и потому подготовился заранее.

Для Эми не имело значения то, что ее работа не была отмечена вниманием президента и прессы. В глубине души она всегда знала, что ей никогда не стать великой художницей и никогда не добиться больших успехов, но у Макса получилось и то, и другое, и он будет продолжать в том же духе — и этого для нее было достаточно. Произвести на свет ребенка с талантом такого масштаба, как у Макса, — чего еще могла просить она от жизни? Если только одного (и тут она украдкой взглянула на Джейсона), чтобы у ее ребенка был отец.

— За нас! — сказал Джейсон и поднял бокал. И тут он встретился взглядом с Эми, и его улыбка приобрела оттенок интимности, словно он прочел ее мысли.

За поварятами вошел владелец самого большого магазина в Абернети, за ним — жена и трое их детей. За ними последовало семейство владельца магазина строительных материалов, за ними — директор школы, за ним — четыре преподавателя этой школы, за ними...

— Вы пригласили весь город? — спросила Эми.

— Всех и каждого, — сказал он. — С женами и детьми.

Эми засмеялась. Никогда в жизни она не чувствовала себя счастливее, чем в этот момент. Такое счастье не может длиться долго, подумала она, но глотнула еще шампанского и перестала думать вообще. Из сада под окном донеслась музыка. Ошеломленная, Эми выглянула из окна и увидела, что там, внизу, разместился целый оркестр.

Улыбаясь, она повернулась к Джейсону, который наблюдал за ней, и, судя по выражению его лица, он ждал от нее слов одобрения. Она подняла бокал и сказала:

— За вас!

В час ночи к библиотеке подъехала целая дюжина машин, чтобы развезти всех гостей по домам. Дорин отнесла спящего Макса к одной из машин. Она уже сказала, что уложит Макса спать и останется с ним, пока не вернутся Джейсон и Эми.

Все разъехались на удивление быстро, а Джейсон и Эми остались одни в библиотеке. После шумного веселья вечеринки пустая библиотека казалась огромной и неестественно тихой. Эми присела на дубовый стул за столом в читальном зале и посмотрела на Джейсона. Успех сына все еще будоражил ей кровь.

— Счастлива? — спросил Джейсон и встал перед Эми, глядя на нее с каким-то странным выражением лица. В руках он держал бокал с шампанским.

— Очень, — пробормотала она, дерзко глядя ему в глаза.

Возможно, все дело было в освещении, в мягком свете, что лился из настольных ламп, но выглядел он сегодня просто потрясающе — лучше, чем когда-либо.

— Ты нисколько не завидуешь Максу? Что все лавры достались ему?

— Какое странное у тебя чувство юмора, — сказала она улыбаясь. — Я родила самого великого художника современности. Ты увидишь, мой сын доберется до таких высот!

Джейсон засмеялся и, не успев подумать, что говорит, сказал:

— Я всегда тебя любил.

— Меня и каждую из женщин в этом полушарии, — сказала Эми, не успев остановить себя.

При этом Джейсон швырнул бокал о стену, и тот разлетелся на тысячи крохотных блестящих осколков. Одним махом Джейсон поднял Эми со стула и заключил в объятия. Затем он крепко ее поцеловал. Но вскоре поцелуй стал нежнее, ласковее, и в тот момент, когда язык Джейсона коснулся ее языка, Эми почувствовала, что тает как воск в его руках.

— Так долго, — пробормотала она, — столько времени прошло.

Джейсон прижимал ее к себе, гладил по спине, пальцы его запутались в ее волосах.

— Так долго с тех пор, как я... или он?

— Его не существует, — сказала она, прижимаясь к его шее.

При этих ее словах Джейсон посмотрел Эми в глаза:

— Арни не существует?

— Только человек, который владеет фабрикой по производству картофельных чипсов.

Джейсон наморщил лоб, глядя на нее секунду-другую, после чего вновь привлек ее к себе.

— Это я. Я купил фабрику и назвал ее в честь своего дедушки.

— А как насчет Дорин? — Эми хотела сказать что-то еще, но думать, а тем паче облекать мысли в слова в объятиях Джейсона она была не в состоянии.

Джейсон сжал ее в объятиях и поцеловал в губы.

— Я люблю тебя, Эми, — прошептал он у самых ее губ. — Я всегда тебя любил и всегда буду любить. Дорин придумала эту историю с помолвкой. Она думала, что оказывает мне услугу. Я пытался объяснить.

Эми облегченно вздохнула, и слова были не нужны.

Джейсон посмотрел ей в глаза:

— Не уходи, Эми. Пожалуйста, не уходи. Останься со мной навсегда.

Что она могла сказать?

— Да, — прошептала она. — Да.

И больше они не тратили силы на слова. Они сорвали друг с друга одежду и нагие повалились на матрас Макса, а когда Джейсон вошел в нее, Эми застонала от удовольствия и недоумения — как вообще она могла сбежать от этого мужчины? Как она могла?..

— Эми, Эми, — не переставая шептал Джейсон. — Я люблю тебя. Я люблю тебя.

И Эми только восторженно выдыхала в ответ:

— Да.

Через час, когда они все еще лежали на матрасе, обессиленные, в объятиях друг друга, Эми произнесла слова, которые так любила произносить ее свекровь. Даже интонация была похожей.

— Расскажи мне все. Я хочу знать обо всех женщинах, обо всем. Что я вижу и что чувствую с тобой — две совершенно разные вещи. Я хочу понять. Я хочу познать тебя, но я не могу. Мне нужны слова.

Вначале Джейсон говорил неохотно. В конце концов, какому мужчине хочется говорить женщине о том, как сильно она ему нужна? Но, начав говорить, Джейсон уже не мог остановиться. Одиночество здорово развязывает язык. И до тех пор, пока он не встретил Эми и Макса, он не знал, насколько пуста была его жизнь.

— Прости, — сказала она, и слова ее шли из самого сердца. — Прости меня за боль, которую я тебе причинила.

Он рассказывал ей, как трудно ему было в Абернети, как жители города ополчились на него.

— Я думал, они будут мне благодарны, но они презирали ньюйоркца, который приехал к ним и указывает, как надо жить.

— Но ты родился здесь и вырос, — сказала Эми.

Джейсон молчал, и Эми отстранилась, чтобы посмотреть на него.

— Что за кошка пробежала между тобой и этим городом? Между тобой и твоим отцом? — тихо спросила она. — Никто, даже Милдред, не говорит мне, что случилось.

Джейсон ответил не сразу.

— Иногда человеку приходится заглянуть в лицо своим самым страшным демонам, и... — Он сделал глубокий вдох. — Ты знаешь, что моя мать умерла, когда Дэвид был совсем маленьким.

— Да. И я знаю, что твоему отцу пришлось одному вас поднимать.

— Это его версия, — сердито сказал Джейсон, но осадил себя и продолжил более спокойным тоном: — У моего отца на нас оставалось мало времени, поэтому, когда мать умерла, он предоставил нас самим себе.

— Ага. Насколько я понимаю, он предоставил тебе заботиться о Дэвиде.

— Да.

— Но я не думаю, что ты зол на Абернети из-за этого.

Джейсон не торопился с ответом, словно он должен был успокоить себя прежде, чем сможет говорить.

— Моя мать была святой женщиной. Ей выпало в жизни стать женой бессердечного ублюдка — я имею в виду своего отца. Когда она узнала, что смертельно больна, она никому не сказала. Она не хотела быть никому обузой, поэтому одна пошла к доктору и то, что узнала от врача, хранила в тайне, а мы продолжали жить, словно ничего не случилось.

Он замолчал, и Эми почувствовала напряжение в его теле.

— Но одна из городских сплетниц увидела ее в кафе в мотеле примерно в тридцати милях отсюда и поехала домой распускать слухи о том, что у миссис Уилдинг роман на стороне.

— И твой отец поверил сплетнице, — тихо сказала Эми.

— О да! Он так поверил этой сплетнице, что решил отомстить матери, отплатить ей той же монетой, и прыгнул в постель к какой-то маленькой потаскушке из... — Он молчал, пока не успокоился. — Только я один узнал правду. Я сбежал с уроков и спрятался на заднем сиденье машины моей матери. Я был в приемной врача, когда она вышла. Она заставила меня дать ей слово, что я ничего не скажу отцу. Она сказала, что жизнь дается человеку, чтобы жить, а не для того, чтобы горевать.

— Мне бы хотелось познакомиться с ней, — сказала Эми.

— Она была замечательная женщина, но жизнь у нее была паршивая.

— У нее было двое любящих детей и муж, который был от нее без ума.

— Что?! — едва не вскрикнул Джейсон.

— Как он воспринял новость о том, что его жена умирает?

— Он никогда и словом об этом не обмолвился, но после ее смерти он заперся в своей комнате на три дня. И когда вышел, то нагрузил себя работой так, что приходил домой только спать, и, насколько мне известно, он никогда вслух не произносил ее имя.

— И ты сомневаешься в том, что он ее любил? — Эми на мгновение затаила дыхание. Возможно, она зашла слишком далеко. Люди предпочитают крепко держаться за то, во что верят, и не любят, когда их пытаются разубедить.

— Наверное, любил, — сказал наконец Джейсон. — Но я бы хотел, чтобы нас он любил больше. Иногда меня тошнило от необходимости быть своему брату и матерью, и отцом. Иногда мне хотелось погонять с ребятами в футбол... как другим детям.

Эми ничего не сказала. Но теперь она прозрела. Она ясно увидела линию судьбы Джейсона. Отец внушил ему, что в жизни главное — уметь делать деньги и что работой можно заглушить любую боль, и справиться с одиночеством тоже, и вообще с любыми неприятными эмоциями.

Эми прижалась к нему теснее. Она почувствовала, что он снова возбуждается. Но он не торопился отдаваться инстинктам.

— А что у тебя? Как ты жила? Похоже, ты преуспела.

У нее вертелось на языке сказать ему, что она весьма преуспела в жизни, что она заработала целое состояние и что ей вообще никто не нужен — ни один мужчина. Но она этого не сказала. Пришло время для правды.

Эми сделала глубокий вдох, чтобы сердце билось не так часто и сильно.

— Да, я устроилась неплохо, но вначале я боялась, что мы с Максом будем голодать, — сказала она наконец. — Я поступила очень глупо, когда убежала.

— Почему ты не позвонила мне? — требовательно спросил он. — Я бы помог. Я бы...

— Гордость. Я всегда была слишком гордой. Когда у меня открылись глаза на то, кем на самом деле был Билли, я должна была бы его бросить, бежать от него без оглядки, но у меня не хватило мужества. Я думала о том, что скажут люди. Я боялась, что они станут говорить обо мне, будто я бегу от трудностей и сдалась лишь потому, что нашла в своем муже недостатки.

— Недостатки? — изумленно переспросил Джейсон. — Теперь это так называется?

Эми повернулась на бок и положила ладони ему на лицо.

— Мой брак с Билли был ужасен, — сказала она. — Я была несчастной. Я ненавидела пьянство и наркотики, но больше всего я ненавидела в нем слабость и малодушие, его готовность принести в жертву все и всех, самых близких ему людей, лишь бы ему какое-то время было хорошо.

— Когда ты познакомилась с ним... — тихо сказал Джейсон.

— У него был период трезвости. Но я должна была догадаться. Он говорил много такого, что должно было навести меня на мысль о том, что он такое и кто он такой. А когда появился ты, ты казался таким безупречным, таким идеальным человеком, но потом я узнала, что ты, как и Билли, имел другую, тайную жизнь, и этого я не смогла перенести. Я сбежала. Я просто схватила своего сына и убежала, как можно быстрее и как можно дальше. Ты можешь это понять?

— Да, — сказал Джейсон и провел ладонью по ее руке. — Я тебя понимаю. Но ты здесь сейчас и...

— Мне было так плохо! Я была так напугана, так одинока, и...

Джейсон заключил ее в объятия и прижал к себе. Эми уткнулась лицом в его плечо.

— Тсс. Все прошло. Я позабочусь о тебе и о Максе, и...

— Но все будут думать, что я вышла за тебя ради твоих денег. Люди скажут, что Билли дал мне хороший урок и что я, кое-чему научившись, стала добиваться мужчины с деньгами.

Джейсон улыбался, уткнувшись лицом в ее волосы.

— Я думаю, что люди скорее скажут, что это я тебя добивался. Милдред говорила тебе, что я нанимал частных сыщиков целый год? Они не смогли тебя найти. И при этом Милдред все время знала, где ты. — В голосе его слышалась горечь.

— Но она не знала. Она узнала только несколько месяцев назад, и то случайно.

Джейсон отстранился и посмотрел на нее:

— Как она тебя нашла?

— Она купила Максу подарки на Рождество, потому что сказала, что никогда не оставляла надежды увидеть его вновь, и среди этих подарков была детская книжка с картинками. Она увидела мою фотографию на задней обложке книги, потому что я ее иллюстрировала.

— Так просто, — сказал Джейсон и улыбнулся, вспоминая все те мучения, через которые он прошел, общаясь с частными детективами. — И какой у тебя псевдоним?

— У меня нет никакого псевдонима. Мое настоящее имя — Эмилия Радкин. Называя себя по фамилии Билли, я просто оказывала ему любезность. Я никогда не меняла свое имя. Моя фамилия есть в Нью-йоркском телефонном справочнике. Честно говоря, в душе я никогда не теряла надежды на то, что ты захочешь меня найти и найдешь.

Джейсон сжал ее в объятиях.

— Я рад, что все случилось так, как случилось. Если бы ты не убежала тогда, я продолжал бы жить так, как жил всегда, и оставался бы тем, кем был всегда. Я уверен, что продолжал бы работать без передышки, просто чтобы доказать, что могу быть тебе опорой и...

— Но зачем тебе понадобилось что-то доказывать мне?

— Потому что ты женщина, которую я люблю, единственная, кого я когда-либо любил.

Эми повернула голову и посмотрела на него:

— Но если верить Милдред, жители Абернети создают тебе такие проблемы, что ты, по справедливости, должен был бы мечтать улететь отсюда первым же самолетом.

— Согласен. Они несправедливы, они постоянно жалуются, но, с другой стороны, они относятся ко мне как к личности. Мистер Уильям, владелец скобяной лавки, сказал мне, что я всегда был упрямцем и таким и остался. Возможно, я остался здесь потому, что наконец оказался в окружении людей, которые не льстят мне и не подлизываются. Стоило мне бровью повести, глядя на кого-то из своих сотрудников в Нью-Йорке, он начинал пятиться и говорить то, что я хочу услышать. Но здесь... — Джейсон улыбнулся.

— Здесь они говорят тебе в глаза то, что думают, — закончила за него Эми.

— Да. Милдред каждый день твердила мне, что ты уехала из-за меня. Она сказала, что мы с Дэвидом сыграли с тобой скверную шутку и что после такого любая женщина в здравом уме...

— Хочешь сказать, что я была в здравом уме, когда сбежала от тебя с ребенком, не имея никаких средств к существованию?

— Ах, — сказал Джейсон, все хорошо, что хорошо кончается. — Наконец у Макса будет отец. Если ты за меня выйдешь, конечно.

— Я беру тебя в мужья, если ты берешь нас, — тихо сказала Эми. — Но я...

— Что?

— Сегодня для меня был день открытий, потому что сегодня я узнала, что мой двухлетний сын не просто талантливее меня, но еще и умнее. Я боюсь, что я, как и многие-многие другие люди, не могла разглядеть тебя за твоими деньгами. Но Макс всегда видел, что у тебя внутри.

— Действительно умный ребенок, — сказал Джейсон, и Эми рассмеялась. — Ты думаешь, тебе захочется иметь побольше таких ребят?

Эми застонала:

— Тошнота по утрам, постоянная усталость и — о нет! — больше никакого грудного вскармливания! — Но, увидев выражение лица Джейсона, она засмеялась. — Да, конечно, я хочу еще детей. Много детей. По меньшей мере пятерых. Думаешь, у них у всех будут седые волосы?

Но еще до того, как Джейсон успел ответить, на него упал реактивный снаряд.

— Что за... — начал он, пытаясь разобрать, где руки и где ноги. Ему казалось, что они везде.

— Ах ты, маленький чертенок! — смеясь, сказала Эми, щекоча своего сына. — Ты заставил Дорин привезти тебя сюда, да?

На мгновение Джейсона охватил ужас при мысли о том, что мог увидеть и услышать ребенок, и еще он был шокирован тем, что его застали в щекотливой ситуации. Он еще не знал, что такие взрослые радости, как возможность уединиться, ушли от него навсегда.

Но у него не было времени на раздумья о своей судьбе и о том благословении, которое подарила ему судьба, потому что Макс встал и, раскинув руки, повалился вперед. Эми знала, чего ожидать, и успела закрыть лицо руками, а Джейсону пришлось принять весь удар на себя. Точнее, на свое лицо.

— Обезьянки! — завизжал Макс и стал прыгать на животе у своего новоиспеченного отца.

Литературно-художественное издание

Деверо Джуд
Благословение

Редактор А.В. Мякушко
Художественный редактор О.Н. Адаскина
Компьютерная верстка: О.С. Попова
Технический редактор О.В. Панкрашина
Младший редактор Н.В. Дмитриева

Общероссийский классификатор продукции
ОК-005-93, том 2; 953000 — книги, брошюры

Санитарно-эпидемиологическое заключение
№ 77.99.60.953.Д.009937.09.08 от 15.09.08 г.

ООО «Издательство АСТ»
141100, Россия, Московская обл., г. Щелково, ул. Заречная, д. 96
Наши электронные адреса:
WWW.AST.RU E-mail: astpub@aha.ru

ООО Издательство «АСТ МОСКВА»
129085, г. Москва, Звездный б-р, д. 21, стр. 1

ОАО «Владимирская книжная типография»
600000, г. Владимир, Октябрьский проспект, д. 7
Качество печати соответствует качеству предоставленных диапозитивов